古典詩歌研究彙刊

第八輯

龔鵬程 主編

第 17 冊

張元幹詞研究

林惠美 著

國家圖書館出版品預行編目資料

張元幹詞研究／林惠美 著 — 初版 — 台北縣永和市：花木蘭
文化出版社，2010〔民 99〕
目 2+174 面；17×24 公分
（古典詩歌研究彙刊 第八輯：第 17 冊）
ISBN 978-986-254-328-3（精裝）
1.（宋）張元幹 2. 宋詞 3. 詞論
852.4521 99016405

ISBN - 978-986-2543-28-3

9 789862 543283

古典詩歌研究彙刊
第八輯 第十七冊 ISBN：978-986-254-328-3

張元幹詞研究

作 者 林惠美
主 編 龔鵬程
總 編 輯 杜潔祥
出 版 花木蘭文化出版社
發 行 所 花木蘭文化出版社
發 行 人 高小娟
聯絡地址 台北縣永和市中正路五九五號七樓之三
電話：02-2923-1455／傳真：02-2923-1452
網 址 http://www.huamulan.tw 信箱 sut81518@ms59.hinet.net
印 刷 普羅文化出版廣告事業
初 版 2010 年 9 月
定 價 第八輯 20 冊（精裝）新台幣 28,000 元

張元幹詞研究

林惠美 著

作者簡介

林惠美，臺灣省桃園縣人，一九六五年生。國立高雄師範大學國文研究所博士，現任高雄師範大學國文系副教授，講授大一國文、古典詩、詞、曲等課程。主要著作有《張元幹詞研究》（碩士論文）、《楊慎及其詞學研究》（博士論文）；單篇論文〈由「生之謂性」談程明道的人性論〉、〈周濂溪《通書‧師篇》試探〉、〈由「別是一家」之說論李清照的創作實踐〉等。

提　　要

　　在兩宋三百餘年詞史上，南渡前後是一個重大的轉變階段。靖康難後，以時代的巨變，詞人的生活境遇、心理狀態、創作觀念，以至於詞的內涵和藝術表現，起了一系列的變化。其間尤其值得注意的是，此前蘇軾對詞的拓展，一直未獲普遍認同；至此，眾多南渡詞人，或先或後，或多或少，轉向了東坡範式，而共同形成波瀾壯闊的創作趨勢，影響及於十數年後稱名詞壇的巨擘—辛棄疾。

　　眾多南渡詞人中，張元幹與年輩稍晚的張孝祥，被譽為「南宋初期詞壇雙璧」，尤其具有承蘇啟辛的橋樑作用。他的詞以豪邁悲壯與曠達疏朗為主體風格，承東坡詩化之詞的趨勢，而挾時代風濤和政治風雲入詞。因時代的邅變，一腔忠憤無處發洩，盡托之詞中陶寫，詞風又比東坡更加酣暢悲壯；而其曠達疏朗中，也以特定的歷史條件和社會環境，比之東坡，又有詞境益形複雜的特色。

　　張元幹在詞史上的地位未獲應有的重視，其傳世的一百八十二闋詞，固非首首堪傳，然而歷來諸家品評多侷限於慷慨悲憤之作，甚而斤斤於數闋所謂的愛國壯詞，未免偏頗，崇抑失實。本書既循詞史的發展，抉發其承蘇啟辛的地位，更期望能全面觀照其創作的歷程、內涵、手法以及風格，進而予以如實的評價，是為出版本書的一點心願。

目

次

第一章 緒 論

第一節　研究動機與目的

在兩宋三百餘年詞史上，南渡前後的詞壇是一個重要的發展變化階段。宋室南渡，是一個由承平轉向戰亂的時代，在建炎南渡前，因爲歷經了北宋末（徽宗朝）最後的承平與繁華；而且當時在柳、周詞的鉅大影響力，以及晚唐五代以來，對詞的發展起著相當規範作用的「花間」詞風籠罩下，南渡詞人，〔註1〕仍不免因襲花間範式，蹈襲傳統的題材，藝術上也少見創新。靖康難後，以時代的巨變，詞人的生活境遇、心理狀態、創作觀念、詞的內質和藝術表現方式也起了一系列的變化。在詞的創作上，最明顯的是，蘇軾（1036～1101）對詞的拓展，在他生前以至北宋末期都未被普遍認同；至此，這些南渡詞

〔註1〕所謂的「南渡詞人」，依黃文吉《宋南渡詞人》的定義，是以靖康二年，亦即高宗建炎元年（1127）爲準，此時已年滿二十歲者；而其中並不專指南渡的北人。又該書據唐圭璋所編的《全宋詞》作統計，確定符合其定義者共有一百二十人左右；尚未能確定者也有百十餘人（這些人都是存詞一、兩首的）。可以見得南渡詞人群人數之眾。黃文吉在同書中，將朱敦儒、李清照、陳與義三人列爲「特出詞人」；葉夢得、向子諲、張元幹三人同列「次要詞人」；此外還有「一般詞人」葛勝仲、周紫芝、李綱、趙鼎、蔡伸、李彌遜、呂渭老、王之道、楊无咎、曹勛等十人。

人，或先或後，或多或少，都轉向了東坡範式，並且取得了突破性的進展，形成一種創作趨勢，而影響及於十數年後稱名南宋詞壇的巨擘——辛棄疾（1141～1207）

這些南渡詞人當中，比較特出的有葉夢得（1077～1146）、朱敦儒（1081～1159）、李清照（1084～1155？）、向子諲（1085～1152）、陳與義（1090～1138）和張元幹（1091～1161）等。（同註 1）雖然不足以與之前的蘇軾和之後的辛棄疾相抗衡，卻有著承前啓後的關鍵地位。這六位詞人當中，論及整個詞的創作成就，自以朱敦儒和李清照二人最受矚目，歷來研究的專著（含碩士論文）和單篇論文顯然比其他四位詞人多，尤其是有關李清照的論著不遑枚舉；陳與義《無住詞》僅有十八闋，雖然首首堪傳，事實上，他在詩方面的表現更爲突出，成就更大，與陸游、楊萬里、范成大三人合稱南宋四大家。而以前面提及承繼東坡、開啓稼軒的重要性而言，葉夢得、向子諲、張元幹三人的表現卻顯然是比較特出的；尤其是張元幹，與年輩稍晚的張孝祥（1132～1169）更被人推崇是「南宋初期詞壇的雙璧」。〔註 2〕在東坡卒後，稼軒稱名詞壇之前，二人的豪放詞，以數量較夥，藝術技巧更多樣，而比其他詞人尤具承蘇啓辛的橋樑作用。因此，其《蘆川詞》自有相當的地位與價值。雖然稱不上大家，但其文學地位並未受到應有的重視；而且睽諸國內對張元幹詞的研究，迄今尚無專門分析討論的學術著作（詳資料探討），不若葉夢得、向子諲，以至於張孝祥，國內都已先後有碩士論文針對他們的詞作比較全面、深入的研究。〔註3〕

〔註 2〕自胡雲翼稱張元幹和張孝祥二人是「南宋初期詞壇雙璧，是偉大詞人辛棄疾的先行者」。近人論詞多從其說，如大陸學者劉強〈試論南宋愛國詞人張孝祥的主要成就〉一文（見安徽師大學報 1981 年第三期）；蕭世杰《唐宋詞史稿》第九章中論及「上承蘇軾、下啓辛棄疾的二張詞」（頁 189）均是。

〔註 3〕分別爲尹壽榮《向子諲酒邊詞校注及其研究》（1981 年，政治大學中國文學研究所碩士論文）；高靜文《葉夢得之文學研究》（1982 年，高雄師範大學國文研究所碩士論文）；陳宏銘《張孝祥詞研究》（1992年，高雄師範大學碩士論文）。

基於這些因素，促發個人興起專題研究的動機，以張元幹《蘆川詞》為研究對象，希望藉此稍發潛德之幽光，使其詞受到應有的肯定與重視。同時也希望透過研究撰述，能使一些問題獲得解決。

　　張元幹，字仲宗，自號蘆川居士、蘆川老隱、真隱山人，〔註4〕福建永福（今福建永泰縣）人。生於宋哲宗元祐六年（1091），卒於高宗紹興三十一年（1161），享年七十一歲。他出身於世代官宦的家庭，祖父張肩孟為宋皇祐五年（1053）進士；伯父張勵、張勯、張勸，相繼登進士第而知名當時；父張安道，進士出身，徽宗崇寧年間曾出仕於鄴（今河北臨漳）。張元幹本人於徽宗政和年間步入仕途，而就在北宋末的政、宣年間，他已稱名於文壇，以詩、詞的創作表現為時人稱賞，〔註5〕有《蘆川歸來集》和《蘆川詞》傳世。《蘆川詞》，現存一百八十二首（詳下一節資料探討），題材豐富、內容深廣，而歷來對他的作品表現都偏重在討論所謂的愛國壯詞，更多的是只斤斤於兩闋〈賀新郎〉；然則其他的詞表現又如何？以詞的發展史角度來看，固應凸顯其承前啟後、開人先聲的重大意義；然而既以《蘆川詞》為專題研究，就必須兼顧其整體的內涵表現、藝術技巧、作品風格，有全面而深入的論析。此外，面對相同的時代背景和詞壇風氣，何以張元幹尤其具有承蘇啟辛的橋樑作用，這與他的性情襟抱、身世遭際和創作態度有何種程度的關聯？而隨著時局的變化，張元幹詞的內涵、

〔註4〕《蘆川歸來集》卷十〈甲戌自贊〉：「蘆川老居士，今春六十四」；此外張元幹常以蘆川老隱、真隱山人兩號自署，於卷九的〈跋山居圖〉、〈跋米元暉山水〉和〈跋少游帖〉中均可見。

〔註5〕關於張元幹的生卒年、籍貫、仕宦官職，歷來各家所述多歧異。其實有關張元幹的生平，以其〈甲戌自贊〉所稱「蘆川老居士，今春六十四」，即可推知；鄭騫在《宋人生卒考示例》（台北華世書局1977年出版）已有詳細考證，並可見出後人致誤之由（詳見該書頁141）。而後大陸多位學者於專著或單篇論文中都致力考證這些問題，今已有定論，本文在這些方面不擬重複論述；又其世系，也先後有曾意丹及官桂銓（二人論文詳參書目所列）根據《永泰張氏宗譜》（清末抄本）整理列出，王兆鵬所著《張元幹年譜》即引用官桂銓意見，詳加考訂。

風格呈現出那些階段性的特色？其它南渡詞人的表現又如何？有關南渡詞壇的整體風貌，不乏有前賢的論述，藉此專家詞的研究，是否可得到一些印證，甚或補充。

　　當然，以張元幹的詞從事專題研究，亦所以厚植一己對詞分析、鑑賞、研究的能力。

第二節　資料探討

　　研究張元幹的詞，最主要且最直接的資料，自屬其詞集《蘆川詞》，而現今國內所能找到的，則以吳昌綬雙照樓景宋本爲佳。該本《蘆川詞》係依據清・錢曾、黃丕烈諸家遞藏明鈔景宋本景寫精刻而成；所謂的明鈔景宋本，乃是黃丕烈以明・吳寬手鈔本爲底本，借陳竹厂所藏的宋本一一校過，[註6] 凡有不合者，皆景陳氏所藏宋本以補，恢復宋版原貌。今中央研究院傅斯年圖書館藏有陶湘涉園《景刊宋金元明本詞四十種》，其中的第七冊即有原吳昌綬雙照樓景宋本《蘆川詞》。[註7] 唯以借用不易，個人僅得以影印下卷，即〈青玉案・燕趙端禮堂成〉至〈驀山溪〉的一百零二首，其餘的八十三首則以《全宋詞》與之一一比對。因爲《全宋詞》所輯張元幹詞一百八十五，正是以雙照樓景宋本爲底本而作校訂補正，其中僅以〈江神子〉（銀濤無際捲蓬瀛）一首，乃葉夢得作而不錄，另從《花草粹編》卷一輯錄了〈西樓月〉（瑤軒倚檻春風度）一首。此外還有明・吳訥《唐宋名賢百家詞》鈔本，[註8] 明・毛

〔註6〕陳竹厂所藏宋本，後歸瞿鏞。據其《鐵琴銅劍樓藏書目錄》載：「蘆川詞二卷，宋刊本，舊不題名，亦無序跋」。瞿氏之后，曾由近人丁福保收藏，今藏北京圖書館。個人未經見。

〔註7〕清宣統至民國間，仁和吳昌綬彙輯宋元舊本，選工景寫精刻，刊行《雙照樓景宋元明本詞》十七種。民國 7 年以刊版歸武進陶湘，湘復踵其義例，增益二十三種，合成陶湘涉園《景刊宋金元明本詞四十種》。

〔註8〕此鈔本作一卷，收詞僅一百零六首。〈石州慢・己酉秋吳興舟中作〉等名作俱未收錄，而且編次混亂，與宋本殊異。現有台北廣文書局於 1971 年據巴壺天藏民上海商務版（1940）影印出版的《唐宋元明

晉汲古閣《宋六十名家詞》刻本和清文淵閣四庫全書本所收張元幹詞。〔註9〕而大陸上海古籍出版社有曹濟平校注《蘆川詞》（以下凡引用，簡稱曹注本），係以《全宋詞》作底本，而以景宋、毛刻及明、清鈔本作校，並參校宋人黃昇《花庵詞選》、趙聞禮《陽春白雪》，元刊本《草堂詩餘》和清《詞綜》、《詞譜》和《歷代詩餘》等。其中共收詞一百八十五首，次序按《全宋詞》本排列，並附傳記序跋、書目提要以及年譜簡編、諸家唱酬等，頗值得參酌。

　　本論文的撰寫，即以《全宋詞》所收張元幹詞爲主要依據，並參考上述各本《蘆川詞》，以求完備。唯在《全宋詞》所收的一百八十五首詞當中，根據唐圭璋《宋詞四考》「互見考」部份的考證，有〈沁園春〉（欹枕深軒）、〈醉花陰〉（翠箔陰陰籠畫閣）二首是李彌遜詞而誤入；又〈鷓鴣天〉（不怕微霜點玉肌）一首係葉夢得詞誤入者。若再去掉這三首誤入的作品，則本論文所探討的張元幹詞實爲一百八十二首。

　　至於張元幹的詩、文，也是研究他的詞極重要的直接佐證資料。從中不僅對其家世生平、行事遭際、師友交游、才性襟抱和創作觀念等，能有更深入的瞭解，進而對他的詞能有更全面而正確的掌握；並可藉助「以詩證詞」、「以文證詞」的方式，對其詞進行更全面析論。因此，《蘆川歸來集》中的詩、表、啓、書、序、題跋、贊、銘、祭文等，以至於附錄中（卷十）的〈祭祖母彭城郡夫人劉氏墓文〉、〈蘆川豫章觀音觀書〉和宣政間名賢們的題跋，也是本文研究了解的範圍，及參引互證的材料。〔註10〕此外，諸家酬唱所贈的詩、詞、文等，以

　　　百家詞》可供參考運用。
〔註9〕毛刻本作一卷，收詞一百八十六首。現有台北商務印書館於1956年印行的《宋六十名家詞》可參考運用。而清四庫全書作一卷，係依據毛氏汲古閣本爲底本，現有商務印書館影印文淵閣四庫全書本可運用；又文淵閣四庫全書中另有張元幹《蘆川歸來集》十卷，乃四庫館臣自《永樂大典》中裒集而成，其中有詞三卷（卷五～七），亦可供參考比對。
〔註10〕《蘆川歸來集》，現通行本是十卷本（含附錄一卷），爲清四庫館臣自《永樂大典》中裒集成帙，與最早張元幹孫張欽臣於宋寧宗嘉定

及今人輯錄張元幹的佚文、佚詩,也一一細讀,以利參核引證。〔註11〕

　　張元幹年譜生平方面,先有黃珮玉於《張元幹研究》一書第一章〈張元幹的生平〉部份,分別考述其生卒年、籍貫、家世,而後作事蹟編年。後有曹濟平的《蘆川詞》附「張元幹年譜簡編」(見該書附錄二)。至於專著則有王兆鵬的《張元幹年譜》(以下凡有引用,簡稱《王譜》),詳考宋人別集、史乘筆記、地志金石、譜諜圖表,並參時賢之作,勾稽排比,用力甚勤,考證頗詳。至此,以往錯誤紛陳的生卒年、籍貫、仕歷等問題大致上都獲得解決,而有定論。唯某些生平事跡間或有出入,則仔細參核比對,妥為運用。以上三人又都分別對張元幹的詞做了編年考訂,尤其王兆鵬還另作詩、文編年,雖然都不是很全面,對本文的研究,卻甚有助益。

　　關於張元幹詞的繫年方面,最主要的,即以上述黃、曹、王三位先生考訂的編年詞較多,唯內容間有異同。本文撰寫之初,為了對探討張元幹的創作歷程、詞風轉變,做好基礎工作,也先從詞的繫年考證入手,其間即根據以上三人考訂結果,並參以一己之心得來判定。

　　除此以外,直接針對張元幹詞所作的研究,主要有黃珮玉在《張元幹研究》一書中的專章討論——〈張元幹的詞〉;黃文吉、王偉勇分別著有《宋南渡詞人》、《南宋詞研究》,因為處理的詞家甚多,都僅以不及一節的篇幅略探張元幹詞;王兆鵬著《宋南渡詞人群體研究》,雖然以張元幹為南渡詞壇的中心人物,唯因該書強調以文學史研究的構想撰寫,也不在於對個別詞人的詞篇作全面深入的析論。其它近人所著的詞論、詞史,所編的詞選等,其中有論及張元幹詞的,多係綜集前代詞評並略加舉證而成,而且多半斤斤於兩闋〈賀新郎〉,

十二年刻成的十六卷本(今不傳)不同,當中刪掉了所謂的禪家疏文、道家青詞。這些雜文中有不少珍貴資料不見收入,殊為可惜。又宋本不收詞,詞集別行,而此輯本收詞並作三卷,亦失宋本原貌。
〔註11〕如欒貴明〈張元幹《蘆川歸來集》補遺〉(見 1982 年第二期《文學遺產》)和黃珮玉《張元幹研究》中所列舉的佚文、佚詩,都十分值得參考運用。

或是所謂的愛國詞，不足以代表張元幹整體創作的內容、風格。

至於單篇論文方面，蒐羅到的有〈為「辛」派詞風鋪路的張元幹〉、〈張元幹及其《蘆川詞》〉、〈讀張元幹詞札記三則〉、〈「讀張元幹詞札記」補正〉、〈張元幹的詞〉、〈滿腔悲憤噴薄而出──讀張元幹的石州慢〉、〈論張元幹詞〉、〈論張元幹愛國詞在文學史上的地位〉、〈夢繞神州的詞人張元幹〉、〈讀張元幹《蘆川詞》札記〉等（以上各篇詳見參考書目部份）。以上諸文，同樣偏重探究少數詞篇，能夠兼顧各種內容、風格的很少；尤其多作概略性質探討，甚或有大陸學者慣以思想情感「健康」與否判斷張元幹詞的價值，實於文學藝術的探討本旨大相徑庭。另外還有一些單篇論文，〔註12〕未能尋獲，不免有缺漏之憾。唯這些論文的內容，如籍貫、年表和著作版本源流的探討，都已有定論，而且已有更詳贍的研究資料可供參考；而其餘則不外是〈賀新郎〉一詞的賞析，因此，對於本論文的研究，應該不會有太大的影響。

本論文旨在全面而深入的論析張元幹詞，除了詳讀直接資料外，對各種間接資料，亦力求搜集完備，研閱週遍，以期適時參酌、引述。此外，也多方閱讀各種詞學、文藝理論方面的專著和單篇論文；並且參讀其他詞家的著名詞篇，以培固基礎，提昇對詞的賞析能力。

〔註12〕 大陸學者發表的單篇論文，個人尚未尋獲者，計有：〈橫眉冷對投降派──說張元幹賀新郎（送胡邦衡待制赴新州）〉，劉逸生，羊城晚報，1961 年 3 月 18 日；〈關於「詩海拾貝」的兩封信（張元幹賀新郎）〉，王季思、劉逸生，羊城晚報，1961 年 3 月 25 日；〈淋浪清淚見瀟湘──說張元幹瀟湘圖〉，劉逸生，羊城晚報，1961 年 4 月 1 日；〈試論張元幹及其愛國詩詞〉，薛祥生，山東師範學報 1978 年第四期；〈愛國詩人張元幹──福建歷史人物〉，禾青，福建日報，1979 年 3 月 11 日；〈張元幹籍貫實證〉，丁義珍，文博通訊，1982 年二期；〈張元幹年表〉，丁立群，大連師專學報 1983 年第三期；〈開拓愛國詞的重要作家──張元幹〉，陳節，福建論壇 1983 年一期；〈慷慨悲涼，愛國情長──張元幹〉，李百安，瀋陽日報，1984 年 1 月 24 日；〈慷慨悲壯，義憤填膺──讀張元幹賀新郎（送胡邦衡待制赴新州）〉，鄔乾湖，語文月刊 1986 年第三期；〈張元幹蘆川歸來集版本源流考〉，王兆鵬，南京師大學報 1988 年第二期（現已附錄於所著年譜後）；〈張元幹賀新郎賞析〉，馬大品，課外學習，1988 年第三期。

第三節　研究範圍與處理方式

本研究論文，參酌已有的研究成果，妥爲運用，又針對有待發揮之處，而擬定下列論題，依序進行討論。各章的研究範圍與處理方式，說明如下：

第二章〈張元幹詞的創作歷程〉

北宋末年到南宋初期，時局由承平到離亂，又由離亂到偏安，無論是就創作的反映時代，或是時代之影響學行、創作，則張元幹在時代大環境中的行事經歷，與其作品的內容風格，必有密切關係。本文原擬專章探討時代背景及詞壇狀況等大時代環境，以明其作品所屬「類型風格」的成因；其次再由家世及生平經歷，考察其作品「個性風格」的淵源所自。然而這類相關背景的探討，前賢的研究頗見成果，爲免於重複地論述，乃直接切入詞作研究的本題。唯其間是適時地將時代背景、生平事蹟等資料直接併入四個分期當中，然後配合繫年考訂所得，舉創作時、地比較明確的詞爲主要論證進行探討。藉此不僅仍舊能夠詳盡考察時代、生平與創作的相關性，而且還易於尋索詞風轉變的原由與痕跡，並且呈顯創作的階段性特色和大致風貌。

第三章〈張元幹詞的內涵表現〉

前一章將其作品依生涯軌跡分爲四期探討，然而以繫年上遭遇的困難，無法將所有的一百八十二首詞都分別歸入，於是爲了避免影響各分期中基本風貌的探討，就有一些詞是在前一章裡頭不敢貿然處理的。在此乃將所有詞，依據內容的主要旨趣，並參酌詞題、詞序所言而定其分屬，劃歸爲五大類加以論析。一則補第二章的不足處，一則具體呈顯《蘆川詞》內容深廣、題材豐富的特色，並不拘於一些愛國詞篇而已。唯劃歸在同一類的詞，並不意味其內涵就是單一的、全然相同的；而且各類中又都有表現較爲特出者，則藉著對個別的詞詳細而深入的賞析，顯示出各自的特色來。至於討論的範圍，也不限於內容旨趣，對於一些修辭方法、表現手法，以至於整個的詞情風格，也都略有所及而隨機點明。

第四章〈張元幹詞的藝術風格〉

張元幹詞的藝術技巧，或許未能臻於極致，卻亦有其勝處，而這方面的研究，是目前所見研究中十分不足的部份。本章擬就造語特色和表現手法兩方面，比較完整而有機地呈現張元幹詞的藝術技巧。由於為了避免作品因分析而顯得割裂零碎，故盡量就其中技巧特色歸併成幾個大項，其它零星小項，則採在大項下隨機點明的方式處理。透過了藝術技巧的探討，再結合前兩章的探討結果，而及於張元幹詞風的呈現，以期說明其詞多樣化的藝術風格。其中包括各種風格的兼具並存；各類風格的轉化交融，以及代表其主流作品的主體風格等，而能對張元幹詞有更完整而深入的認識。

第五章〈結論〉

最後乃依據以上的研究結果，撮述張元幹詞的特色與成就，及其在詞壇的地位與影響，作為全文的結論。其間著重引證歷來對張元幹詞的評論意見和研究的心得；唯各家的品評或由於視角不同，或好尚各異，而互有參差者，本文則不斤斤於幾首詞的毀譽，以免流於孤立、偏頗的論斷，或是崇抑失實的情況。

在完成上述各章後，回頭說明本論文研究的動機與目的，資料的探討，研究的範圍與處理方式，是為第一章〈緒論〉。

第二章　張元幹詞的創作歷程

　　張元幹生於哲宗皇祐六年（1091），卒於高宗紹興三十一年（1161），一生橫跨北宋末期和南宋初期，歷經哲宗、徽宗、欽宗、高宗四朝。他眼見北宋最後的繁華；身蒙徽、欽二帝被俘的國恥家辱；而身遭亂離以後，卻又目睹南宋君臣怯懦畏戰，一意偏安江南。隨著這種由承平到戰亂，再由戰亂到偏安的政治形勢，他個人的人生道路，也大致可以劃分為承平時期的游學仕宦、客居京城；戰亂時期的抗金禦敵、轉徙江淮；苟安時期的辭官隱退、閑居閩地；以至他晚年遭削籍除名、漫游吳越等四個階段。〔註1〕本章根據這四個階段來探討張元幹詞的創作歷程，是將時代背景、個人事跡直接併入各個分期中，然後配合創作時、地比較明確的詞為主要論證進行探討，〔註2〕

〔註1〕王兆鵬《張元幹年譜》將其一生經歷分為「承平時期的游學與仕宦」（三十五歲以前）；「戰亂時期的從軍擊賊與避亂吳越」（三十六至四十歲）；「苟安時期的隱居與入獄」（四十一歲以後）等三個時期。本文即參酌其意見，但是把最後的一個時期，以紹興二十一年為分界劃開，是為「入獄削籍漫遊吳越」時期，而總此四個時期來探討張元幹詞的創作歷程。

〔註2〕所謂創作時、地比較明確的詞，主要依據原詞題、序提供的線索；另外再參酌王兆鵬（年譜）、黃珮玉、曹濟平（校注）等三人的意見，加以比較、考訂後所得的結果。有些詞雖然不能確定寫作年

藉此詳細考察其生平與創作的相關性，說明張元幹在時代變動、身世推移中，不同層次的生命情調，從而顯示各期詞作的大略風貌，尋索詞風轉變的痕跡。

第一節　承平時期游學仕宦的創作

本期論述範圍定在徽宗崇寧元年（1102）至宣和七年（1125），張元幹十二歲到三十五歲的二十四年間。因為根據資料僅能得知他年幼喪母，早歲就離開故里，隨著父親宦遊南北；再者，他接觸文學創作的活動，是徽宗崇寧年間隨父親赴鄴（今河北臨漳）任所以後才逐漸開始，〔註3〕所以在此略去他居鄉成長的階段不談。

徽宗一朝是北宋最後的繁華局面，一直到宣和七年（1125）金人大舉入侵以前，〔註4〕維持了二十餘年相對承平的局勢。這二十餘年間，汴京都城仍舊顯現出一派繁華盛景，這在時人孟元老筆下有集中而詳盡的描述：〔註5〕

　　僕從先人宦遊南北，崇寧癸未（按：徽宗崇寧二年，張元

　　　代，但是只要能得知寫於那一時期，亦列入該期創作的舉證探討。
〔註3〕根據《蘆川豫章觀音觀書》：「蓋余母亡時，元幹年方總角」（本集卷十附錄），故言其年幼喪母；又據其父執歐陽懋所云：「余崇寧間，與安道少卿同仕于鄴，公餘把酒以詩相屬，時仲宗年未及冠，往來屏間，亦與坐客賡唱，初若不經意，而辭藻可觀，莫不駭其敏悟」（本集卷十附錄〈宣政間名賢題跋〉），故言其早歲即隨父親宦遊而離開故里，並且是在離鄉以後，才逐漸參與文士間的詩酒賡唱，正式觸及文學的創作，但是其表現卻受到父執輩相當程度地肯定。
〔註4〕據《宋史·徽宗本紀四》所載，自宣和七年九月起，金人不斷擾邊，粘罕擁大兵至雲中一帶，是時詔童貫為宣撫使；至是年十二月，童貫自太原遁歸京師，而金人兵分兩道入攻，北邊諸郡皆陷，又陷忻、代等州，進圍太原府。
〔註5〕孟元老，字、里及生平均不詳，約南北宋之間在世。他在南渡后，追憶汴京盛況，作《東京夢華錄》，詳細紀載了十二世紀初期北宋都城東京的城郭、河道、街坊、市容、店肆貿易及宮廷生活、民間習俗等，對研究這一時期的文學作品有很大的幫助。以其曾親歷該時期的繁華局面，所言或不免誇張，仍有相當的參考價值。

幹時年十三）到京師，……太平日久，人物繁阜，垂髫之
童，但習鼓舞；斑白之老，不識干戈。時節相次，各有觀
賞，燈宵月夕，雪際花時，乞巧登高，教池游苑。舉目則
青樓畫閣，繡戶珠簾；雕車競駐於天街，寶馬爭馳於御路；
金翠耀目，羅綺飄香。新聲巧笑于柳陌花衢，按管調弦于
茶坊酒肆。……（〈東京夢華錄序〉）

孟元老的描述或有誇張，這一承平的局面，事實上也難掩長期以來的
貧弱窘態和社會危機。然而徽宗一朝，權臣把持國政，以天下太平而
極樂遊宴、侈靡成風，確有其事。〔註6〕因此儘管邊患愈形嚴重，但
在年年厚奉幣帛的情況下，邊地爭戰，對京、洛地區的安定沒有直接
威脅，對一般生活沒有太大影響，人們心理上很難真切意識到其間的
嚴重性，所謂的「太平日久，人物繁阜，垂髫之童，但習鼓舞；斑白
之老，不識干戈」，正道出了個中消息。昇平氣象和享樂心理模糊了
人們的視野，君臣上下倡為窮奢極侈之風，對社會上日益暴露的危
機，似乎也熟視無睹。就在這種粉飾太平的局面裡，民間財富又被大
量搜括集中，較為優渥的物資條件，畢竟為當時的王公貴族、文士大
夫以及市民階層「新聲巧笑」、「按管調弦」的娛樂生活，進一步提供
了有利的環境。而這種讓人「數十年爛賞疊遊，莫知厭足」（〈東京夢
華錄序〉）的享樂環境，對張元幹早期的詞風應該有絕大的影響。

　　張元幹的創作才華，早在崇寧年間到父親河北官廨的時候，就因
為經常與父執輩賡唱，受到相當的肯定。大觀四年（1110），二十歲弱
冠之年，他更到豫章（今江西南昌）師從徐俯問詩句法，徐俯十分賞愛，
誇他「詩如雲態度，人似柳風雲」（胡仔《苕溪漁隱叢話·後集》所收
徐俯〈贈張仲宗〉詩句）；其間常與名公勝流聚會唱和，〔註7〕詩藝更

〔註6〕《宋史·徽宗本紀四》的贊辭中有一段話為「跡徽宗失國之由，……。
　　　特恃其私智小慧，用心一偏，疎斥正士，狎近姦諛。於是蔡京以獪
　　　薄巧佞之資，濟其驕奢淫佚之志。溺信虛無，崇飾游觀，困竭民力。
　　　君臣逸豫，相為誕謾，怠棄國政，日行無稽。……」。很能夠說明這
　　　種情形。
〔註7〕以〈蘇養直詩帖跋尾六篇〉所云：「往在豫章問句法於東湖先生徐師

見精進，一時頗有聲名。這兩段經歷，似乎偏重於說明詩方面的創作；其實，當時文士之間所謂的「詩酒賡唱」、「結社唱和」，詩人詞客兼而有之，兩者身份難以截然劃分。以大觀四年張元幹躬逢其盛為「同社詩酒之樂」的「豫章詩社」而言，向子諲就有詞追憶當日詩社諸公登臨賦詞的盛集；到了政和二年（1112），詩社諸賢為向子諲餞行，向子諲也是以詞留別，所以詩、詞在當時都是彼此過從酬答的體裁。〔註8〕因為迭相唱酬詩篇，反復唱和詞作，不僅讓張元幹領略了詩朋酒侶酬答唱和的雅趣；也對他早期的詞，諸如創作旨趣、表現題材等方面產生相當的影響；此外也進一步琢磨了駕馭文字的工夫，提高創作的表現能力。

　　早歲跟隨父親宦遊各地，張元幹於何時到達汴京，詳細的年月無可考，僅能根據其父同僚舊友歐陽懋（歐陽脩孫，？～1142）的追述大略推斷，是在崇寧年間之後，因為父親的入朝為官，他也就隨著來到京師，並且在此停留數年。〔註9〕又以他在政和三年已由上舍及第，釋褐授官而出仕澶淵（今河南濮陽西南），往前推算五、六年，約莫

　　　　川，是時洪當駒父、弟炎玉父、蘇堅伯固、子庠養直、潘淳子真、
　　　　呂本中居仁、汪藻彥章、向子諲伯恭，為同社詩酒之樂。余既冠矣，
　　　　亦獲攘臂其間，大觀庚寅辛卯歲也」（本集卷九），可知大觀四年，
　　　　張元幹前往豫章，與當日的名公勝流結社唱和。
〔註8〕向子諲的〈水調歌頭〉詞序云：「大觀庚寅閏八月秋，鰳林老、顧
　　　　子美、……。是夕登臨，賦詠樂甚。……。紹興戊辰再閏，感時撫
　　　　事，為之大息，因取舊時師川一二語，作是詞」。這闋詞成後曾寄
　　　　示李彌遜、張元幹、富直柔、楊无咎等人，《蘆川詞》中即有和〈調
　　　　歌頭，和鰳林居士中秋〉。又據向子諲〈浣溪沙〉詞序云：「政和壬
　　　　辰正月，豫章龜潭作。時徐師川、洪駒父、汪彥章攜酒來別。」可
　　　　見得，詞也是當時過從唱酬的體裁。王兆鵬即認為詞也是當時豫章
　　　　詩社贈答唱和的體裁，並以紹興十八年的又一次次韻酬答，是為第
　　　　二次「雅集」，或稱為「後豫章詞社」（王說見《宋南渡詞人群體研
　　　　究》，頁43～44）：
〔註9〕同註3中歐陽懋題跋所說：「余崇寧間，與安道少卿同仕於鄴，……。
　　　　安道既入朝，其后數年，余亦歸自河朔，再會於京師，仲宗事業日
　　　　進。又數年，復見之，則已卓然成材矣。」以此可知張元幹是在崇
　　　　寧年間以後才到京師，而在此羈留多年。

是在大觀二年（1108）十八歲的時候入太學讀書。〔註10〕因此，由崇寧年間以後，一直到政和三年離京赴任官職，其間除了曾前往豫章從游問學外，絕大部份時間是停留在汴京，身份則為太學生。

　　客居京城期間，正值「年少疏狂」（〈蘭陵王·春恨〉），耳聞目見，又無非是朝廷、民間競逐豪奢的宴飲、游樂；張元幹身處其中，加上他此前的創作經歷，表現出像〈菩薩蠻·政和壬辰東都作〉一類的情調：

> 黃鶯啼破紗窗曉。蘭釭一點窺人小。春淺錦屏寒。麝煤金博山。　夢回無處覓。細雨梨花溼。正是踏青時。眼前偏少伊。

這首詞是現存《蘆川詞》中，自注創作年代最早的一首，但這並不意味張元幹一直到了二十二歲才寫下第一首詞。這首詞寫於徽宗政和二年（1112），張元幹到汴京也有數年的時間，當時是太學上舍生。〔註11〕全詞通過多種意象的烘托，傳達出一種難言的孤寂無聊情懷。這種愁情，可以說只是創作主體以第一人稱敘述觀點代人言情；但是也可以看成是創作主體以眼前踏青時節的景物引發相思，因為殷切懷念，進而設想佳人春日獨處的景況，而這也正可看出是張元幹幾年裘馬輕狂、妓酒流連生活的留痕。

　　〈菩薩蠻·政和壬辰東都作〉一詞，並沒有直接摹寫個人客居京城的生活，要更深切認識張元幹「往昔昇平客大梁」（大集卷三〈次

〔註10〕據〈跋蘇黃門帖〉所云：「蘇黃門頃自海康歸許下，……，政和二年，晚生猶及識之。……。已而與其外孫文驥德稱相遇澶淵。……」（本集卷九）。則至遲在政和三年已任官職於澶淵。以入太學外舍至上舍畢業授官，須五、六年，據此推算，則張元幹大約是大觀二年入太學的。又赴澶淵所任官職，據陳與義於政和年間所贈詩〈送張仲宗押戟歸闌中〉（見《簡齋詩集》卷四），可能就是詩題中所稱的「押戟」。

〔註11〕黃珮玉以這闋詞是張元幹寫於洛陽的作品（見《張元幹研究》頁45）。唯據《宋史·地理志》：「東京，汴之開封也」，張元幹所指「東都」應該就是汴京開封，而這闋詞應該是他在政和二年往許昌拜謁蘇轍之前寫於京師的作品。

友人寒食書懷二首〉）的生活面貌，可以從南渡後對這段時期的追溯中，得到印證。如〈蘭陵王・春恨〉第二片：

> 尋思舊京洛。正年少疏狂，歌笑迷著。障泥油壁催梳掠。
> 曾馳道同載，上林攜手，燈夜初過早共約。又爭信飄泊。

再如〈柳梢青〉後半片也透露了這種生活情調：

> 少年百萬呼盧，擁越女、吳姬共擲。被底香濃，尊前燭滅，
> 如今消得。

回想昔日都城的生活，「年少疏狂」的情事歷歷在目，詞中具見熱鬧歡愉的氣氛；而這種朝歡暮樂、流連光景的五陵年少姿態，正是北宋末「太平日久」、「人物繁阜」環境中的生活顯影。以這種創作背景，再加上張元幹早年視文章為「小技」的創作心態，〔註12〕在意識中並沒有要藉詞以抒寫情志的用心，詞集中一些無法編年，用以刻畫男女相思情愛的作品，和〈菩薩蠻・政和壬辰東都作〉一詞應該是在相同的創作背景、創作心態下寫成，可以推想為張元幹早期的創作。因為這些豔情之作，大都富有一股青春氣息，大抵是早年之作。南渡以後，戰亂流離，窮愁潦倒，張元幹未必有閒情來寫這樣情思明豔的作品。況且，這些詞也看不出有以豔情喻託的意圖，所以推斷為早期的創作，應該比較有可能。這類作品或以女子口吻敘寫閨怨，或用男子口吻直道相思，前者可以舉〈昭君怨〉一詞為代表：

> 春院深深鶯語。花怨一簾煙雨。禁火已銷魂。更黃昏。　衾
> 暖麝燈落地。雨過重門深夜。枕上百般猜。未歸來。

創作主體儼然化身為深閨女子，依據其聲態口吻傳達心緒；全詞善用氣氛渲染和環境烘托，使人想見一個百無聊賴的女子，那種難以排遣的孤寂。後者則以〈春光好〉（吳綾窄）一闋為人稱道，〔註13〕全詞如下：

〔註12〕〈隴頭泉〉一詞曾道：「少年時，壯懷誰與重論。視文章真成小技」。雖然「文章」不限於詞的創作，但應該也包括在內，而且張元幹主要的文學成就也是詞，因而以此言其早年增詞的創作心態，應無不妥。

〔註13〕清・張原櫧《詞林紀事》卷十引萬盧師云：「此詞頗佳，其末句云『憶弓弓』，蓋賦美人纖趾也」。

　　吳綾窄。藕絲重。一鉤紅。翠被眠時常要人暖，著懷中。

　　六幅裙窄輕風。見人遮盡行蹤。正是踏青天氣好，憶弓弓。

種種意象選擇均圍繞春日憶人的情思，由踏青天氣聯想到弓樣繡鞋，
不過是以物代人，寫對意中人想念之情。〔註14〕

　　這些詞，所表現的頗富有青春氣息，而且技巧圓熟，文詞工麗，
情意婉約纏綿，則他早期作品的風貌，於此可見一斑。

　　這種描寫男女情思的作品大都沒有題目，也未記載創作時間，況
且詞中抒寫的主人公又多無定指、無人稱、無名姓，甚至有時候難分
性別，因此這些詞所吐露的離愁別恨可能是他早期客居京洛，流連風
月的留痕。這是從詞所顯現的風味以及張元幹當時身處的享樂環境來
推想；但是這類作品也可能只是他仿作的豔情歌詞，其間未必有創作
主體自我經驗的呈示。然而即使是模擬他人的創作，以張元幹的生平
經歷、創作心境來推想，仍舊以屬於早期作品的可能性為最高。而詞
集中另有一類宴席酬酢的作品，雖然內容上也不重在表現主體經驗、
自我情懷，不過在題序中往往清楚載明創作時間或旨趣，就比較清楚
標識出他的生活面貌。

　　張元幹最遲在政和三年已經出仕澶淵，此後宦海浮沉，酬酢應接
勢不能免。在當時，尋常雅聚或別筵酒席間，填詞唱和是十分自然的活
動；況且他在政、宣年間，「已有能樂府聲」，〔註15〕觥籌交錯之際，附
和風雅、應邀賦詠，寫下不少詞。如〈浣溪沙・王仲時席上賦〉、〈喜遷
鶯慢・鹿鳴宴作〉、〈明月逐人來・燈夕趙端禮席上〉、〈風流子・政和間

〔註14〕黃文吉以張元幹這闋詞「以女子的小腳入詞，比溫庭筠的『鬢雲』、
　　　　『香腮』、「蛾眉」還要細膩（《宋南渡詞人》，頁179），亦即本《詞
　　　　林紀事》所引萬盧師的說法。其實，由踏青天氣聯想到女子的弓樣
　　　　繡鞋，不過是以物代人，主要在表現對意中人的思念，其意並不在
　　　　「賦美人纖趾」或詠女子小腳。

〔註15〕張元幹早年已有詞名，此據宋・周必大《文忠集》卷四十七「益公
　　　　題跋」部分所收跋張元幹送胡邦衡詞裡的說法。周必大生於欽宗靖
　　　　康元年（1126），與張元幹可說是先後同時人，對張元幹的情況應該
　　　　很清楚，其說當可採信。

過延平雙谿閣落成席上賦〉、〈望海潮・癸卯冬爲建守趙季西賦碧雲樓〉
等皆是。今以載明創作年代的〈風流子〉、〈望海潮〉兩闋說明情況。

根據這兩闋詞的題序，得知張元幹在政、宣年間曾多次離京赴
閩。「政和間」，不確知是那一年，以他在政和三年出仕澶淵，則最可
能是政和六年（1116），因爲三年任滿離開澶淵，在未派任新職以前
得空回故鄉福建，途經延平（今福建南平），適逢雙谿閣落成，應邀
宴席而作詞；〔註16〕至於〈望海潮〉一詞則是宣和五年冬（癸卯冬）
回閩，爲當時建寧府（今福建建安）的知府趙季西題詠。這兩闋歌筵
酒席上應景賦物的作品，一賦閣，一賦樓，命意並不新奇；但是其中
對景色的摹寫卻十分可喜，如〈風流子〉上半闋記雙谿閣一帶形勝：

> 飛觀插雕梁。憑虛起、縹緲五雲鄉。對山滴翠嵐，兩眉濃
> 黛，水分雙派，滿眼波光。曲闌干外，汀煙輕冉冉，莎草
> 細茫茫。無數釣舟，最宜煙雨，有如圖畫，渾似瀟湘。

寫景「有如圖畫」，一幅江南春色，躍然紙上，格外顯得清新秀麗；
而碧雲樓的景致，在他筆下呈顯的則是一片清朗空遠：

> 蒼山煙澹，寒谿風定，玉簪羅帶綢繆。輕靄暮飛，青冥遠
> 淨，珠星璧月光浮。城際踊層樓。

詞中不寫閣（樓）而寫景，其實重點仍在以景襯托雙谿閣、碧雲樓的
巍峨；而其中無論寫景，寫席間會飲歡宴，用字造語都相當精到工緻，
顯示了張元幹這時期駕馭文字的技巧已經日漸圓熟。

與刻劃相思情愛、應景賦物的作品相比較，因爲宦遊而觸發的羈
旅客愁，以及沉淪下僚的幽獨情懷，則是張元幹早期作品裡，情感較
爲深摯的。他少有壯懷，自稱是「奏公車、治安秘計，樂油幕、談笑
從軍」（〈隴頭泉〉）；當年的豪情氣概，也有詩爲憑：

〔註16〕據《王譜》考訂（頁31），宋・黃裳《演山先生文集》卷十五有〈延
平閣記〉，即以雙谿閣落成而寫。又黃裳在政和三年至政和六年知福
州（見《北宋經撫年表》卷四），延平隸屬福州，則黃裳作此記當在
知福州期間。張元幹政和四、五年俱任職澶淵，因此，最可能在政
和六年過延平，適逢雙谿閣落成。

世間寢食乃日用，眾生擾擾如蚍蜉。昔年我亦走南北，往
返萬里無停輈。胸中不作異鄉縣，有似坐閱十數州。雲山
渾如舊過眼，歲月不覺春已秋。(本集卷一〈賦漳南李幾仲安齋〉)

年少意氣風發，不僅不以奔波爲意，更慨然有經略天下之志；然而檢
視他不算長的仕宦生涯，仕途遭際並不平順，他「坐看同輩上青雲」
(〈隴頭泉〉)，而自己始終是沉淪下僚。由政和三年的出仕澶淵，到
宣和元年的「獲緣職事」回福建，以至日後的出任陳留(今河南開封
縣)縣丞。〔註17〕十餘年間，或出任州郡小官，或因秩滿暫歸京城，
甚或到各地從遊問學，他「窮年奔走」(本集卷十〈蘆川豫章觀音觀
書〉)，的確是「往返萬里無停輈」，只是胸中的壯志卻無由實現，而
春秋代序，已經蹉跎幾多青春時光。

　　功名未就、壯懷失落，熱切投身官場，卻徒然蹉跎歲月；原以爲
會有一番作爲，卻同樣走入歷來文士悲愴的路子。不過張元幹畢竟沒
有就此引身而退，〔註18〕只是區區宦遊，就誠如陳與義贈詩所形容的
「翩然鴻鵠本不群，亦復爲口長紛紛。去年弄影河北月，今年迎面江
南雲」(《簡齋詩集》卷四〈送張仲宗押載歸閩中〉)不過圖得溫飽，
就不免令他疑慮、懊恨，而經常流露出一種羈旅思鄉的情懷。這在政
和五年賦詠雙谿閣的〈風流子〉一詞中，其實已經露出端倪：

有天涯倦客，尊前回首，聽徹伊州，惱損柔腸。不似碧潭
雙劍，猶解相將。

在歌筵酒席，自道「天涯倦客」，萍梗飄流的感慨不言而喻。原想在
飲宴中可以暫尋歡樂，無奈就像那「憔悴江南倦客，不堪聽急管繁弦」
(周邦彥〈滿庭芳·夏日溧水無想山作〉)；席間的繁弦急管，引發更

〔註17〕據〈祭祖母彭城邵夫人劉氏墓文〉：「元幹獲緣職事，……。宣和元
　　　年八月初吉張元幹記」(本集卷十附錄)，僅能得知他在宣和元年又
　　　得一小官，但官職不明。至於出陳留縣丞，則據〈洛陽陳去非自符
　　　寶郎謫陳留酒官予時作丞澶淵舊僚友也有詩次韻〉(本集卷一)可
　　　知。唯何時出任此一官職，未能確知。
〔註18〕張元幹致仕隱退在紹興元年，詳見第二、三分期所論。

深的哀傷，教人「惱損柔腸」。至此，早已是愁緒萬端，奈何再憑添兩地相思。儘管只在結拍兩句，縮合當地（延平津）的故事傳說含蓄點出，〔註19〕實際上他早已不勝天涯流落而歸思縈懷了。

　　這類羈旅行役的作品，能夠確實考知是這一時期寫成的，還有〈浣溪沙‧書大同驛壁〉和〈滿江紅‧自豫章阻風吳城山作〉兩闋。宣和元年三月，張元幹離京赴閩，前後淹留數年。其間又遭逢方臘兵亂，景況可以說頗爲艱舛。〔註20〕遭時不際、倦客思鄉，一股羈旅哀愁悄然襲來：

　　　榕葉桄榔驛枕谿。海風吹斷瘴雲低。薄寒初覺到征衣。　歲晚可堪歸夢遠，秋深偏恨得書稀。荒庭日腳又垂西。(〈浣溪沙‧書大同驛壁〉)

這首詞是寫羈旅孤栖的情懷。詞中的「大同驛」，在今福建同安縣，所寫的榕葉、桄榔、海風、瘴雲，是嶺南特有的景物。張元幹因早歲離鄉，而且已立戶北方，此番回閩，是「去親庭，適數千里外」而「周旋荒遠」(本集卷十〈宣政間名賢題跋〉劉路、翁挺二人跋語)。雖說是「獲緣職事」，畢竟不過一介小官，久困羈旅，獨對此景，情何以堪。結拍以景收束，著一「荒」字，益發點染了驛館孤清的氛圍；這荒庭殘照的圖景裡，張元幹正是那位寂寞行客，兀自教濃愁深恨啃嚙心靈。這心頭的濃愁深恨，只緣山長水闊，歸期難卜而家書無著。

〔註19〕據《晉書‧張華傳》所載：「華聞豫章雷煥妙達象緯，……煥到縣，掘獄屋基，入地四丈餘，得一石函，光氣非常，中有雙劍，並刻題，一曰龍泉，一曰太阿。……遺使送一劍並土與華，留一自佩。……煥卒，子華爲州從事，持劍行經延平津，劍忽於腰間躍出墮水。使人浸水取之，不見劍，但見兩龍各長數丈，……須臾光彩照水，波浪驚沸，於是失劍」。

〔註20〕據〈祭西禪隆老文〉：「別曾幾何（指宣和元年之別），亂起方臘，克勤南征，爰奮北伐。四海橫潰，我還舊廬，憂患荐臻，獨師恤諸」(本集卷十)。方臘兵亂，據《宋史紀事本末》卷五十四所載，起於宣和二年十月，十二月攻陷杭州，後來凶焰日熾，附者益眾，而致東南大震。張元幹〈浣溪沙‧書大同驛壁〉即使不是此次淹留閩地的作品，至少以詞序和内容來推斷，也能得知是政、宣年間在閩地寫成的。

　　同樣是寫羈旅客愁，宣和二年所寫的〈滿江紅・自豫章阻風吳城山作〉一詞，勾勒鋪寫，表現更爲婉約深摯。張元幹拋別親人，羈旅天涯，自己固然是萍梗飄流，然而更是辜負佳人終日凝望。詞中將綺懷相思併入羈旅行役的主題裡，把情感直接指向妝樓佳人。羈旅行役是他悲離的原因，悲離又更加重他宦遊羈旅的淒楚，一種矛盾、懊惱的愁緒，在詞裡表露無遺：

> 春水迷天，桃花浪、幾番風惡。雲乍起、遠山遮盡，晚風還作。綠卷芳洲生杜若。數帆帶雨煙中落。傍向來、沙觜共停橈，傷飄泊。　　寒猶在，衾偏薄。腸欲斷，愁難著。倚篷窗無寐，引杯孤酌。寒食清明都過卻。最憐輕負年時約。想小樓、終日望歸舟，人如削。

這首詞是張元幹由豫章下白沙途中，[註21] 因旅途阻阨、自傷飄泊而寫。詞中也寫離愁別緒，可是與前面所討論刻劃相思情愛的詞不同，這裡重在抒寫身世感懷，顯得格外眞摯情深。表現手法上，描摹周遭景色，渲染氣氛，是以景起；繼而勾勒主人公形象，篷窗無寐、引杯孤酌，表現了幽獨的情懷；結處化用柳永「想佳人、妝樓顒望，誤幾回、天際識歸舟」（〈八聲甘州〉）詞句，而以「人如削」三字收尾，顯得特別悽切。這些都是化虛爲實的寫法，把難以捉摸的情思具象化，因而更富有眞情實感。

　　這一闋〈滿江紅〉詞，可以說是張元幹這一時期較爲出色的作品。與柳永擅長表現的羈旅行役詞相比，很有些柳詞的風味，寫得情韻兼勝；又〈滿江紅〉調，一般例用入聲韻，音節拗怒，聲情激越，適宜用來抒發豪壯慷慨的感情和恢張的襟抱。張元幹這首詞卻寫得婉約情深，與周邦彥《片玉集》中唯一的一闋同調作品，風情格調絕似。同

〔註21〕〈跋楚甸落帆圖〉所說：「往年自豫章下白沙，嘗作〈滿江紅〉詞，有所謂『綠卷芳洲生杜若，數帆帶雨煙中落』之句」（本集卷九），所指即此詞。宣和二年春，張元幹「獲拜先生（指陳瓘）於南康」（本集卷四〈上平江陳侍郎十絕〉序）。由豫章赴南康須過白沙，因此，這闋〈滿江紅〉詞應該是宣和二年春的旅次中所寫。

樣以細膩筆觸描寫相思，只是周邦彥詞重在以女子口吻刻畫，〔註22〕而張元幹詞則結合了羈旅客愁，更易於體現創作主體的身世感懷。

隨著人生經歷的轉變，張元幹早期的詞，在創作環境上由才子佳人活動的秦樓楚館、香閨繡戶，搬到了仕宦的應酬宴席和羈旅客途之中；寫作內容則不外乎表現相思綺懷、應景賦物和鄉愁旅思。前兩者主要在紀錄他北宋末年風流閑雅的生活，很可能只是偶然的弄筆，非精心刻意之作；只有後者是在羈旅客愁之中寄寓著沉淪下僚的幽獨情懷，帶有比較鮮明的主體意識。因此，宋·周必大（1126～1204）所說張元幹「在政和、宣和間，已有能樂府聲」（《文忠集》卷四十七），以能夠考知是張元幹在政、宣年間寫的詞來看，則他賴以在詞壇嶄露頭角的，主要還是一些承襲花間詞風的作品。雖然他曾經意識到當時社會的危機，「心知天下將亂，陰訪命世之賢」，〔註23〕獲拜陳瓘于盧山，與李綱定交梁溪（今無錫市），商榷古今治亂成敗，但是現存詞集中卻沒有任何反映北宋末年政治社會現實的作品。

其實受到當時社會和詞壇風氣的影響，南渡詞人在北宋末年的詞，大抵也在追摹花間詞風，表現類型化的雪月風花、脂粉才情和悲歡離合。〔註24〕如朱敦儒〈菩薩蠻〉（風流才子傾城色）一類的作品，如葉夢得此期有名的作品〈賀新郎〉（睡起流鶯語），以及向子諲的《江

〔註22〕周邦彥〈滿江紅〉詞爲：「晝日移陰，攬衣起、春帷睡足。臨寶鑑、綠雲撩亂，未忺妝束。蝶粉蜂黃都褪了。枕痕一綫紅生肉。背畫闌、脈脈悄無言，尋棋局。　重會面，猶未卜。無限事，縈心曲。想秦箏依舊，尚鳴金屋。芳草連天迷遠望。寶香薰被成孤宿。最苦是、蝴蝶滿園飛，無心撲」。洪惟助先生即曾指出「此寫閨怨，以女子爲主體作詞，殆無疑」（《清眞詞訂校注評》頁76）。

〔註23〕這句話出自〈祭少師相國李公文〉，「命世之賢」，主要指陳瓘、李綱等人。詳細情形擬在下一節附註中再相機說明。

〔註24〕以上主要參酌王兆鵬所論。不過他也指出「有幾位詞人不爲整個詞壇所左右，而默默沿著蘇軾所『指出』的『向上一路』探索前行。這就是李綱、王以寧等人」（《宋南渡詞人群體研究》頁195）。李綱、王以寧二人在政、宣年間所作諸詞側重在抒發自我遭受挫折後的人生體驗和看破紅塵的心緒，確實是脂粉氣比較淡薄。

北舊詞》，莫不是如此。

　　徽宗一朝，儘管內裡千瘡百孔，表面卻依然維持著歌舞昇平，社
會上享樂的風氣極度高張。南渡詞人在北宋末這段期間，一方面因為年
紀尚輕，並未真正經歷人生的曲折磨難；一方面由於環境許可，自然容
易傾向個人的享樂。葉嘉瑩談到蘇軾對詞的拓展在當時以至北宋末期未
被普遍接受的原因之一，正在於歌舞淫靡的社會風氣。〔註25〕而徽宗崇
寧四年設立大晟樂府，名義上是為了正雅樂，實際上不僅未能阻止俚俗
歌詞的流播，社會上，「旖旎近情」、「使人易入」（《四庫全書總目提要‧
樂章集提要》）的柳永詞，仍然具有強大的吸引力。而大晟府中更有一
批「奉旨填詞」的御用詞人，專門替皇室消閒解悶、粉飾太平，其流風
所被，使得「祖述者益眾。嫚戲污賤，古所未有」（王灼《碧雞漫志》
卷二）。當日詞壇的風尚，正如王灼所感慨係之的，「今少年妄謂東坡移
詩作長短句。十有八九不學柳耆卿，則學曹元寵」（同上引），蘇軾詞的
影響力在北宋末年確實不及柳永和那班大晟詞人。另外，周邦彥的提舉
大晟村，雖然為時不到兩年（1116～8），他的主要創作階段，基本上也
不在大晟府任上，但是他的詞向以聲律之美、文字之工被推為大宗，流
傳很廣；而他於宣和三年卒於南京鴻慶宮時，葉夢得、向子諲等人都已
卓然有成，張元幹也已經三十一歲，也已在詞壇嶄露頭角，他們在北宋
末年的創作，不免受到周邦彥詞的示範和影響。

　　與絕大多數的南渡詞人一樣，張元幹在北宋末年的詞，深受當日
社會風氣和詞壇好尚的影響；而張元幹早年又抱持者「文章為末技小
道」的創作態度；更何況這個時期的創作，在他整個詞的寫作生涯中，
只不過是啼聲初試的階段，自然易於趨向追摹前人的詞，蹈襲傳統的
題材，而難以形成個人獨特的風格。這時期的詞，無論是就表現內涵，

〔註25〕葉嘉瑩認為蘇詞的拓展未能引起同時代作者普遍認同的原因有三，
　　　　分別為「由於詞要以婉約為主的傳統觀念之拘限」；「由於北宋直到
　　　　末期仍充滿了歌舞淫靡的社會風氣」；「由於詞在蘇軾手中雖表現了
　　　　詞在詩化以後的很高的成就，但同時卻也顯示了詞在詩化以後的一
　　　　些缺點」。詳細論述參見《靈谿詞說》所收〈論辛棄疾詞〉一文。

抑或表現手法，往往都還缺乏新穎的東西，比較少創意。在北宋末年柳、周詞的鉅大影響力，以及晚唐五代以來，對詞的發展起著相當規範作用的「花間」詞風籠罩下，張元幹的詞，模擬溫庭筠等「花間」詞的痕跡比較明顯，而〈滿江紅‧自豫章阻風吳城山作〉一詞則綽有柳、周詞的風味。他的詞要有重大的突破，並且取得傑出的表現，則有待靖康之難與北宋淪亡等時代巨變之後。

第二節　戰亂時期流落江淮的創作

本期討論範圍定爲欽宗靖康元年（1126）到高宗建炎四年（1130），張元幹三十六歲到四十歲間的創作。確知是這個時期所寫的詞有〈水調歌頭‧同徐師川泛太湖舟中作〉和〈石州慢‧己酉秋吳興舟中作〉兩闋。

雖然只有五年時間，卻單獨劃分一期論述，是基於以下幾點考量。

五年的戰亂流離，是張元幹一生重大的轉折時期，也是創作上的重要轉進時期。整個創作環境和心態，與此前的承平時期，和此後的致仕歸隱，其間殊異甚多，想要探究他詞風的轉變，就不能不特別留意這五年流落江淮的歲月。

再者，戰亂期間，張元幹曾入李綱幕府，對抗金人，浴血奮戰，這段經歷成爲他畢生難以或忘的追憶。如果引用西方文學批評中「情意結」這一術語，那麼與抗敵經歷相結合的許國雄心和未酬壯志，可以說是張元幹平生一個重要的「情意結」。〔註26〕這一份情意，往後經常流露在詩、詞中。後人通常對辛棄疾抗金救國的英雄事蹟耳熟能詳，也知道陸游有一段「鐵馬秋風大散關」的邊關戎馬生活。這些經歷都相應地加強了他們愛國詞篇的情感深度和力度。同樣

〔註26〕以上所論係參照葉嘉瑩《靈谿詞說》一書中論析陸游詞的方法。陸游在南鄭邊防擔任幕府時的生活經歷，對他的詩、詞都產生過極大影響。葉先生稱這一與南鄭生活相結合的報國雄心與未酬壯志，是陸游平生一個重要的「情意結」。

的，要眞正體認張元幹這一類作品可貴的地方，必須掌握他南渡後
作品化爲千殊萬貌，卻始終未曾衰歇的志意。這種志意固然是根源
於性分和家風薰陶，然而這一時期的抗戰經歷，所造成的諸多影響，
卻是極爲重要的誘發因素。因而同樣不能輕忽這五年戰亂時期的關
鍵性。人稱其詞「長於悲憤」（明・毛晉《宋六十名家詞・蘆川詞跋》），
不得不追溯這段人生磨難所起的深遠影響，由這個時期的創作可以
尋繹後來發展的脈絡，發現其中情志內涵的根源。因此，唯有弄清
楚他在這時期的愛國壯舉和多舛的遭遇，才能眞切體認這類以悲憤
爲主調的詞可貴之處，從而作出如實的評價。

　　至於能夠據以論證的詞，雖然僅有兩首，卻是《蘆川詞》中頗有
特色的代表作，已能察見其創作風貌與南渡前截然不同；而且藉由其
他詩文，可以很確切掌握張元幹這期間流離生活的感受和思想的轉
變，詩詞相互印證，再觀察其他詞人的創作，以此來探究張元幹這時
期詞的創作情況，應該不至於產生太大誤謬。

　　徽宗宣和七年冬，久已窺視中原的金兵，在滅遼後，揮師南侵，
北邊諸郡紛告陷落。敵騎奄至，宋朝各路守軍多望風奔潰，金兵統帥
宗弼率軍渡河時都不免感嘆：「南朝若以二千人守河，我豈得渡哉！」
（《大金國志》卷四〈紀年〉），可見朝野上下毫無抵抗的心理準備。
欽宗本欲親征，以李綱爲東京留守，而宰相白時中等人卻主張奉欽宗
出幸襄、鄧，以避敵鋒，君臣畏戰怯懦，顯得倉皇無措。金人渡河後，
直逼京師而來，李綱極力主張抗戰、固守京城，獲拜爲親征行營使，
總領行營兵權，負責守衛京師。﹝註 27﹞張元幹當時是在陳留縣丞任
上，他力主抗金，曾在「靖康之元，上卻敵書」（張廣〈蘆川詞序〉），
而李綱又早就賞識張元幹的才華、志向，因而羅致他入幕爲屬官。張
元幹一入李綱麾下，立即投身保衛京師，同李綱一道親臨城上冒險指
揮，和金兵日夜鏖戰。十餘年後（紹興十年），張元幹追憶這段刻骨

﹝註27﹞以上有關靖康元年金兵入侵的形勢、舉措，主要參考《宋史》卷廿
　　　　三〈欽宗本紀〉所載。

銘心的經歷，仍是歷歷如繪：〔註28〕

> 越明年冬（宣和七年冬），虜騎大入，公（李綱）在泰常決
> 策，……。建親征之使名，總行營之兵柄，辟置掾曹，公
> 不我鄙，引承人乏。直圍城危急，羽檄飛馳，寢不解衣，
> 而餐每輟哺，夙夜從事，公多我同。至於登陴拒敵，矢集
> 如蝟毛，左右指麾，不敢愛死。庶幾助成公之奇勳，初無
> 爵祿是念也。……。（《梁溪先生文集》附錄所收張元幹〈祭少師
> 相國李公文〉）

這段直接抗敵的生活十分短暫。是年二月，宋罷李綱以謝金人，廢除
親征行營司，金人引兵北去，張元幹的從戎生涯也告結束。

此後，張元幹雖然沒有親身抗敵，卻仍然留在汴京，心繫國事，
留心宋金形勢。金人退師，京師解嚴，宋廷再置邊事於不問，君臣上
下恬然，李綱所上備邊御敵八策，也不見聽用。靖康元年六月初，太
原又告危急，李綱卻被排擠出朝，為河北、河東兩路宣撫使，遣援太
原。張元幹對李綱出帥兩河極度憤慨，並且指陳其間禍福利害：

> 向使盡如壯圖，督追襲之師半渡而擊，首尾相應，可使太
> 原解圍，奈何反擠公，則有河東之役。僕嘗抗之曰：『榆次
> 之敗，特一將耳，未嘗遽遣樞臣，此盧杞薦顏魯公使李希
> 烈也，必污國體。』……。（〈祭少師相國李公文〉）

當初李綱在圍城中，「明目張膽，任天下之重」（〈祭少師相國李公
文〉），乃是不得已而料理兵事，遣援太原，實在是遭主和派大臣構陷，

〔註28〕張元幹於紹興十年有兩篇祭文哀悼李綱，祭文在本集中未收，而收入
《梁溪先生文集》附錄部份，原題為「張致政」、「再祭」。李綱孫李大
有在編《梁溪集》時，收錄諸家祭文，皆以人編次，張元幹早年致仕，
故稱「張致政」；而「再祭」，是李綱祭于福州的前一日為文再祭。張
元幹在祭文中自稱「門生右朝奉郎致仕賜緋魚袋張元幹」。自稱「門
生」，可以知道李綱與他亦友亦師，情誼匪淺；又據所署官銜品秩為「右
朝奉郎致仕賜緋魚袋」，可見張元幹紹興元年是以右朝奉郎致仕的。依
《宋史》卷一百六十九〈職官志〉朝奉郎為文散官，正六品，有秩無
職。祭文中對宣和末年以來朝廷內外的舉措，以及自己追隨於李綱麾
下的經歷，均有詳細記載。以下凡援引祭文，均依本集中〈挽少師相
國李公〉詩題，改作〈祭少師相國李公文〉、〈再祭少師相國李公文〉。

主要在排擠他出朝。九月，金人果眞攻陷太原，李綱罷知揚州，後又落職提舉洞宵宮。〔註29〕李綱遭貶黜，牽連很廣；張元幹向爲李綱親知，又極力主張抗金，也在同日受貶。〔註30〕

　　遭貶後，張元幹漂流漫遊。是年冬天，當他流落至淮上，聽到京城失守，心中悲苦無告，乃就所見所感，賦成有名的〈感事四首丙午冬淮上作〉：

戎馬環京洛，朝廷尚議和。傷心聞徇地，痛恨競投戈。始望全三鎮，誰謀棄兩河。甲兵無息日，吾合老江波。（之三）
肉食貪謀己，幾成國與人。珠旒輕遺敵，玉冊忍稱臣。四海皆流涕，三軍盡奮身。不堪宗社辱，一戰靖煙塵。（之四）

參諸史實，這幾首詩，堪稱實錄，對於瞭解當時宋、金形勢和張元幹積極主戰的態度有很大的助益。詩裡深刻反映靖康之難的悲劇，道盡失志英雄的共同感慨，而他報國有心、請纓無路的憤激更是噴薄而出。當初圍城之中，軍民死守，形勢本有可爲，他更是一心爲國，不以爵祿爲念，而今眼見功敗垂成，耿耿赤忱，也只能徒呼負負，無可如何。此番離開京師，無窮的家國之念、京華之思，也只有嘆問「中原何日再京華」（本集卷二〈次友人書懷〉），他再也沒有機會獻身殺敵，更沒有機會再返汴京。

　　隨著金人的不斷南侵，昔日繁華競逐的昇平世界，成了「乾坤震蕩」、「土字分裂」（本集卷一〈建炎感事〉詩）的局面。戰火硝煙把人們驅趕到亂山野水間，所謂「那知戎馬際，亦使山房驚」（本集卷

〔註29〕李綱罷宣撫使，以觀文殿學士知揚州。主和一方論其專主戰議，喪師費財；後又落職提舉洞宵宮。李綱罷職後，即歸梁溪。詳細始末可參《靖康要錄》卷十一所載。

〔註30〕遭貶斥一事，在〈祭少師相國李公文〉中，張元幹自稱爲「是歲秋九月，率與公同日貶，凡七人焉」。同時遭貶斥者，據張元幹所說，共有七人；但據《宋史》卷三八二〈張燾傳〉所說：「綱貶，親知坐累者十七人，燾亦貶」，則受貶者十七人；《宋史》卷四三五〈胡安國傳〉中詳言當日遭貶之人，未見張元幹名。以張元幹素爲李綱親知，又力主抗戰，且根據本集卷二〈上張丞相十首〉所說：「罪放丙午末，歸來辛亥初」，丙午，靖康元年，可見張元幹確實與李綱同日遭貶。

一〈訪周元舉菁山隱居〉詩），連山野村夫都無法置身事外，顯然這種亂離是難以驅避的。儘管南渡前，張元幹也曾困於宦遊羈旅，所謂的「翩翩鴻鵠本不群，亦復為口長紛紛。去年弄影河北月，今年迎面江南雲」（陳與義《簡齋詩集》卷四〈送張仲宗押載歸闕中〉詩），但這種飄蕩，畢竟不同於南渡後「浮家來水村，避亂畏矰繳」（本集卷一〈過白彪訪沈次律有感十六韻〉）的驚懼、不安。政局的遽變，造成大時代的悲劇，在「四顧皆驚波」（本集卷一〈建炎感事〉）的局面裡，當時北方的士大夫和民眾紛紛南徙，「時而西北衣冠與百姓，奔赴東南者，絡繹道路，至有數十里或百餘里無煙舍者」；連世居南方的百姓也不得不四處奔逃避難，「老弱扶攜於道路，飢疲蒙犯於風霜，徒從或苦於驛騷，程頓不無於煩費」；〔註31〕而南渡詞人們，也都先後捲入了飄泊轉徙的洪流裡。即使是像朱敦儒，早年自命為「清都山水郎」，「幾曾著眼看侯王」（〈鷓鴣天〉），一派紅塵是非不到我的神仙風致；戰亂發生後，也不得不離開洛陽，經由淮河抵達金陵（今南京），再歷江西而避難兩廣。昔日疏狂的五陵少年，成了流離播越的傷心遷客，撫今追昔，強烈的心理反差，致使詞人們紛紛長聲浩嘆：

誰信得、舊日風流，如今憔悴，換卻五陵年少。（朱敦儒〈蘇武慢〉）

天涯路，江上客。腸欲斷，頭應白。（趙鼎〈滿江紅・丁未九月南渡泊舟儀真江口作〉）

寒食今年，紫陽山下蠻江左。竹籬煙鎖。何處求新火。（陳與義〈點絳唇・紫陽寒食〉）

在時代陰影的籠罩下，詞人們紛紛吐露飄泊亂離的心聲、血淚，而張元幹的嘆問「底事中原塵漲」、「喪亂幾時休」（〈水調歌頭・同徐師川泛太湖舟中作〉），雖然未直接描寫亂離飄泊的情形，卻也反映出個中

〔註31〕 以上兩段引文見於宋・徐夢莘《三朝北盟會編》卷一三四，建炎三年十一月十三日的「劉位知濠州」條，以及「三日丁未德音」條。由此顯見當日眾人流離播越的景況。

的苦痛、酸辛。

　　靖康難後，宋室南渡，激於時代風雲，面對國土淪喪、金甌殘缺的現實，表現抗敵愛國、志欲恢復的作品，成為當日詞壇的主調。然而詞人們身經亂離，面對國家或個人的前途，他們卻又顯得憂傷、焦慮，他們既憂世也憂生，敏銳的心靈，正如同不遑寧處的生活境遇一般，經常是處於不安的狀態。因此，除了慷慨激越的志意，對民族災難的深沉感慨，對個人命運的無窮嘆息，全都流瀉筆端；而且詞人慣常通過避亂飄泊的生活或心境來發抒，就透顯出一份淒楚的飄泊情懷，甚而有時候表現為一種沉重的壓抑感。飄泊感與愛國情糅合在一起，基本上是特殊的時代環境所造成的，因而在南渡詞人這時期的作品裡，經常會讓人同時感受到磅礡的志氣和深邃的哀傷，詞的基本風格是偏於「悲壯」的。只是相同的創作背景，以個體人生遭際、生命情調的不盡相同，有人著意表現濃重的飄泊感，刻劃流離的感受，詞就顯得低沉、淒苦些；有人比較偏重在發抒志士失路的憤激，在悲壯之外，就另有一種豪邁的氣勢。前者如朱敦儒、李清照的詞，茲以朱敦儒這時期的兩首詞作一說明：

> 扁舟去作江南客，旅雁孤雲。萬里煙塵。回首中原淚滿巾。
> 碧山對晚汀洲冷，楓葉蘆根。日落波平。愁損辭鄉去國人。
>
> （〈采桑子‧彭浪磯〉）
>
> 萬里飄零南越，山引淚，酒添愁。不見鳳樓龍闕又驚秋。
> 九日江亭閒望，蠻樹繞，瘴雲浮。腸斷紅蕉花晚、水西流。
>
> （〈沙塞子〉）

〈采桑子〉是避亂到江西彭浪磯所寫，面對江南陌生蕭颯的景象，一片夕照，無限蒼茫，使「辭鄉去國」的朱敦儒倍感淒涼。後來他更浪跡至嶺南，飄泊愈遠，詞境愈悲，嶺南的景物，教他怵目驚心；滿紙是淚、愁、腸斷等哀傷的字眼，把內心幽咽的感情，全盤托出。朱敦儒、李清照二人，自幼生長於北方，過的是安定優裕的日子；南渡時，初來乍到，極難適應江南的景物與生活，李清照更值喪夫之痛，他們

在詞裡就比較偏重在抒寫伴隨戰亂而來的思鄉愁情、流離苦恨。

至於後者，則多數南渡志士詞人的作品中都具有這種特色。張元幹與眾多南渡的志士詞人一樣，對朝廷的怯懦畏戰極表不滿，又以他親身抗敵的經歷，南渡之初，他在詞裡就比較偏重在表述壯懷的失落，並且尋根究柢，指斥現實，志欲恢復。雖然他也寫飄泊亂離，但以他南渡前即曾羈旅各方、遍歷南北，早年又生長於福建，流離之苦，不若朱敦儒、李清照他們還要適應南方風土、人物。在他詞裡，飄泊感與愛國情的糅合，更在於把自己的忠愛之志、悲憤之情，通過亂離的背景酣暢盡致地表露出來。茲以他於建炎三年所寫的兩闋詞作番比較和論述。

建炎三年，對南宋朝廷而言，是災難性的一年。二月，金兵攻陷高宗駐蹕的揚州，高宗倉皇南逃；三月，又發生苗傅、劉正彥兵變，脅迫高宗退位；六月，金兵大舉揮兵南下；十月，金人渡江，並且攻陷臨安，高宗則狼狽逃往海上，金兵統帥金兀朮猶率軍窮追不捨，江南一帶慘遭蹂躪。〔註32〕是年，張元幹避亂南行，於吳興（今浙江湖州市）乘舟夜泛，寫下〈石州慢・己酉秋吳興舟中作〉一詞。此時正是南宋風雨飄搖之際，迫於外患內憂，戰亂席捲一切的動盪時刻。在戰禍頻仍，國勢危殆紛亂的時局裡，張元幹目擊心傷，感時抒憤，道盡了英雄失志的共同哀感：

> 雨急雲飛，驚散暮鴉，微弄涼月。誰家疏柳低迷，幾點流螢明滅。夜帆風駛，滿湖煙水蒼茫，菰蒲零亂秋聲咽。夢斷酒醒時，倚危檣清絕。　心折。長庚光怒，羣盜縱橫，逆胡猖獗。欲挽天河，一洗中原膏血。兩宮何處，塞垣祇隔長江，唾壺空擊悲歌缺。萬里想龍沙，泣孤臣吳越。

詞人於秋夜泛舟，獨倚危檣，觸目盡是零亂、衰敗、黯淡的景象。全詞以景起興，是張元幹慣常運用的手法。詞人心緒沉重，所觀照之物也蒙上一層灰暗慘淡的冷色，而通過景物的描摹，又從而暗示了詞人

〔註32〕以上有關建炎三年的形勢發展，主要依據《建炎以來繫年要錄》卷廿、廿一及廿九等三卷所載時事。

內心的激動不安。雨急雲飛、驚散暮鴉、疏柳低迷、流螢明滅、煙水蒼茫、菰蒲零亂，固然是詞人所見的實景，而這流動不安的圖景，卻也概括了動亂的時代氛圍。因而在意象蕭森的秋景裡，激蕩著風雨如晦、騷動不安的時代風雲；凝聚著詞人沉痛悲愴的心情、意緒；個人蹇促困頓的身世，交織著國家衰亡的命運。詞人是以情景交融的手法，透露自己憂念國事，苦悶傍徨的心情，而一個「夢斷酒醒」後，找不到出路的愛國志士形象逐漸鮮明起來，為下片抒情作好舖墊。

　　詞的下半闋，則是痛快淋漓的直抒胸臆、指斥時事。「欲挽天河，一洗中原膏血」，表明驅逐逆胡、收復中原的抱負；「唾壺」一句以下，則發出金甌已缺而志不獲伸的憤慨。而在激蕩澎湃的情感波濤中，作者又分別穿插了「群盜縱橫」、「逆胡猖獗」、「塞垣秖隔長江」的悲慘現實，情、事相互生發，不但是以紀事來強化情感的表現，也在於使詞中含納著深廣的政治、社會內容。因為如果沒有瘡痍滿目的動亂描寫，則詞人志欲恢復的抱負，就缺乏現實的基礎，詞人請纓無路、擊壺悲歌的悲憤也就沒有真正感動人心的力量。而以前文所論張元幹在戰亂中勇於任事、奮勇抗敵的精神與膽略，見諸創作，則滿腔忠憤乃是噴薄而出，是鬱積於胸中萬不得已而發。清人陳廷焯（1853～1192）評此詞「忠愛根于血性，勃不可遏」（《詞則‧放歌集》卷一），或即著眼於詞中具有真正令人感發的情意本質，並非一味地粗獷叫囂，而這種忠愛根性的迸發，自然會產生一種強烈震撼人心的氣勢。

　　〈石州慢〉一詞，通篇都寫孤憤。國家形勢危若累卵，張元幹縱有如虹壯志，「欲挽天河，一洗中原膏血」，因於當日宋廷對金的政策和他個人多舛的遭際，抱負無以施展，只能夠唾壺「空」擊、「孤」臣泣飲。然而這孤臣孽子的呼告，畢竟也強烈傳達了張元幹殺敵報國、義無反顧的理想和信念，因而全詞慷慨激越、悲憤不盡。

　　同是這個時期所寫的另一闋詞——〈水調歌頭‧同徐師川泛太湖舟中作〉，面對相同的亂象，張元幹強烈的用世之心並沒有發生根本的改變，中原的淪陷、故國的覆亡、二帝的北擄，仍然教他魂牽夢繞，

難以或忘。然而壯懷在亂離的歲月中日見消磨，壯志既不獲騁，政治功業上難以寄命，銳意前進，又橫遭排擠、打擊，徒然斲傷生命，盱衡現實，似乎唯有個體的抽離，才能暫時紓解壯懷失落的痛苦。因此，儘管詞裡也吐露個人對國事的憂念，卻更著重於表現一種欲有為而不得、欲隱退而不忍的矛盾情懷：

> 落景下青嶂，高浪卷滄洲。平生頗慣，江海掀舞木蘭舟。百二山河空壯。底事中原塵漲。喪亂幾時休。澤畔行吟處，天地一沙鷗。　想元龍，猶高臥，百尺樓。臨風酹酒，堪笑談話覓封侯。老去英雄不見。惟與漁樵為伴。回首得無憂。莫道三伏熱，便是五湖秋。

全詞以景起興，寫日落時分太湖的洶湧波濤，其實也在寫國家遭逢的變局和自己淪落的人生際遇。就個人而言，歷經多年湖海飄泊，此心已悠然，再大風浪也能夠經受；最不堪的是，形勢本有可為，何以中原板蕩、家國遽變，自己憂心如焚，卻也只能像屈原行吟澤畔，憔悴憂國而無處著力。

　　詞中以屈原自比。屈原所處的時代，列強紛爭，戰禍不絕，在君王無明，群小競逐的情況下，他正道直行的豪傑作為，無以力挽狂瀾。面對國家紛亂的局勢，張元幹燭洞形勢，深知屈膝議和、乞求苟安，非根本之道，當日形勢尚有可為，唯有抗戰擊敵，才能獲得永久的安定；然而當他也陷入了與屈原同樣的困境時，他畢竟不像屈原將一切苦難全幅承擔，在遭罷廢不堪時，仍然堅持誓死以赴，最後終將身軀和血淚交付潺潺汨羅。張元幹積極的入世情懷至此展現為另一面貌，表現出對抗和捨離的兩難，這種意念的糾葛、掙扎，由上片「澤畔行吟處，天地一沙鷗」兩句引發；對國事的關切，至此竟成絕路，由全身投入到寂寞自照，竟是不堪回首的歷程。緊接著下片詞意的幾層轉折，集中體現了心中的猶疑與矛盾。想到湖海豪氣不除的陳元龍（三國時人），始終不忘扶世救民的壯志；我張元幹何嘗沒有如此豪情。原來的一心為國，是未曾以爵祿為念，可笑（悲）的是，客觀的形勢際會，連建立功業「覓封

侯」的機會也沒有；英雄老去，歲月蹉跎，那麼暫與政治疏離，閑話漁樵，或許可以獲得安頓。只是對現實的一絲企盼，卻又讓他不忍就此隱退，「莫道三伏熱，便是五湖秋」，隨即就否定了「五湖煙艇」、「秋風鱸鱠」（〈水調歌頭‧丁丑春與鍾離少翁張元鑒登垂虹〉）的隱退念頭。雖然這仍表現為一種無法忘懷世事的聲音，但是發之於飽經憂患以後，呈顯的是面對的無力感，而不是抗志揚聲的慷慨豪壯了。

　　引發張元幹萌生去意的最主要原因是「胸中有成奏，無路不容吐」（本集卷一〈和韻奉酬王原父集福山之什〉）的失落感。在〈亂后〉一詩中他表達了和〈水調歌頭〉一詞相同的矛盾和感慨，「寧復論秦過，終當作楚狂。維舟短籬下，聊學捕魚郎」（本集卷二）；然而幾經矛盾、掙扎，他究竟沒有就此拂袖絕塵而去，為了「上復九廟仇，上寬四民苦」（同上引詩），懷抱著知其不可而為之的精神，在建炎三年的十二月，他追赴高宗行在至海邊。不料「作意海邊來，初非事干謁。責我賣屋金，流言尚為孽」（本集卷一〈建炎感事〉），遭群小流言誣謗獲罪，不僅無法一吐胸中成奏，最後還是靠汪藻（1079～1154）力救才得以幸免。〔註33〕這件事對張元幹的打擊很大，憂讒畏謗之餘，決計歸隱。此後，又由於頻年的飄泊，流離道路，備嘗困苦，他更是頻頻吐露懷歸的心聲，〔註34〕如：

> 行藏道甚明，親養志先決。（〈建炎感事〉）
>
> 海邊游子日思歸，新句勞君更置規。……定與故巢猿鶴老，此生無愧北山移。（本集卷三〈次趙次張見遺之什〉）
>
> 行矣收功名，遠過麒麟閣。（本集卷一〈過白彪訪沈次律有感十六韻〉）

〔註33〕有關汪藻力救一事，以張元幹同在〈建炎感事〉詩中提及「汪公德甚大，游說情激烈」，而考張元幹所交游者，姓汪的只有汪藻一人，二人情誼甚篤，而且汪藻又一直都跟隨高宗行在，因此所說的「汪公」，應該就是指汪藻。

〔註34〕以下所引證的這些詩主要是建炎三、四年間避亂江浙一帶，與友人次韻唱和的作品。寫作年代的考訂，主要是參酌《王譜》中相關的詩作繫年。

故山常入夢，何日到吾廬。(本集卷二〈冬夜有懷柯田山人四首〉
之三)

起予歸去來，故山今可行。胡爲困羈旅，浩嘆常吞聲。(本
集卷一〈訪周元舉菁山隱居〉)

我輩避讒過避賊，此行能飽即須歸。山川久有眞消息，世
上從渠閑是非。(本集卷四〈次韻奉送李季言四首〉之四)

這樣的表露，已經和此前的猶疑、挣扎大不相同，顯然將進路指向歸
隱一途。其間友人沈與求（1086～1137）曾勸勉他說：「相逢無日不
懷歸，又是春山聽子規。休嘆豺狼迷道路，似聞貔虎仆旌旗。……。」
（《龜溪集》卷三）；然而張元幹並沒有接受沈與求的規勸，還是毅然
決然地致仕歸隱，不過這已經是高宗紹興元年（1141）的事了。其間
有關張元幹個人幽微的心路歷程和客觀的政治社會現實，則留待下一
節第三分期再進一步闡明。

　　因爲金人的入侵，積弊已久的宋朝，面臨了存亡絕續的關頭；因
爲家國的變動，個人深受顛沛流離之苦，這五年戰亂中，在張元幹的人
生道路上就起了掀天巨浪，思想情感也跟著發生重大轉變。這種種改變
反映在創作上，是作品中具有鮮明的現實感和時代感，注入了政治風雲
和個人豪傑之志。以確知是這個時期寫成的〈石州慢〉和〈水調歌頭〉
兩闋詞而言，就是通過自己的避亂飄泊和漫遊，發抒山河殘破的愴痛，
以及愛國壯志未酬的悲憤；這個時期的詩也深刻描寫了相類的複雜心
境，整個創作的情志內涵和南渡前偏重於個人悲歡情愁與應景賦物的情
況絕不相同。這種創作上的轉變，曹濟平曾明白指出，並且以〈石州慢‧
己酉秋吳興舟中作〉爲南渡前、後詞風轉變的代表作。他說：

　　……。如果説作者（張元幹）在北宋末年的詞作還是走婉
約的、香軟的道路，圈子狹小，境界顯得纖弱，那麼到了
南宋建炎年間，詞風開始發生變化。他撇開了閑風花月，
面向民族壓迫、人民苦難的現實，把國土淪喪、壯志未酬
的憤慨鎔鑄在詞作裡，引吭高歌，唱出了民族危難時代的
強音，詞的境界也就發生了根本的變化，由纖小淺近而轉

變爲闊大深沉。〈石州慢〉（雨急雲飛）就是作者從「綺羅
香澤」的情調轉變成寄慨國事的慷慨悲壯之音的代表
作。……（〈滿腔悲憤噴薄而出——談張元幹的《石州慢》〉）。

這並不表示張元幹南渡後的詞全然沒有所謂的「綺羅香澤」的情調，
然而張元幹和絕大多數南渡詞人一樣，的確由於時代環境的不同而改
變了創作的觀念。如果說南渡前是重在逞露才華，是出自遊戲筆墨；
南渡後則是重在渲洩壓抑的苦悶、寄寓情志；而北宋末年沒有爲他們
廣泛理解和接受，卻仍不絕如縷的東坡詞風，〔註35〕在這個時期獲得
新的認同。他們學習並發展東坡詞風，在特殊的歷史條件和社會環境
下，唱出了那個時代的最強音。張元幹這時期的詞，正是在這種發展
演變的情況下，因於個人獨特的生命情調、人生際遇而有重大的突
破，爲南渡初期偏於悲壯豪邁的愛國詞，開啓先聲。

第三節　偏安時期閒居闆地的創作

　　本節討論紹興元年（1131）至紹興二十年（1150），張元幹四十
一歲到六十歲間的創作概況。

　　此期涵蓋的時間比較長，是張元幹整個創作生涯的高峰，他高唱
「挾取筆端風雨，快寫胸中丘壑」（〈水調歌頭‧贈王秀才〉），感嘆「樂
府誰知，分付點化金丹」（〈十月桃〉），有意識要以詞自釋，排遣隱退後
的萬端心緒。因此，能據以論證的作品遠比第一、二分期爲多，依據這
些詞，「披文以入情，沿波討源」（《文心雕龍‧知音篇》），應該可以由
不同角度勾勒出張元幹閒居江湖生活的形貌，並且探索他的內心世界。

　　自紹興元年致仕歸隱以後，一直到紹興二十一年入獄削籍，在長
達二十年的時間裡，張元幹主要的活動地域，大致不離福建。他閒居

〔註35〕雖然東坡現存詞篇，真正屬於「豪放」者，數量有限，也不足以代
　　　　表其詞的共性，然而在此因著眼其創新和發展的意義，所謂的「不
　　　　絕如縷的東坡詞風」，仍用以指那些隱然形成一條相對於傳統詞新路
　　　　線的豪放詞風。

故里，先後與李綱、向子諲、李彌遜、富直柔、葉夢得等義氣相許的知交好友過從唱酬。這一時期的生活，可以用下面這段話加以概括：

> 間乃登高望遠，放浪山巔水涯，相與賦詩懷古，未嘗不自適而返，若將終焉，無復經世之意；追夫酒酣耳熱，撫事慷慨，必發虞卿魯仲連之論，志在憂國。（〈祭少師相國李公文〉）

登高臨水、賦詩懷古，一是自然山水的可親，一是知交好友的雅興。歷經宦海風波、人情翻覆，山水的清幽靜謐可以滌蕩胸次、澄濾愁懷；詩酒的快意可以暫忘現實、緩解苦痛。置身其間，張元幹頗有就此終老的打算。然而以他處身國難深重的時代，以他主體性格的忠貞剛正，這些山水雅興卻又不盡能讓他內心深處的困惑與焦慮，得到靜定的撫慰。因此在「酒酣耳熱」之際，他「撫事慷慨」，縱論家國世事，所顯露的就是「志在憂國」的一貫情意。顯然隱退並不能真正頓解他生命迭宕的矛盾，在曠放的生活表象下，其實是掩抑著全然難以平靜的心靈。

仕，向來是中國生命的基調，投身其間，所渴望建立的典型，可能就是蘇軾所說的「一旦功成名遂，准擬東還海道，扶病入西州」（〈水調歌頭〉（安石在東海））。然而面對現實社會失去應有的秩序，不能契合心中的理想，自己卻又無力改變時，有人會轉而趨炎附勢、與世浮沈；有人會悲憤抗衡，甚至以死諷諫；有人則是拂袖絕塵、冷漠疏離。不同的出處抉擇，因為個人的才質不同，也因為面對的現實情況不全然相同。張元幹本是英雄志士，面對金人入侵、家國動蕩，他原來抱定的人生態度是，「書生無浪語，天驕今既誅。下如鴟夷子，扁舟歸五湖」；[註36] 可是在個人未能「功成名遂」，國家形勢也依然岌岌可危的時候，他卻不得不隱退山林。其間幽微的心路歷程，可以藉由後來所寫的詩文，探得個中消息。如紹興八年寫成的〈戊午歲醮詞〉所說：

> 少有意于功名，壯適丁于離亂。……。非不貪厚祿以利妻孥，私憂四海之橫潰；非不好美官以起門戶，痛憤兩宮之

[註36] 見佚詩〈春酬陳端中明府長韻〉。錄自《永樂大典》卷一萬一千「府」字韻，頁18下引《蘆川集》。

　　播遷。忍恥偷生，甘貧削跡。〔註37〕

目睹南渡以還，兩宮播遷、四海橫潰的局勢，當朝皇帝（高宗）卻是
「翠輿復東巡，蹈海計愈切」（本集卷一〈建炎感事〉），不思恢復；
宰相如黃潛善、汪伯彥之流又是「肉食知謀身，未省肯死節」，（同上
引）不恤國難；而舉朝議和避敵的言論洶洶，公忠體國的大臣多遭罷
斥，關心國事的太學生橫遭殺害，朝廷的舉措，對忠義的士風沮貳甚
鉅。對於這種種情形，張元幹可以說是失望至極。身當亂世，又多是
投降派當國，除非他賣身投靠權臣，除非他執意在官場混祿米，否則
無路可以進取。但是他認清了「議和其禍胎，割地亦覆轍」（〈建炎感
事〉）的事實，絕不願意揣摩捭闔而苟合容取，「非不貪厚祿以利妻
孥」，「非不好美官以起門戶」，就是他不願以此求得仕進的表態。而
他的慨嘆「睨柱倘能回趙璧，思鱸安用過吳儂」（〈祭少師相國李公
文〉），不僅是無以施展的痛苦，更是自覺到個人「殺身無補誤朝廷」
（本集卷一〈西峽行〉）。在種種考量之下，只有退隱一途；憂讒畏禍
之餘，最後也只得做出「忍恥偷生，甘貧削跡」的抉擇。

　　張元幹雖然自稱「少有意於功名」，但是向來不以個人富貴爵祿
爲念，所以歸隱對他而言，是一種「甘貧削跡」的恬退生活；但是面
對家國的動盪不安，歸隱對他則是一種「忍恥偷生」的無盡磨難。因
此，張元幹的隱退，雖然是對當時政治社會的拂袖絕塵、冷漠疏離；
然而內心中的矛盾與掙扎，卻又日益加深，表現爲對國事不容自己的
關懷。雖然是閑居故里，卻時時繫念家國，這種「身放浪於江海兮，
惟王室之是憂也」（〈再祭少師相國李公文〉）的痛苦，實際上是延續

〔註37〕《戊午歲醮詞》收錄於殘本《蘆川歸來集》卷十四。未經見，此乃
　　　　轉引自《王譜》頁 106。又王兆鵬對張元幹於紹興元年致仕歸隱的始
　　　　末，有十分詳盡的說明。他指出明‧毛晉《宋六十名家詞‧蘆川詞
　　　　跋》「不屑與奸佞同朝，飄然掛冠」的說法，過於模糊；又以《宗譜‧
　　　　少師文靖公記》所言「紹興間，秦氏擅權，黨□甚盛。元幹力忤之，
　　　　仕不得志，遂歸田里，以文章詩詞自娛」，將「奸佞」坐實爲秦檜的
　　　　說法不妥當。其間論辯甚詳，頗有參考價值。

著第二分期中所說仕隱意念的糾葛，而在他隱退後表露的層面更爲深廣、複雜。這種情形反映在創作上，或許可以援引歐陽脩（1007～72）在〈薛簡肅公文集序〉裡的一段話加以說明。歐陽脩說：

> 君子之學，或施之於事業，或見於文章，而常患於難兼也。蓋遭時之士，功烈顯於朝廷，名譽光於竹帛，故其常視文章爲末事，而又有不暇與不能者焉。至於失志之人，窮居隱約，苦心危慮，與其所感激發憤，惟無所施於世者，皆一寓於文辭。故曰窮者之言易工也。（《歐陽文忠公集》卷四十四）

在窮居隱退的生活裡，張元幹憑藉創作來自我排解、寄寓情志；苦難的時代、悲劇的人生，驅迫他在文學的世界中建構精神避難所，可以說是做不成壯士而做文士。在創作中，他正是將致仕以後，個人「感激發憤」而「無所施於世者」寓托於文辭之中。因此，積鬱心中的愛國悲憤傾注到文學創作裡，念念不忘中原的情思也通過詩詞充分地渲洩出來。

在這一時期的創作裡，張元幹或批判、或嘲諷、或感傷，表現最爲特出的就是一股難以遏抑的愛國激情與憤懣心志。正如蔡戡（1141～？）在〈蘆川居士詞序〉中所說：〔註38〕

> （張元幹）年未強仕，掛神武冠，徜徉泉石，浮湛詩酒。又喜作長短句，其憂國憂君之心，憤世嫉邪之氣，間寓於歌詠。（《定齋集》卷十三）

「憂國憂君之心」、「憤世嫉邪之氣」，是張元幹本期作品主要的情志內涵；而所謂的「憤世嫉邪」與前文提及的「撫事慷慨」，又同時顯示出這一類詞情感表現的特色，是悲憤的，是慷慨激越的，其中最著名的就是被認爲壓卷之作的兩闋〈賀新郎〉。〔註39〕

〔註38〕蔡戡，爲蔡襄四世孫。〈蘆川居士詞序〉是應張元幹長子張靖之請而寫的，以其序中所說：「公之子靖，裒公長短句篇，屬爲序」可知。又該序中提及「余晚出，恨不見前輩。然誦公詩文久矣，竊載名於右」，則可知蔡戡雖未及見張元幹，但與張靖相熟，對張元幹的行誼、詞名當有所聞，並且也頗爲欽慕。其言應當足以採信。

〔註39〕兩闋〈賀新郎〉，一送李綱，寫於紹興八年；一送胡銓，寫於紹興

張元幹曾入李綱麾下，主張積極對抗金人；告退還鄉以後，仍然深切地關注著朝廷中主戰與主和的發展情勢，藉著詞與一些謀國忠藎、義氣慷慨的忠臣烈士相互勉勵、義氣相許；兩闋〈賀新郎〉就是分別送給堅決主戰的李綱和胡銓二人。

紹興八年（1138）三月，高宗再度起用秦檜爲相，秦檜自紹興元年任宰相時，就「專意與敵解仇息兵」（《宋史・秦檜傳》），此次更是積極謀和。而金人在征戰屢遭失利的情況下，也有尋求和議的念頭。宋廷七月派遣王倫出使金國，議定和議；金人便派張通古爲江南詔諭使，與王倫同至臨安。張通古所帶來的金熙宗詔書，是以「賜宋」的名義，而他本人更以「詔諭」爲名，朝廷內外的主戰官員紛起反對。李綱當時知洪州（今南昌市），聞訊上書，反對議和，結果是罷居福建長樂。這時候張元幹正寓居福州，得知此事，義憤塡膺，塡了〈賀新郎〉詞寄給李綱，表達自己的悲憤和對李綱主戰立場的聲援。詞云：

> 曳杖危樓去。斗垂天、滄波萬頃，月流煙渚。掃盡浮雲風不定，未放扁舟夜渡。宿雁落、寒蘆深處。悵望關河空弔影，正人間、鼻息鳴鼉鼓。誰伴我，醉中舞。　十年一夢揚州路。倚高寒、愁生故國，氣吞驕虜。要斬樓蘭三尺劍，遺恨琵琶舊語。謾暗澀、銅華塵土。喚取謫仙平章看，過苕溪、尚許垂綸否。風浩蕩，欲飛舉。（〈賀新郎・寄李伯紀丞相〉）

十二年。蔡戡〈蘆川居士詞序〉說：「因請以送別之詞，冠諸篇首」，所指應該是送胡銓一闋，而這在紹興末張靖「鋟木於家」的詞集中已如此。而毛晉〈蘆川詞跋〉所云：「胡澹庵……，作賀新郎一闋送之，……茲集以此壓卷，其旨微矣」，指的也是送胡銓詞。又《四庫全書總目提要》卷一九八〈蘆川詞〉中也說及：「紹興八年十一月待制胡銓謫新州，元幹作賀新郎以送，坐是除名。又李綱疏諫和議，在是年十一月，綱斯時已提舉洞宵宮矣，元幹又寄詞一闋。今觀此集，即以此二闋壓卷，蓋有深意」。毛晉刻本的篇次與吳昌綬景本相同，而四庫本也是據毛晉刻本，同以送胡銓詞冠於篇首；唯四庫提要中所說送胡銓詞的寫作時間有誤。余嘉錫在《四庫提要辨證》中，對胡銓上書反對議和獲罪後，不斷遭貶的情形，說明甚詳，而張元幹是在紹興十二年胡銓議謫新州編管時才作詞送行的。

上片一開始，展現登樓所見景物，同時也暗示了作者面對慘淡山河而惆悵滿懷、感慨無限。「正人間、鼻息鳴鼉鼓」，傾訴了「舉世皆濁我獨清，眾人皆醉我獨醒」（屈原〈漁父〉）的孤獨與哀傷，由此發出「誰伴我，醉中舞」的嘆息，而情感也漸趨激越。下片直抒胸臆，並且引用典故，借古喻今，抒發抗金的雄心壯志和報國無路的悲憤；但是在表示憤慨的同時，仍然顯示了對恢復中原的樂觀信念和堅定意志。誠如李綱自己上書中所說的「土宇之廣猶半天下，臣民之心戴宋不忘，與有識者謀之，尚足以有為。」（《宋史》卷三五九〈李綱傳〉），因此，熱切地希望李綱能為抗金事業堅持理想。

在「群羊競語遽如許，欲息兵戈氣甚濃」（本集卷三〈再次前韻即事〉）的態勢下，張元幹痛斥朝中策劃議和的權臣是「群羊」，而對堅決主張抗金的同調則格外珍視與景仰。胡銓（1102～1180）在當樞密院編修官時曾憤然上書請斬秦檜、孫近、王倫三人以謝天下，因此得罪秦檜。〔註40〕秦檜不僅想置胡銓於死地，而且凡是與胡銓有牽連者，也重加貶謫。就在「平生親黨避嫌畏禍，惟恐去之不速」（蔡戡〈蘆川居士詞序〉）的險惡情況下，張元幹於紹興十二年（1142）胡銓議謫新州（今廣東新興）編管的時候，作詞壯其行。〔註41〕詞云：

> 夢繞神州路。悵秋風、連營畫角，故宮離黍。底事崑崙傾砥柱。九地黃流亂注。聚萬落、千村狐兔。天意從來高難問。況人情、老易悲如許。更南浦，送君去。　　涼生岸柳催殘暑。耿斜河、疏星淡月，斷雲微度。萬里江山知何處。回首對床夜語。雁不到、書成誰與。目盡青天懷今古，肯兒曹、恩怨相爾汝。舉大白，聽金縷。（〈賀新郎·送胡邦衡謫新州〉）

全詞扣住送別的主題，卻又充滿強烈的時代氣息。上片述時事，慷慨

〔註40〕胡銓所上書即〈戊午上高宗封書〉，見《胡澹庵先生文集》卷七。
〔註41〕毛晉刻本作〈賀新郎·送胡邦衡待制赴新州〉；全宋詞本則作〈賀新郎·送胡邦衡待制〉。唯據《宋史》胡銓本傳，除寶謨閣待制已經是孝宗乾道七年（1171）的事，時張元幹已謝世，則詞題疑為後人所增改。本文茲從曹濟平校注本作〈賀新郎·送胡邦衡謫新州〉。

悲壯；其中「天意從來高難問，況人情老易悲如許」，脫胎自杜甫的「天意高難問，人情老易悲」（〈暮春江陵送馬大卿公恩命追赴闕下〉），含蓄道出了對高宗及主和派的憤慨和不滿；而結句用江淹〈別賦〉：「送君南浦，傷如之何」，使鬱積胸中的悲憤感情顯得深沉，也將詞意縮合到離情上。下片敘別情，深摯蒼涼，層層逼進、層層點染，至「雁不到，書成誰與」，已是不勝離別之苦，深切感人，令人低迴無限；最後卻又以高昂的語氣作結，「目盡青天懷今古，肯兒曹、恩怨相爾汝」，放眼天下，俯視今古，互相勉勵應以國事為重，而不能夠像小兒女般離情依依，只顧個人恩怨私情。這不但寫出了胡銓遠別的特殊意義，同時也寫出了兩人的忠肝義膽，回應了上片悲懷故國，憤慨時事的內容，收束有力。

　　張元幹寫詞寄贈李綱、與胡銓餞別，緣自彼此深厚的情誼，更緣自相同而堅定的主戰立場。因此，在送別情懷的詞中，寓寄著祖國山河橫遭敵人踐踏的哀慟情感；既反映了對二人堅持抗金的有力支持，又表達了對朝中主和投降的無比憤慨。這兩闋詞堪稱先後輝映，都寫得慷慨激昂，深刻地表現了作者的愛國思想。

　　此外，張元幹對一些主張恢復大業的朋友，在過從唱酬中，也表露出自己關懷國事的熱切情意。如紹興六年（1136）送呂本中赴行在所寫的〈永調歌頭〉就反映了這點。該詞上片云：

> 戎虜亂中夏，星歷一周天。干戈未定，悲咤河洛尚腥膻。
> 萬里兩宮無路。政仰君王神武。願數中興年。吾道尊洙泗，
> 何暇議伊川。（〈水調歌頭‧送呂居仁召赴行在所〉）

自宣和七年冬金兵入侵以來，到紹興六年，已經近十二個年頭，張元幹隱退也近六年了，而他卻無時或忘中原的慘遭蹂躪。在中原干戈未定，國家前途未卜的情況下，他殷切期盼南宋王朝能夠力謀恢復。

　　當時雖然金兵依然猖獗，但是在紹興四、五年前，南宋軍隊，將士用命，各路守軍如吳璘、吳玠、劉錡、韓世忠等頻傳捷報，〔註42〕

〔註42〕紹興初宋、金戰局發展，主要參酌《宋史‧高宗本紀》所載。

內部叛亂也逐一敉平，乘時經略中原是極有可能的。因此，張元幹才會對呂本中被召赴行在寄予厚望。所謂「願數中興年」，正是期待朝廷以抗金事業爲重，而勉勵呂本中「好去承明讜論」，能夠在高宗面前忠言直論，以期匡扶國事。由此，又足可顯示張元幹的隱退，並非消極遁世，他不但關懷國事，而且是主張積極有爲；只因個人「擬頓中興業，孤忠只自知」（本集卷二〈次韻劉晞顏感懷二首〉之一），才會一再表露「整頓乾坤賴公等」（本集卷一〈奉送李叔易博士被召赴行在〉）的熱切期盼。在勉人戮力爲國的同時，其實也流露出自己遭時不濟、抗金抱負不得施展的抑鬱不平。

這類悲慨國事的詞，氣勢奔放、激昂排宕，令人讀來倍感痛快淋漓。這種特色，其實在第二分期所討論的作品裡已經呈顯，只是在這個時期，因爲張元幹隱退江湖的身份，使這類詞更顯特色。此外，這一時期的詞，還有一些則是流露出懷念故國的深沉情思，是比較悲痛、感傷的。如

　　西牕一夜蕭蕭雨，夢繞中原去。（〈虞美人〉）

　　中原舊遊何在，頻入夢、老眼空濟（〈十月桃〉）

　　別離久，今古恨，大刀頭。老來長是清夢，宛在舊神州。（〈水調歌頭‧和薌林居士〉）

　　少年油壁記尋芳，梁苑路。今何處。千樹紅雲空夢去。（〈天仙子〉）

高宗於紹興八年宋金和議後，正式定都臨安。不斷紹興十年，金人又肆意敗盟，揮兵南下；到了紹興十一年冬，宋廷又以稱臣納貢的屈辱條件和金人議和，換得暫時的喘息苟安。自此以後，偏安一隅的局勢已成，克復中原的希望也就愈爲渺茫。中原未復，張元幹在漫漫的歲月裡，悲懷故國，卻也只能「夢繞中原」，而「老眼空濟」。他借助夢境來傾吐幽咽的心曲，其間寄寓著沉痛的中原淪落之悲與眷念故國之情，是張元幹歸隱以後愛國詞作的另一種表現風貌。

張元幹縱然貞風亮節、忠義愛國，但是決心歸隱，無非希望藉著

與政治社會現實的疏離，求得內心的寧靜；歸隱以後，置身山林、徜徉泉石，亦即在找尋心靈的出路。因此，這一時期的詞，除了體現他高臥林泉憂蒼生的愛國思想以外，還有一類詞則在於表現他企圖超脫的思想。如〈蝶戀花〉一詞，正是以一種自我排遣的語調，道出個人誤蹈塵網而看透浮名浮利的體悟：

> 窗暗窗明昏又曉。百歲光陰，老去難重少。四十歸來猶賴早。浮名浮利都經了。　　時把青銅閒自照。華髮蒼顏，一任傍人笑。不會參禪並學道。但知心下無煩惱。

在無奈而傷感的情況下致仕歸隱，張元幹的心情是極需自我重新調適的。另有一闋〈沁園春〉。寫作的背景和表現的情味，與〈蝶戀花〉詞很近似。該詞下片云：

> 蓬萊。直上瑤臺。看海變桑田飛暮埃。念塵勞良苦，流光易度，明珠誰得，白骨成堆。位極人臣，功高今古。總蹈危機吞禍胎。爭知我，辦青鞋布襪，雁蕩天台。

全詞直率達意，主要也在於表現自己對人生無常、萬事成空的參悟。

〈沁園春〉一詞的創作時間與創作動機，據詞序所說是，「紹興丁巳五月六夜，夢與一道人對歌數曲，遂成此詞」。「紹興丁巳」是紹興七年；所謂的「夢與一道人對歌數曲」，或真有其事，或只是借夢托意，但是以該詞上片盡是道教用語，大談燒汞鍊丹、服食成仙之事，與〈蝶戀花〉一詞所說的「不會參禪並學道」以及紹興六年的〈水調歌頭，送呂居仁召赴行在所〉所說的「吾道尊洙泗」，兩相比對的話，其間的殊異就頗得玩味了。幾年間，張元幹似乎頗受禪道思想習染，並且轉向其間尋求心靈的撫慰與超脫。除了〈沁園春〉詞集中體現他這方面的思想傾向，其它像「歌舞筵中人易老，閉門打坐安閒好」（〈蝶戀花〉），「誰解騎鯨意、玉京何處，翠樓空鎖十二」（〈念奴嬌〉），「懸知洗盞徑開嘗，誰醉伴禪床」（喜遷鶯令‧呈富樞）〉等含有禪機道語的詞句，運用在整首詞裡，也在於表現隱退後以此尋求心靈出路的用心。

由煥發恣揚的獻身報國，走向自我隱退的深憂，甚而至於徬徨歧

路的困惑，面對滔滔塵世，張元幹忖思存身之道，不免多方尋求開解。
然而誠如他所感嘆的，「太一游行遍九宮，世間無地可寬容」（本集卷
三〈再次前韻即事〉），也許只有佛道看透虛空的觀念、修煉成仙的理
想，才能契合他當時的心境需求；便何況在他隱退閑居閩地以後，他
經常遊居或會集寺觀，或是與僧人道士贈和、論道，〔註43〕也顯示出
他與禪老道人淵源頗深。這對他人生價值的調整、認定，自然會產生
相當程度的影響。即以同是紹興七年所寫的一首詩爲例，也能窺見他
這方面的思想傾向。他於詩中直道：

> 無是亦無非，何喜復何怒。……。可笑世上兒，妄念分毀
> 譽。石火電光中，畢竟什麼處。所得能幾多，造業不知數。
> （本集卷一〈送言上人往見徑山老十四韻〉）

所表露的正是一種參透是非、毀譽、得失的通脫。由此益可顯見張元
幹在企求超脫、曠達的歷程中，佛道的思想起了很大的作用，而他的
一些詞無論是形式用語，還是思想內容，也就蒙有這方面的色彩。這
是他隱退後創作上的又一特色。

　　然而只要詳細參究張元幹隱退以前的生平遭際，再仔細品味這些
表現不問窮通毀譽的曠達之作，又不難發現，其實他是無法做到「一
念不生，萬事不理」（本集卷十〈庚申自贊〉），只是試圖將難解的情
結加以轉化。因而其間是另有一股鬱勃不平之氣在盤旋、激盪，這是
因爲他立功揚名、求爲世用的熱烈懷抱，一再遭受挫折後所產生的。
原來他是以一種反面的說辭來表達溢懷的感觸，吐屬而爲個人回首前
塵的人生痛語。

　　另有一些詞，同樣顯示出創作主體企圖超脫的曠達胸襟，但其中
更交融著一種無以忘世的悲涼懷抱。充分展示了張元幹隱退後探索解
脫現實苦痛的心靈軌跡。

〔註43〕在十卷本《蘆川歸來集》中就收錄不少爲禪師、和尚、道士所寫的
　　　　詩、贊、祭文。又據《四庫全書總目提要》卷一百五十八談及整理
　　　　校輯《蘆川歸來集》時曾說：「元幹詩格頗道，雜文多禪家疏文，道
　　　　家青詞，今從芟削」，在在顯示了張元幹與禪道淵源頗深。

　　隱退後，閑居閩地期間，李彌遜、富直柔、向子諲、葉夢得等人也都先後罷退或致仕歸隱，張元幹與他們交游唱和，寫下了〈寶鼎現・筠翁李似之作此詞見招因賦其事使歌者想像風味如到山中〉、〈念奴嬌・代洛濱次石林韻〉、〈念奴嬌・丁卯上巳燕集葉尚書蕊香堂賞海棠即席賦之〉、〈水調歌頭・和薌林居士中秋〉、〈永遇樂・爲洛濱橫山作〉、〈八聲甘州・陪筠翁小酌橫山閣〉等詞。〔註44〕而他至遲於紹興十一年（1141）已卜築定居，〔註45〕也作有〈永遇樂・宿鷗盟軒〉一詞。在上述這幾闋詞中，提到個人隱逸的生活情趣、同好的尋常雅聚，張元幹經常表現出歡樂的情調；但是在抒發情感、吐露懷抱時，呈顯的又盡是失意的痛苦與悲憤，或是表露爲曠放的企求。茲以〈永遇樂・宿鷗盟軒〉及〈八聲甘州・陪筠翁小酌橫山閣〉這兩闋爲例，對這類詞境複雜的作品有比較詳細的探討。

　　隱居多少帶來了生活上的樂趣和心靈上的恬靜。在湖光山色中或得到靜定的撫慰，或得到人生哲理的啓示，因此提到鷗盟軒的景致，和他個人生活其間的感受時，張元幹如此描寫：

　　　　月仄金盆，江縈羅帶，涼飆天際。摩詰丹青，營丘平遠，
　　　　一望窮千里。白鷗盟在，黃粱夢破，投老此心如水。耿無
　　　　眠、披衣顧影，乍聞遠垤絡緯。

「摩詰丹青」、「營丘平遠」，說盡了住所如畫的景色。〔註46〕寄身其間，與山水相親，與鷗鳥爲盟，不難領略閑居生活的恬靜與樂趣，也唯有如此，生命才不致於遭到扭曲、變形。這種恬淡而適意的生活，在一首〈次友人書懷〉（本集卷三）的詩裡，張元幹有更爲詳細的描述：

〔註44〕以上所列各闋詞順序，依照《王譜》的詞作編年。
〔註45〕〈庚申自贊〉尚云：「田廬皆無」（本集卷十）；在〈次友人書懷〉云：「卜築幾椽臨水屋，經營數畝傍山園」（本集卷三），已卜築定居。而呂本中聞張元幹定居，有〈寄張仲宗〉詩寄贈，其詩云：「聞道張夫子，今年已定居」，據《東萊先生詩集》卷十八編年，該詩作於紹興辛酉年（十一年）冬。總此可知，在紹興十一年，張元幹已卜築定居。
〔註46〕此二句用唐・王維和五代末、宋初的李成所畫山水圖景來形容其鷗盟軒景致。

> 此生無意入修門，粗飽雞豚短褐溫。卜築幾椽臨水屋，經
> 營數畝傍山園。酒杯剩喜故人飲，書帙能遮老眼昏。……。

然而他並無法真正與山水田園悠然會心，因為在閑居生活的背後，他所牽繫的是「中原何日再京華」，所慨嘆的是「會見敵營如竹破，不應淮甸又兵加」。這是張元幹在〈次友人書懷〉詩裡表露的矛盾、糾結。同樣地，在〈永遇樂〉詞裡，超曠的背後，掩抑的也正是莫名的悵快。該詞下片即云：

> 百年倦客，三生習氣，今古到頭誰是。夜色蒼茫，浮雲滅
> 沒，舉世方熟寐。誰人著眼，放神八極，逸想塵寰外。獨
> 憑闌、雞鳴日上，海山霧起。

其實由上片結處的「耿無眠」、「披衣顧影」，以至「乍聞邊垛絡緯」等三句具體的行為描述，已透顯出創作主體所說的「投老此心如水」，只不過是表面的平靜，內裡卻正自怒潮洶湧。下片前三句，直陳自己遍歷滄桑的人生感觸，「今古到頭誰是」，意態頗為消沉。而此際眼裡所見、心中所感的「夜色蒼茫，浮雲滅沒，舉世方熟寐」，雖然是他在〈賀新郎·寄李伯紀丞相〉一類愛國壯詞裡所表露過的悲憤情調，所不同的是，原來對恢復中原抱持的堅定信念，至此轉為超曠忘世的企求。只是他「放神八極」，「逸想塵寰外」，所得的結果卻是「俯仰俱蕭瑟」（杜甫〈寫懷〉詩），仍舊跌落到「無地可寬容」的塵世，而人間的玷辱侘傺猶歷歷可感。

在這類詞裡，張元幹所呈現的面貌，是超曠？是豪情？還是頹唐？似乎都有一點，而這正是緣自他內心錯綜複雜的思想感情。

錯綜複雜的思想情感，造成了複雜的詞境，這在他陪筠翁（李彌遜）小酌橫山閣所寫的〈八聲甘州〉詞裡，再次呈顯。該詞上片，主要也在於寫景，描繪出橫山閣一帶的景致：

> 倚凌空飛觀，展縈丘臥軸恍移時。漸微雲點綴，參橫斗轉，
> 野闊天垂。草樹縈迴島嶼，杳靄數峰低。

壯闊的景致，形成一種光明、昂揚的境界。置身其中，「俯仰乾坤今

古」，與知交好友省視平生，這又是何等豪興。然而就在對歷史、人生的反思中，他的悲愁復起。在上片結拍的「共此一尊月，顧影爲誰」兩句暗露他心中的不平靜，至下片處，萬千感懷，再也難以遏抑：

> 俯仰乾坤今古，正嫩涼生處，濃露初霏。據胡床殘夜，唯我與公知。念老去、風流未減，見向來、人物幾興衰。身長健、何妨遊戲，莫問棲遲。

「見向來、人物幾興衰」，是他回顧平生，對人生無常的感嘆；也是對知交零落的傷感，〔註47〕以此引生出「身長健、何妨遊戲，莫問棲遲」的體悟。這可以說是他久處困惑，終於尋得出處的釋然。然而，換個角度看，卻也可以說是他極其傷痛的人生哀感。

李彌遜與張元幹甚爲相知，他似乎頗能看出張元幹的不平靜，道出他隱退後的萬千心事。在一首〈題張仲宗鷗盟軒〉（《筠溪文集》卷十七）的詩裡，他借用晉·殷浩和唐·司空圖二人的典故表現出張元幹縱情山水的無可奈何，以及急於用世、不甘隱退的矛盾心情。〔註48〕該首詩很能夠說明張元幹寫〈永遇樂·宿鷗盟軒〉這一類詞的複雜心理。詩是這麼寫的：

> 寄語沙頭不下鷗，詩翁新葺面江樓。早知世事翻覆手，更覺人生起滅漚。念盡不應書咄咄，身閒何用榜休休。徑須來結忘機伴，春水浮天不繫舟。

張元幹正是「身閒」而念未盡，他愈是強烈地企求超曠，就愈加顯示出難以忘世。在身世出處之間，他無法真正地隨緣任化，雖偶作放曠悟脫語，往往表露的只是找尋心靈出路的渴求，而不是一種寧靜超脫的體驗。於是所謂的「白鷗盟在，黃粱夢破，投老此心如水」、「身長健、何妨遊戲，莫問棲遲」，反倒顯示了張元幹內心中的掙扎與無奈；

〔註47〕據〈冬夜書懷呈富樞密〉云：「難陪年少從渠薄，……。京洛舊遊頻檢校，渡江今有幾人存」（本集卷三），正也道出了對知交好友先後棄世的感嘆。詩、詞可互相印證。

〔註48〕晉·殷浩罷職以後，常向空中書劃「咄咄怪事」四字，表示驚怪不平；唐·司空圖，當天下大亂，退隱王官谷，築有「休休亭」，乃不得已而追求山水的樂趣。

而如此旳強自寬解、故作曠達，在表現手法上，則是以推開一層的寫法，反襯出內藏的哀嘆悲慨。

除了上述的詞，本期還有一些作品，是比較偏重旤應酬、實用的性質，茲以一闋壽詞〈夏雲峰・丙寅六月爲筠翁壽〉，和一闋酬贈的詞〈春光好・爲楊聰父侍兒切鱠作〉，略作說明。〔註49〕

〈夏雲峰〉一詞，紹興十六年（1146）夏寫於福建，是壽李彌遜而作。全詞如下：

> 湧冰輪，飛沆瀣，霄漢萬里雲開。南極瑞占象緯，壽應三
> 台。錦陽珠唾，鍾間氣、卓犖天才。正暑，有祥光照社，
> 玉燕投懷。　新堂深處捧盃，乍香泛水芝，空翠風迴。涼
> 送豔歌緩舞，醉冑瑤釵。長生難老，都道是、柏葉仙□。
> 笑傲，且山中宰相，平地逢萊。

上、下片都是以應合時節的景物開端；繼而多爲稱頌、祝願之詞；唯下片結拍是旤祝壽稱頌中勸諭人生。既以罷官里居，唯有抱持進則盡節、退則樂天的人生態度。這就和李彌遜歸隱後的生活、心境頗爲貼近。

通常寫壽詞不外是歌頌德業、講求長壽昇仙，所以難免會有恭維和虛應故事的成份在。然而就在這種盡言富貴、功名、長生的題材侷限下，這時期的壽詞中，仍有一些比較特出的地方，如前述〈夏雲峰〉裡的勸諭人生；如「謝公須再爲，蒼生起」（〈感皇恩・壽〉），「盡洗中原，偏爲霖雨，宴後堂歌吹」（〈醉蓬萊・壽〉）一類的勉志抒懷。尤其後者，是張元幹對詞中主人公戮力爲國的期許，表現出他心繫中原的一貫愛國情意。雖然壽詞的意義價值，在同期作品是比較低的，但是對於這些特出處，又自當分別看待，未可一概抹煞。

至於〈春光好・爲楊聰父侍兒切鱠作〉一詞，則是與楊聰父餞別

〔註49〕楊聰父，名里不詳。張元幹與之過從甚密，唱和亦多，有〈辛酉別楊聰父〉、〈再用韻奉留聰父〉、〈次韻聰父見遺二首〉、〈次聰父見遺韻〉、〈和聰父聞雨書懷〉等詩（以上均見本集卷三）。以頭一首〈辛酉別楊聰父〉，據知其與楊聰父別在是年春，以〈春光好〉一詞同樣寫及彼此餞別事，或即同寫於紹興十一年。總之，此詞應該是本期的作品。

的宴席上，張元幹為在旁切鱠的侍兒所寫。詞云：

> 花恨雨，柳嫌風。客愁濃。坐久霜刀飛碎雪，一尊同。　勞煩玉指春蔥。未放筯、金盤已空。更與篋中尋尺素，兩情通。

內容除了描寫侍兒嫻熟的切鱠動作外，主要還在於運用了貼切的典故，期待能在已空的金盤中找到雙魚尺素，聊慰羈旅客愁。這一則綰合了侍兒的切鱠，一則綰合了自己的異地作客，而且回應了前面的「客愁濃」一句，以此點出急切而濃烈的思歸情緒。

這類酬贈歌伎、侍兒的詞，在南渡詞人作品中為數不少。而這樣的創作，事實上又是有其政治、社會等方面的影響因素在。

自從紹興八年，朝廷再次起用秦檜為相，一意謀和，排詆異己，極盡殘害忠良之能事，以致文網益密、言路盡塞，而士子們競相高蹈避禍。又正式定都臨安以後，一方面以江淮為屏，奠定偏安一隅的局勢；一方面以江南的物產富庶、湖山秀麗，朝廷、民間又漸趨於奢侈逸樂。文士們畏禍全身之餘，就在權貴豪富粉飾太平，樓臺舞榭困集，園亭別墅占盡湖光之地的情況下，也多寄情山水、縱情詩酒。而歌伎侑酒、侍兒助興，是歌筵酒席所常見，酒酣飲樂之際，為這些歌伎、侍兒題贈，能夠憑添幾分雅興；況且，最初文士填詞，就多數是出於酒邊歌筵娛賓遣興之用。

誠如清‧葉申薌《本事詞》卷下「張元幹小詞」一則所說：「張元幹仲宗，善詞翰。以送胡邦衡、贈李伯紀兩詞除名。其剛風勁節，人所共仰。然小詞每寄閑情，如為楊聰父侍兒切鱠賦春光好云……」（見《詞話叢編》（三）頁 2348）。在這類作品中，張元幹雖然不抒寫什麼特別的志意，甚或可能只是出自偶然的弄筆酬贈；但是就由這種「每寄閑情」的小詞，呈顯了他的不同生活面貌，並且顯示出這時期創作的多樣性。

綜觀張元幹這時期的詞，大多表現憎恨醜惡現實，厭倦官場傾軋而企求超然世外的思想情感。其中有的是以談禪論道寄托自己的不滿

和怨憤；有的則是於寄情山水，友朋唱和中，表現企圖超曠的懷抱。
這些都不免流露出較為濃厚的消沉思想，但是又無可否認的，其間是
反映了不少人生的感觸和徹悟。此外，張元幹在這時期也有一些比較
平庸無奇的壽詞和酬贈作品，這也是毋需諱言的。然而引人注目的
是，一些反映時局、憂心家國、義氣相許的愛國詞篇，在這個時期的
詞裡，因為他隱退閑居的身份，也就更顯得特出。

　　與前一期的詞比較，張元幹在致仕以後，仍舊關心國是，也仍然
感懷遭時不濟。因此，前一期有的慷慨、悲憤之作，在本期還是時有
所見，甚且這種深哀巨痛，表現得更為沉摯。不過本期涵蓋的時間長
達二十年，其間，相過從的友朋很多，而生活基本上較為安適，因而
在表現層面上就廣泛得多。又以他隱退的關係，似乎在創作上，有更
著重於心靈體悟和生命審視的趨向，而這在他遭削籍除名以後，也就
是第四期的創作中，表現的就愈為明顯了。

第四節　入獄削籍漫遊吳越的創作

　　本節討論紹興二十一年（1151）至紹興三十一年（1161），張元
幹六十一歲到七十一歲辭世前的創作概況。

　　將致仕歸隱以後的創作，以紹興二十一年為一分界，劃分為兩
期，是基於以下的考量。張元幹在臨老之際，被追赴臨安大理寺，遭
受削籍除名的重大打擊；罷秩後，他又漫遊於吳、越一帶，以至後來
重到臨安為官。其間的遭際和心境，與此前的閑居閭地，殊多差異。
又能夠確知是本期的詞，至少有十七闋，〔註50〕足可歸納出一個大略
的風貌，進而與前面分期中的詞比較其間異同。

　　在生命歷程的最後十年時光裡，張元幹顯然依舊是在掙扎、不平

〔註50〕依《王譜》編年詞，有〈水調歌頭・罷秩後漫興〉等十四闋，不及〈浣
　　　　溪沙・武林送李似表〉、〈點絳脣〉（醉泛吳松）和〈蔄山溪〉等三闋。
　　　　這三闋詞，以詞裡所寫，確知是晚年重至吳地（臨安）的作品。曹濟
　　　　平也以此三詞為紹興末重來臨安時作（參曹注本頁 98、131、234）。

靜中度過的。他晚歲的心境和人生態度，可以在六十一歲時所寫的〈本命日醮詞〉裡清楚認識到。他說：

> 獨念臣早師前輩，許奮孤忠。顧功名之會難逢，在出處之間加審。嫉邪憤世，徒有剛陽；憂國愛君，寧無雅志。去國門僅周二紀，歸故里殊乏一塵。未免口腹以累人，所望兒女之畢娶。晚節優游于井臼，甘心潦倒于山林。……（引自王譜頁 182）

在報國無門的情況下，他只求閑居故里、終老山林，而且也歷盡二十個寒暑。然而「歸故里殊乏一塵」，「未免口腹以累人」，這長年隱居的生活，顯然不是一切都平順、適意的。這種生活情狀，在詞裡有更深一層的描述：

> 放浪形骸外，憔悴山澤癯。倒冠落佩，此心不待白髭鬚。
> 聊復脫身鵷鷺，未暇先尋水竹，矯首漢庭疏。長夏啖丹荔，
> 兩紀傲閑居。……。（〈水調歌頭·罷秩後漫興〉）

臨老之境，對人生的期望，也不過是希望能夠見到「兒女之畢娶」；能夠優游于故里，「長夏啖丹荔」，接受最平淡，卻是最親切、最熟悉的撫慰。

　　無奈的是，這人生歷程中的最後祝願，竟然也不見老天的垂憐。入獄削籍，現實而無情的打擊，在他晚境慘淡的歲月裡，留下了莫名的傷痛。

　　有關張元幹入獄削籍一事，相關的記載很多，[註51] 所說明的原因大致不離當年（紹興十二年）他以詞送胡銓赴新州編管一事。唯張元幹掛冠已久，並且事隔多年，當權者只得以它事將他追赴大理寺。雖然究竟為何人誣陷，以及整個下獄的經過，至今不詳，但是顯然和他始終反對議和的政治立場有關。原本主和、主戰，只是應敵策

〔註51〕見於《王譜》（頁 182～3）所收，就有《揮麈錄·后錄》卷十、《鶴林玉露》乙編卷三、《桯史》卷十二、《宋史翼》卷七、《宋詩紀事》卷四十五、《宋六十名家詞》戊集〈蘆川詞跋〉、《四庫全書總目·蘆川詞提要》和《四庫提要辨證》卷二十四，言及張元幹入獄削籍一事。

略的不同,並無關乎是非,後來卻逐漸流於相互的攻訐,而專權用事的主和一派,更是經常以莫須有的罪名嫁禍於人,對主戰人士的打擊,一直是不遺餘力的。〔註52〕張元幹形容這場噩夢的到來是,「忽風飄,連雨打,向西湖」(同上引〈水調歌頭〉)。平地忽起風雲,將他推向了痛苦的深淵。

至於遭削籍除名的時間,近人余嘉錫在《四庫提要辨證》卷二十四裡,對明·毛晉《宋六十名家詞》,和《四庫全書總目提要》的說法有詳細辨證,並推斷張元幹被除名應當是紹興二十年以後的事。而依據張元幹自己所寫的〈甲戌自贊〉(本集卷十)又可以進一步得知確切的年代。他說:

> 蘆川老居士,今春六十四。勇退急流中,畢竟只這是。胡
> 爲元命年,輒下廷尉史。業風何見吹,逆境忽現示。儻非
> 造物慈,孰貸小人戾。

元命,即六十一歲。〔註53〕張元幹生於哲宗元祐六年辛未(1091),則所謂「胡爲元命年,輒下廷尉史」,可以得知他是在高宗紹興二十一年辛未(1151)下大理寺,被削籍除名的。當初致仕時尚有俸祿,削籍獲釋後,即成爲布衣了。

其實在高宗建炎年間(1127~1130),張元幹就曾經因爲戰亂而羈留於吳、越一帶。當時雖然諳盡流離的苦痛,畢竟正值壯盛之年,而且整個局勢仍然是大有可爲。因此,在創作表現上,他經常是通過對避亂飄泊生活的描寫,發抒山河殘破的悲憤,表露以身許國的雄心。後來因爲壯志難酬,在憂讒畏譏之餘,一再吐露歸隱故里的決心,但卻始終是對規復中原抱著樂觀而堅定的信念。然而此番重至,睽違二十年,張元

〔註52〕即以胡銓一事,就已經株連甚多。秦檜不獨欲置胡銓於死,而且凡與胡銓有牽連的,也重加貶謫。胡銓初上書時,直興進士吳師古鋟木傳之,被流於袁州;謫新州時,朝士鄭剛中以啓事爲賀,也被謫,後死於貶所;王庭珪坐送胡銓詩除名。而各地守臣凡有附和秦檜者,希其意旨,動輒誣陷不附己者。《宋史·胡銓傳》和《建炎以來繫年要錄》卷一五九、一六〇均有詳盡記載。

〔註53〕以六十歲爲一甲子,到六十一歲又當生年干支,謂之元命。

幹已經是華髮蒼顏，垂垂老矣；外在的形勢也迭經變化；甚且這次是被
追赴臨安大理寺，遭受了削籍除名的慘痛打擊。此時，身心的困頓、疲
憊，難以盡言，透顯出一種不勝天涯淪落之感。〈水調歌頭・癸酉虎丘
中秋〉是他獲釋後的作品，其間表露的心境就是萬分的悲涼。詞云：

> 萬里冰輪滿，千丈玉盤浮。廣寒宮殿，西望湖海冷光流。
> 掃盡長空纖翳，散亂疏林清影，風露迫人愁。徐步行歌去，
> 危坐莫眠休。　　問孤蓬，緣底事，苦淹留。倦遊回首，向
> 來雲臥兩星周。此夜此生長好，明月明年何處，歸興在南
> 州。老境一傖父，異縣四中秋。

癸酉，為紹興二十三年（1153）。是時，張元幹已經離開臨安，在虎
丘（蘇州城西北形勝）度過了中秋。

中秋賞月，明月當空，卻因於境遇的不同，引生出截然有別的感
受。在紹興十八年（1146）的閏八月，張元幹有一闋和薌林居士（向
子諲）的〈水調歌頭〉中秋詞，在詞裡表露的是他和知交好友「看山
兼看月，登閣復登樓」的豪情逸致，是他對恢復中原志業的念念不忘。
而誠如他在〈卜算子〉一詞中的慨嘆，「萬古只青天，多事悲人境」，
時隔五年之後，同對舊時明月，卻只贏得寂寞自照。昔日的知交已零
落殆盡，個人的身世飄忽，前程縹緲而不可把捉。在清淒冷寂的氛圍
中，他流連、徘徊，危坐、難眠，身陷孤絕，人事的滄桑變化，現實
的無情衝擊，一齊兜上了心頭。「此夜此生長好，明月明年何處」，正
道出了對自身孤危處境的無比疑懼和悲嘆。

然而奇怪的是，以他一再嘆問「緣底事，苦淹留」，直道「歸興
在南州」，「故山念欲歸」（〈甲戌自贊〉），獲釋後，卻未即刻返回福建
故里，在吳越一帶覊留了數年。依張元幹自己的說法，是因為「夙債
尚留滯」（〈甲戌自贊〉），所以思歸而未歸，其間可能是有不得已的苦
衷，不過個中真正的原委就無從探知了。而約莫到了紹興二十四年
（1154）九月，張元幹才又回到故里。〔註54〕回到福建以後，寫有〈臨

〔註54〕以〈甲戌自贊〉所云「蘆川老居士，今春六十四。……。故山念欲

江仙‧送王叔濟〉一詞，是他為故人王鈇的兒子赴臨安任職餞別的作品。在詞裡他曾提到，「煩君為我問西湖。不知疏影畔，許我結茅無。」張元幹有此一問，似乎是在期待些什麼。巧的是，紹興二十五年左右，他又來到了臨安，而且還重出任官。〔註55〕

「一別三吳地，重來二十年。瘡痍兵火后，花石稻粱先」（本集卷二〈登垂虹亭〉二首之一）。這是張元幹長年隱居閩地，重至吳地所看到的政治、社會現實。朝廷不僅不思恢復，甚且忘記慘痛的教訓，再次陷入紙醉金迷、歌舞湖山的地步。面對這種忍辱苟安、萬馬齊瘖的局面，更以他個人的官職卑微，實在難有任何施展的機會，只不過政治的清濁仍舊在心靈深處輕叩著。在〈驀山溪〉一詞中，張元幹拂下了寂寞的絃音：

　　一番小雨，陡覺添秋色。桐葉下銀床，又送簟、淒涼消息。

　　故鄉何處，搔首對西風，衣線斷，帶圍寬，衰鬢添新白。

　　錢塘江上，冠蓋如雲積。騎馬傍朱門，誰肯念、塵埃墨客。

　　佳人信杳，日暮碧雲深，樓獨倚，鏡頻看，此意無人識。

上片勾畫出淒清冷落的環境，用以襯托主人公不平靜的內心活動；並且生動地刻畫了主人公飽經滄桑、衰老憔悴的形貌。下片則直道天地

歸，夙倩尚留滯」。據知是春仍在異鄉；又本集卷一有〈祥符陵老許先馳歸閩因成伽陀贈別紹興甲戌秋七月書於鶴林山〉詩：「今年坐在鶴林中，許我先馳海舟便。三山到日已秋深，且看山門騎佛殿」。鶴林山，在今江蘇鎮江市，回到故里（三山）已是深秋的事了。

〔註55〕〈跋江天暮雨圖〉云：「劉賢夫，建炎初與余別於雲間，今乃相遇臨安官舍。……顧憶丙午之冬，……。回首垂三十年矣」（本集卷九）；又胡存《苕溪漁隱叢話》：「余宣和閒居泗上，……。后三十年，于錢塘與仲宗同館穀」（前集卷五十四）。都可以證明張元幹曾重出任官，卻未曾言明重出時間。以「丙午冬」（靖康元年，1126）、「宣和間」，往後推算三十年，應該在紹興廿四、廿五年間。而張元幹又於廿四年深秋才回到福建，所以最可能是於紹興廿五年了。至於重出所任官職，亦不得而知。唯韓元吉有〈挽張元幹國錄詞〉（《南澗甲乙稿》卷三），以「國錄」稱之。國錄，即學錄，是國子監的官，掌學規（詳見《宋史‧職官志》）。以現存資料，張元幹在他辛亥休官退隱以前，未曾做到「國錄」的官，可能就是復出時所任官職。

孤零、託足無門的悲慨。

　　這英雄末路的淒涼與悲哀，緣自張元幹主體性格的忠愛剛正，也緣自時代的局勢。「問蒼顏華髮，煙蓑雨笠，何事重來」（〈水調歌頭‧西湖有感寄劉昕顏〉），「投老誰知，還作三吳客」（〈醉落魄〉），這深沉的感喟，除了可能顯示他被追赴臨安大理寺的惴惴不安，也可能是他來到臨安官場後的悲慨。從奮厲昂揚的風姿，到自我省察而醒覺無助的心態，張元幹完全陷入了進退失據的局面；由全力抗衡到悲涼的孤立，原來理想馳騁的境域——政治，終究還是一片淒清孤寒的世界。「看盡人情物態，冷眼只堪哈」（〈水調歌頭‧西湖有感寄劉昕顏〉），世態炎涼，人情不能倚暖，苦悶的靈魂乃徘徊在蒼茫的天地中，誰解此中意。「樓獨倚，鏡頻看」，耿耿赤忱，無人能識，這與數十年後（宋寧宗開禧五年，1205），辛棄疾的「憑誰問，廉頗老矣，尚能飯否」（〈永遇樂‧京口北固亭懷古〉），是同一悲嘆，其間卻也傳達出「烈士暮年，壯心不已」的豪情氣概。

　　然而無論如何，吳、越這一帶，對張元幹而言，已然是個傷心地。畢竟隨著局勢的偏安，個人生命的等閑流逝，對以往秉執的信念，著實是愈發無力去堅持。有時候他會消沉地想，「搔首煙波上，老去任乾坤」（〈水調歌頭〉），或是「今宵，閑打睡，明朝粥飯，隨分僧家」（〈滿庭芳〉）；有時候他又會「夢中原，揮老淚，遍南州」，想到「元龍湖海豪氣，百尺臥高樓」（〈水調歌頭‧追和〉），仍然是無法忘懷時代的使命。他就是這樣掙扎著、感傷著，同時又期待著一個毫無把握的機會。這種矛盾而複雜多變的情感，集中表現在幾闋〈水調歌頭〉詞裡，其中除了「癸酉虎丘中秋」一闋已詳細討論過，以下再舉兩闋，以資探討張元幹是如何表現出各種複雜對立的人生感懷。

　　紹興二十七年（1157）春，張元幹與鍾離少翁、張元鑒二人登臨平江府垂虹亭（在吳縣利往橋上），有〈水調歌頭‧丁丑春與鍾離少翁、張元鑒登垂虹〉詞：

　　　拄策松江上，舉酒酹三高。此生飄蕩，往來身世兩徒勞。

長羨五湖煙艇，好是秋風鱸鱠，笠澤久蓬蒿。想像英靈在，千古傲雲濤。　俯滄浪，吞空曠，怳神交。解衣盤□，政須一笑屬吾曹。洗盡人間塵土，掃去胸中冰炭，痛飲讀離騷。縱有垂天翼，何用釣連鼇。

早在當初決計歸隱時，張元幹就已體認外在事功的追求，不足以立命安身；滿腔熱忱、許國孤忠，也漸被冰霜澆覆。「舉酒酹三高」，范蠡「五湖煙艇」、張翰「秋風鱸鱠」、陸龜蒙「笠澤久蓬高」的隱居生活，不正是他隱退後，一心想望的人生典型。而今自己是「飽風埃，鬢華衰。浮木飛蓬，蹤跡爲誰催」（〈江神子〉），何事重來，悔恨之情溢於言表。滿腔的憤懣，一生的悲涼，有誰能解，也唯有在與古人交通和寄情山水中，獲得解釋。面對千古知心人，面對萬頃滄浪，在凝神觀照中，怳然神交契合，於是個體的心靈擴展、飛昇，世俗塵念、胸中冰炭一掃而空。「須與風雨過，萬事笑談中」（〈登垂虹亭〉二首之一），也學學那魏晉名士一般，「痛飲讀離騷」〔註56〕何須苦心計較。身處衰世，空有奇才，不得知遇，諳盡宦海浮沉，表現出對功名的蔑視與感喟──「縱有垂天翼，何用釣連鼇」。

　　張元幹憑高弔古，觸景傷懷而縱筆直書，上片嘆身計之微茫，下片則歸於曠放。然而在近乎直陳式地披露中，在疏狂超曠的表象下，卻不難透視他探求人生眞正價值與歸宿的矛盾掙扎。雖然在前一分期中，也有不少這類詞境複雜的詞，唯以本期，乃是張元幹人生中的向晚時光，更遭逢入獄削籍和重出任官的重大變故和磨難，就顯出其間的感喟是特別沉摯哀切，所以他並非眞的那般灑脫，悠然世外。這可以由另一闋〈水調歌頭‧追和〉證成之。詞云：

舉手釣鼇客，削跡種瓜侯。重來吳會三伏，行見五湖秋。耳畔風波搖蕩，身外功名飄忽，何路射旄頭。孤負男兒志，悵望故園愁。　夢中原，揮老淚，遍南州。元龍湖海豪氣，百尺臥高樓。短髮霜黏兩鬢，清夜盆傾一雨，喜聽瓦鳴溝。

〔註56〕《世說新語‧任誕》：「王孝伯言名士不必須奇才，但使常得無事，痛飲酒，熟讀離騷，便可稱名士」。

　　　　猶有壯心在，付與百川流。

詞的開頭，以古人自譬，〔註57〕自畫出一個浪跡江湖的奇士形象，暗示了自己沉浮的身世，著意寫其豪放不羈的生活和心中的不平。雖然起首是以放逸歸隱爲言，結句「孤負男兒志，悵望故園愁」，則全屬壯心猶在之意。下片就全從這裡予以申發，全詞就這樣交織著壯志難酬而壯心猶在的複雜心緒。

　　「猶有壯心在，付與百川流」，這是一個華髮蒼顏、思緒翻騰，徹夜無眠的老去英雄，眼見生命等閒流逝所發出的憤激語，而言外則寓含著無窮的感慨。於是此前所舉的「縱有垂天翼，何用釣連鼇」，以及其他像是「目送飛鴻去，何用畫麒麟」（〈水調歌頭〉（雨斷翻驚浪）），「畢竟凌煙像，何似輞川圖」（〈水調歌頭・西湖有感寄劉晞顏〉），「天難問，何妨袖手，且作閑人」（〈隴頭泉〉）等，其實都同樣指陳了「樓獨倚，鏡頻看，此意無人識」的寂寞自照。因才幹無以施展，不得不寄身江湖，張元幹在這些詞裡，面對紛雜的心緒，審視平生，生命的指向，最後都趨近於此；事實上，他對人世的滄桑變化，對民族的深刻危機，是感觸良多的，但是鑒于個人回天無力的現實，只得淡忘世事來排解內心陣陣湧起的激憤。固然其間多少表露了張元幹勘破、超脫的曠達，畢竟也因爲他所遭逢的磨難挫折、心靈創傷，太深太重，而往往流瀉出一種身心交瘁的壓抑感和疲憊感。

　　這些矛盾而又複雜多變的情感表現在詞裡，有老來衰病而功名未就的失落；有不能自我掌握、主宰命運的茫然；有無人知曉心事、得不到理解的孤獨，各種心緒，紛至沓來，混合交織，張元幹則以高度濃縮的手法，容千感於一詞。

〔註57〕　釣鼇客，指李白。宋・趙令時《侯鯖錄》卷六：「李白開元中謁宰相，封一版，上題曰：『海上釣鼇客李白』」。種瓜侯，指秦東陵侯召平。《史記・蕭相國世家》：「召平者，故秦東陵侯。秦破，爲布衣。貧，種瓜於長安城東。瓜美，故時俗謂之『東陵瓜』」。

最後要討論本期中頗具特色的兩闋詞——〈滿庭芳〉(三十年來)
和〈隴頭泉〉,則是以一詞概述一生的經歷。將生平的經歷,整個的
自我形象和心態全部攝印在一闋詞裡,時間的跨度相當的大。茲舉〈隴
頭泉〉一詞如下:

> 少年時,壯懷誰與重論。視文章、眞成小技,要知吾道稱
> 尊。奏公車、治安秘計,樂油幕、談笑從軍。百鎰黃金,
> 一雙白璧,坐看同輩上青雲。事大謬,轉頭流落,徒走出
> 脩門。三十載,黃粱米熟,滄海揚塵。　念向來、浩歌獨
> 往,故園松菊猶存。送飛鴻、五絃寓目,望爽氣、西山忘
> 言。整頓乾坤,廓清宇宙,男兒此志會須伸。更有幾、渭
> 川垂釣,投老策奇勳。天難問,何妨袖手,且作閒人。

不同的生命階段,創作主體(張元幹)的人生價值,以及對應現實的
態度,有著顯著差異,然而其間卻也有其一貫不變的情意本質。少壯
時,他視文章爲小技,由早年的遊學、仕宦,到後來的從軍擊敵,無
非是想建立功業。豈知整頓乾坤、廓清宇宙的壯懷失落,先是仕途屢
受挫折而轉徙流落,其間又迭遭讒譭,乃決計退隱林泉。雖然志在恢
復的滿腔赤忱未曾衰歇,不過隨著宋金議和的態勢,以及個人年華的
老去,理想卻也逐漸幻滅。臨老境,被追赴臨安大理寺,遭削籍除名;
罷秩後,漫遊於吳、越一帶,失意落拓,儘管他曾再次回到臨安官場,
終究也是無從施展而賫志以歿。

這一闋〈隴頭泉〉詞,是張元幹晚年對自我人生經歷進行回顧和
反思的創作,概述了自我的才性和人生主要事跡,並且表達了對現實
的態度,成爲一種獨特的自傳體抒情詞。其實整個《蘆川詞》,尤其
是在靖康難後所寫的大多數詞作,也都帶著鮮明的自傳性色彩。於
是,因於不同的時代環境和身世遭際,張元幹他人生觀的轉變,思想、
情感的變化,要皆能在詞中覓得線索。而透過這些詞,足可展現他隨
時代、社會變化而躍動的心靈,勾勒出張元幹有靈性、有生命,有複
雜多變情感而又個性獨具的人生。

　　張元幹少壯時，視文章爲小技，然而他「三十年來，雲遊行化，草鞋踏破塵沙」（〈滿庭芳〉），卻是人生多舛，一無所成；竟然是靠小技文章來支撐人生，寓寄鮮爲人知的萬千心事，最後也以詞家的聲名稱譽當時，流芳後世。本章將其詞，依生涯軌跡分爲四期探討，並不是把各分期的創作單一化、單純化，主要是在於以生平與創作的聯繫爲一線索，凸顯其間呈現的階段性特色。事實上，一個創作者，在不同時期、不同環境中的創作風格會有不同；然而在同一時期、同一環境下的作品，也會有所差別，這種創作上的複雜情形，經由以上四個分期的創作探討，已經大致可以說明清楚，而張元幹詞的整體風貌也大致可以呈顯。可是卻還有一些作品，是本章不敢貿然分期處理的，也就是說，在四個分期中涵括的作品還不夠全面。因爲有些詞，不僅無從考知具體的創作年代，不僅是劃分四個分期，甚至於以最起碼的南渡前或南渡後來劃分，也都無從歸入。爲了避免影響四個分期中基本風貌的探討，這些詞也就暫置不談，但是又不能把這些詞就輕易放過。因此，將在下一章中，以另一種角度來探討張元幹的詞，而也將這些詞一併納入，重作歸類探討。

第三章　張元幹詞的內涵表現

　　《蘆川詞》的內容深廣，題材豐富，為了比較有機地說明其內涵表現，乃不得不將其呈現出的各種面貌，依據內容的主要旨趣，並參酌詞題、詞序所言而定其分屬。唯劃歸在同一類的詞，並不意味其內涵就是單一的、全然相同的；不過強為歸類，其間是不免會有一些流弊，也容易讓人產生如是的印象。因此，將在各類的探討中，藉著對個別作品較為詳細的分析、鑑賞，以期顯示出其中又是同中有異的。以下即分成「婉約纏綿的離別相思」、「慷慨悲憤的愛國赤忱」、「閒適曠達的隱逸情致」、「閒雅雋永的寫景詠物」和「應景適情的酬贈唱和」等五節論析。又討論的範圍，並不限於內容旨趣，對於一些修辭方法、表現手法，以至於整個的詞情風格，也都略有所及，隨機點明。

第一節　婉約纏綿的離別相思

　　本節擬將一些以男女相思怨別為題材的詞，概略分成描寫各色男女情愛和反映個人羈旅相思兩類。至於其間是否另有寓托的深意，則以顧及全首詞的完整性，聯繫作者的生平、思想，參酌前人的說法予以多方考量探究，力求避免個人主觀的臆測和隨意的比附。

一、描寫各色男女情愛

　　描寫各色男女情愛一類的詞，計有〈祝英臺近〉（枕霞紅）、〈臨

江仙‧荼蘼有感〉、〈南歌子〉（桂魄分餘臺）、〈長相思令〉（香暖幃）、
（花下愁）、〈如夢令‧七夕〉、〈春光好〉（疏雨洗）、（吳綾窄）、〈點
絳脣〉（減塑冠兒）、（水鵁風帆）、〈怨王孫〉（小院春晝）、〈清平樂〉
（亂山深處）、（明珠翠羽）、〈菩薩蠻‧政和壬辰東都作〉、〈樓上曲〉
（樓外夕陽明遠水）、〈生查子〉（天生幾種香）、〈眼兒媚〉（蕭蕭疏雨
滴梧桐）、〈昭君怨〉（春院深深鶯語）、〈夜遊宮〉（半吐寒梅未拆）、〈西
樓月〉（瑤軒倚檻春風度）等二十闋。〔註1〕

這類詞以側重於描寫閨中女子空虛寂寞的怨情為多。首先以〈祝
英臺近〉為例，詳細說明。詞云：

枕霞紅，釵燕墜。花露漙雲鬢。粉淡香殘，猶帶宿醒睡。
晝簷紅日三竿，慵窺鸞鏡，長是倚、春風無力。　又經歲。
玉腕條脫輕鬆，羞郎見憔悴。何事秋來，容易又分袂。可
堪疏雨梧桐，空堦絡緯，背人處、偷彈珠淚。

上片辭采密麗，刻劃女子「終日厭厭倦梳裹」（柳永〈定風波〉）的慵困
意態；無一語道及離別，而詞中意象已具現思婦傷別情懷。過片「又經
歲」三字，將漫漫的相思，一筆帶過，而由「玉腕條脫輕鬆」一句補足，
則思婦經受長久離別苦痛的憔悴形容，又躍然紙上。而其間又有複雜的
情感表現，於「羞郎見憔悴」一句托出；為郎憔悴卻羞郎見，這顯示出
對對方的格外珍視，並且反襯了對方的輕言拋別。緊接著再點明離別情
事，「疏雨梧桐」、「空堦絡緯」，以景物點染，益增離別苦恨，而那思婦
「背人處，偷彈珠淚」的相思自苦，卻正自開始，日日夜夜、無盡無窮。

離別經年、幽歡難駐，是這類詞中女主角的共同處境。〈祝英臺近〉
一詞中所塑造的這種玉顏憔悴而一往情深的女子形象，所刻劃的這種
刻骨銘心的殷切相念，還表現在〈菩薩蠻‧政和壬辰東都作〉、〈昭君
怨〉、〈眼兒媚〉和〈樓上曲〉等詞中。〔註2〕前兩首詞的內容和賞析，

〔註1〕本章列舉各詞之順序、詞題有無，係依據《全宋詞》本。
〔註2〕黃文吉以張元幹亦曾自製曲子，所指即〈樓上曲〉（見《宋南渡詞人》
　　　頁184所論）。《御製詞譜》卷十二收〈樓上曲〉一體，即張元幹詞；
　　　其中並注明「宋元無填此者，秖有張詞別首可校」。《蘆川詞》有〈樓

已見於前一章第一節探討，不再贅述。而〈眼兒媚〉一詞，寫女子相思的苦況，由離愁的具象化——「離愁遍遶，天涯不盡，卻在眉峰」，以至於人物的塑造——「嬌波暗落相思淚，流破臉邊紅。可憐瘦似，一枝春柳，不奈東風」，都運用了較為誇張的筆法，只是整體上與〈祝英臺近〉相比較，不見有多少新意。唯〈樓上曲〉一闋，清·陳廷焯譽為「意味深長，音調古雅，艷體中陽春白雪也」（《白雨齋詞話》卷七；見《詞話叢編》（四），頁 3954），頗堪玩味。全詞如下：

> 樓外夕陽明遠水。樓中人倚東風裏。何事有情怨別離。低
> 鬟背立君應知。　　東望雲山君去路。斷腸迢迢盡愁處。明
> 朝不忍見雲山。從今休傍曲闌干。

這首詞抒寫離情，上片寫樓頭送別，下片寫倚闌懷遠，難以言宣的相思，通過思婦的動作呈顯出來。由「低鬟背立」的不願面對，到「東望雲山」的極目凝望；由「不忍見雲山」的觸景傷懷，到「休傍曲闌干」的決絕，不同的聲容意態，反映了思婦微妙的心理活動。而其間情感的矛盾、精神的苦痛，皆緣自強烈的離別相思，這首詞卻表現得婉轉含蓄，顯得意味深長。

　　張元幹描繪女性情思，以一種無力改變命運，卻也耽於相思自苦的女子形象為多，其間表現的情意則顯得較為淒婉。然而同樣也寫離別相思，詞中的女主角卻不是一味地「背人處、偷彈珠淚」，「嬌波暗落相思淚」，而是自寬自解，充滿美好的想望和期盼，可以兩闋〈清平樂〉為代表。這兩首詞清朗明快，令人一新耳目。詞云：

> 亂山深處。雪擁溪橋路。曉日乍明催客去。驚起玉鴉翻樹。
> 翠衾香暖檀灰。一枝想見疏梅。憑仗東風說與，畫眉人共
> 春回。
>
> 明珠翠羽。小綰同心縷。好去吳松江上路。寄與雙魚尺素。
> 蘭橈飛取歸來。愁眉待得伊開。相見嫣然一笑，眼波先入
> 郎懷。

上曲〉兩闋，所謂張詞別首，乃指起句為「清夜鐙前花報喜」一詞。

前一闋先敘離別場景，而不帶感傷情調；後一闋則直寫別後。詞中女主角摒絕了自憐幽獨的愁雲慘霧，而沈浸在美好的遐想中，一則想見「畫眉人共春回」，一則想見「蘭橈飛取歸來」。尤其後面一闋，更寫出了女主角想像重逢時刻，笑逐顏開的歡欣情狀；「相見嫣然一笑，眼波先入郎懷」，只覺其嬌憨可愛而不顯輕佻。

此外，也有的並不著意於刻鏤形貌，也不著意於表現濃烈的相思情懷，只用以呈顯一種因節序景物的莫名惆悵，或是一種人去樓空的淡淡愁情。如「凝佇。凝佇。不似去年情緒」（〈如夢令‧七夕〉）；如「半閑鴛被怯餘寒，燕子時來窺繡戶」（〈西樓月〉）。

綜觀這些表現女性情思的詞，創作主體（張元幹）常以男子為女子代言的聲吻出之，運用各種手法，表現了女子在愛情生活，特別是在離別相思中的心理情態。而另有幾首詞，則很明顯的是描述男性的相思情懷，情思較為明豔，其間的表現也相對地比較直露。如兩闋〈春好光〉詞所寫：

　　疏雨洗，細風吹。淡黃時。不分小亭芳草綠，映簷低。樓
　下十二層梯。日長影裏鶯啼。倚遍闌干看盡柳，憶腰肢。

寫春日倚闌，見柳條臨風款擺，逗引了對意中人的思念。

以「腰肢」稱代意中人，這和另一闋（全詞已見第二章第一節）的以「弓弓」來稱代，都頗為香豔。雖然表現對對方的思念，是以景物、節序的觸動情思為鋪墊，畢竟詞意還是顯得直露而少餘味。倒是〈臨江仙‧荼蘼有感〉，寫遠行男子對意中人的思念，處處就對方設想，構思比較有新意。詞云：

　　鶯喚屏山驚睡起，嬌多須要郎扶。荼蘼斗帳罷熏爐。翠穿
　珠落索，香泛玉流蘇。　　長記枕痕銷醉色，日高猶倦妝
　梳。一枝春瘦想如初。夢迷芳草路，望斷素鱗書。

閨中女子嬌弱、柔媚、慵困的情態，在眼前一一重現，其實正是男子追憶往昔相憐相惜的情事，自傷眼下的孤單。繼而又就對方設想，料想伊人深居閨幃，該是和分別當時一般削瘦吧？經常是在夢中尋覓、

妝樓顒望，思念著遲遲未歸、音訊杳然的天涯遊子吧？

　　「天涯豈是無歸意，爭奈歸期未可期」（晏幾道〈鷓鴣天〉（十里樓臺倚翠微））。男子遠行，甚或頻年飄泊，羈旅各地，有時候並不是有心辜負佳人，只是歸期不全然是可以自我作主的。浪跡在外，相思懷歸之情，在這首詞裡，由男子對閨中人體貼入微的關切懷想中，充分展現。雖然其間用字設色仍多香艷處，但是與兩闋〈春光好〉相比較，情感就顯得沉摯動人些；並且在單純的愛戀相思之外，還容易體現一種飄泊羈旅的苦痛，和對歸期久阻的無奈。當然這種較為複雜的情感內涵，主要是因為其間的表現手法，讓人在愛戀相思之外，引發較多的聯想，所進而賦予的。至於深刻點染羈旅飄泊的情事，或是把飄泊異鄉的落拓感受，同懷戀意中人的纏綿情思緊密結合到一起來寫，那就要看下一類「反映個人羈旅相思」的詞了。

二、反映個人羈旅相思

　　反映個人羈旅相思一類的詞，計有〈滿江紅·自豫章阻風吳城山作〉、〈蘭陵王〉（卷珠箔）、（綺霞散）、〈念奴嬌〉（江天雨霽）、〈石州慢〉（寒水依痕）、〈水調歌頭·過後柳故居〉、（今夕定何夕）、〈風流子·政和間過延平雙谿閣落成席上賦〉、〈醉落魄〉（雲鴻影落）、〈南歌子〉（遠樹留殘雪）、〈浣溪沙〉（一枕秋風兩處涼）、〈浣溪沙·書大同驛壁〉、〈柳梢青〉（清山浮碧）、（小樓南陌）、〈如夢令〉（潮退江南晚渡）、〈點絳唇〉（水驛凝霜）、（春曉輕雷）、〈憶秦娥〉（桃花萼）、〈上西平〉（臥扁舟）等十九闋。

　　與前一類表現各色男女情愛的不同處，在於這類詞完全是以男子口吻言情抒感，卻又並非單純地直道相思，而往往是將一種困頓失意的身世遭遇和流離飄泊的窮愁況味鎔鑄在相思別恨裡。或許也不全然為張元幹自身的情感示現，但是相形之下，至少是拉近了詞與他個人真實生活的距離。

　　黃文吉在《宋南渡詞人》一書中曾經說及：

> ……。元幹小詞多寄閑情，如：「更與箇中尋尺素，兩情通」
> （春光好）……「嬌波暗落相思淚，流破臉邊紅」（眼眉兒）
> 等等，〔註3〕真是不勝枚舉。不僅小令如此，長調也同樣緣
> 情綺靡，如滿江紅（春水送天）、蘭陵王（卷珠箔）、石州
> 慢（寒水依痕）等，亦極其纏綿之至。……（頁180）

首先探討這幾闋以長調鋪述，表現較為特出的作品。其中〈滿江紅‧
自豫章阻風吳城山作〉一詞，確知是南渡前的作品，在創造歷程的第
一分期中已詳細討論過；〈蘭陵王〉、〈石州慢〉兩闋，未敢遽定分期，
唯內容情調則與該詞頗為相類。繆鉞先生認為這些「懷念舊日情侶之
作」，表現得「穠麗纏綿」而「情韻淒美」（《靈谿詞說》頁368）。先
就〈蘭陵王〉詞分析如下：

> 卷珠箔。朝雨輕陰乍閣。闌干外，煙柳弄晴，芳草侵堦映
> 紅藥。東風妒花惡。吹落。梢頭嫩萼。屏山掩，沈水倦薰，
> 中酒心情怕杯勺。　尋思舊京洛。正年少疏狂，歌笑迷著。
> 障泥油壁催梳掠。曾馳道同載，上林攜手，燈夜初過早共
> 約。又爭信漂泊。　寂寞。念行樂。甚粉淡衣襟，音斷絃
> 索。瓊枝璧月春如昨。悵別後華表，那回雙鶴。相思除是，
> 向醉裡、暫忘卻。

全詞上、中、下三片，由眼前傷春到追憶往昔，再轉入現實相思，有
鋪排，有轉折，環環相扣，逐層深入。

　　詞的開頭「卷珠箔」二句，點出了環境與天氣，全詞的情與景即
由此生發鋪展；「闌干外」以下則寫樓上眺望的種種景象，其中以
「弄」、「侵」、「映」、「妒」等動詞，使景物的描寫更加傳神而形象鮮
明。詞人於春日清晨登樓，綿綿的陰雨初歇；柳絲在如煙的晴光中搖
擺；侵堦的芳草映襯著紅藥，呈現出一派盎然的春意。緊接著「東風」
二句陡轉，出現另一番景象，東風吹落梢頭嫩萼，烘托出一種淒然的
氣氛。以下「屏山掩」三句，由景生情，實寫詞人的心境，寫出詞人

〔註3〕〈眼兒媚〉又名〈秋波媚〉。各本《蘆川詞》均作〈眼兒媚〉，此作
　　　〈眼眉兒〉，或為筆誤，或另有所據，不得而知。

生怕飲酒的心理，含蘊著複雜的思想感情。

　　第二片追思昔日游樂，「尋思舊京洛」一句，承上轉下，從當前的幽獨、傷春，回想起過去在汴京的遊樂情景。「正年少疏狂」以下，亟寫「往昔昇平客大梁」的歌舞遊賞，而以「又爭信漂泊」一句收束。怎能料想昔日的徵歌逐舞，成了眼下的漂泊流離，詞人對以往的美好追憶，戛然停止，跌落到清醒的現實；情感跌宕，極盡頓挫之妙。而這種哀感從上面的歡快熱鬧景象中轉來，以歡愉的情調映襯離別後的孤寂，更顯得淒楚難禁。

　　第三片則是由回憶轉寫別後相思，主要抒寫離恨。「寂寞，念行樂」以下，緊承上文「漂泊」而來，過入別恨與相思。與佳人離別已久，以往的美好生活也隨時光流逝，湮沒無跡，只有春色依舊。「悵別後華表」二句則借用典故，〔註4〕抒發人間滄桑之變，好景不常的傷感。最後「相思除是」三句，是以口語寫情，顯得深婉真摯，多少不易言說的離愁別恨統統傾注在酒杯裡，痛飲盡醉方休。

　　詞裡既說是「暫忘」，則酒醒夢殘，又如何而能銷憂解愁？言外著實是含有無窮的隱痛在。而這「天涯舊恨」，「多少淒涼」意，在〈石州慢〉一詞的表現則是：

> 寒水依痕，春意漸回，沙際煙闊。溪梅晴照生香，冷蕊數枝爭發。天涯舊恨，試看幾許消魂，長亭門外山重疊。不盡眼中青，是愁來時節。　情切。畫樓深閉，想見東風，暗銷肌雪。辜負枕前雲雨，尊前花月。心期切處，更有多少淒涼，殷勤留與歸時說。到得卻相逢，恰經年離別。

上片仍著重於寫景而即景生情。由沙際迷茫開闊的景象中，展現的是蓬勃的生機與和暖的春意；然而撩撥詞人心靈的並不是冬去春回的美好景象，而是離愁的意緒。「天涯舊恨」二句，即是由寫景轉入抒情，著一

〔註4〕據《搜神後記》卷一所載：「丁令威，本遼東人，學道於靈虛山，後化鶴歸遼，集城門華表柱上。時有少年舉弓欲射之，鶴乃飛，徘徊空中而言曰：『有鳥有鳥丁令威，去家千年今始歸；城郭如故人民非，何不學仙，塚纍纍？』。」

「舊」字，揭示了心中鬱積著無盡的離愁別恨；並以設問的句式領起下文。以下三句進一層鋪寫令人「銷魂」的景色，極目所見，惟有望不到盡頭，重重疊疊的青山，而心中無限的愁緒，正如起伏連綿的山巒。

下片再由景物描寫轉而回憶昔日閨幃之情，如今離別遠行，而綿綿情思卻是難以割捨的。「畫樓」以下三句，設想佳人獨居深樓，形體逐漸削瘦；寫佳人思念的痴情，正表達詞人思歸懷人的熱切情意。緊接著直言辜負枕畔、樽前歡樂的悔恨，內心殷切盼望的，是歸來與佳人相親，訴說埋藏心底的淒涼情味。歇拍緊承上句「歸時」，到得歸來相逢，已是離別經年了。此極言其不堪離別的淒苦情味，對長久的分離是抱憾甚深的。

以長調勾勒鋪敘，以清麗的言語渲染，張元幹把千絲萬縷的離愁寫得縈迴不盡，把孤獨的情懷寫得極為含蓄。可以再舉兩首說明其對羈旅相思的描寫。〈念奴嬌〉（江天雨霽）下片云：

> 有誰伴我淒涼，除非分付與，杯中醹釀。水本無情山又遠，
> 回首煙波雲木。夢繞西園，魂飛南浦，自古情難足。舊遊
> 何處，落霞空映孤鶩。

而在晚年漫遊吳越，過後柳故居所寫的〈水調歌頭・過後柳故居〉，

〔註5〕尤其是傷心慘目、難以遏抑。詞云：

> 恍重來，思往事，攪離愁。天涯何處，未應容易此生休。
> 莫問吳霜點鬢，細與蠻箋封恨，相見轉綢繆。雲雨陽臺夢，
> 河漢鵲橋秋。

〔註 5〕後柳故居，不詳何地。依據王譜，張元幹建炎元年曾寓居西湖，以其〈跋少游帖〉所云「建炎丁未，寓居西湖。秋八月，兵亂亡去」（本集卷九）可知。又建炎三年底，舉家避亂返吳興，〈過白彪訪沈次律有感十六韻〉有云「浮家來水村，避亂畏矰繳」（本集卷一）。而建炎四年春，張元幹又寓居於湖州千金村，有〈喜王性之見過千金村〉詩（本集卷三）。詞中所寫故居景致，以及所言「吳霜點鬢」，可知故居是在吳地，而且是上列三處其中之一。張元幹於紹興元年罷退，一直到紹興二十一年才又重至吳地，因此說「恍重來」，則此詞應該是張元幹晚年在吳越一帶的作品，可歸入第四期的創作。而由其所訴情意，對象應該是他的妻子，可惜均未有確證。

同樣的飄零不偶，前者是「試問秦樓今夜裡，愁到闌干幾許」，由景生情而懸想伊人；後者則是「長記開朱戶，不寐待歸舟」，舊地重遊而陷入回憶。綿綿的情思由此開展，魂飛夢繞，以至此生難休，一層深過一層。而前者以景結拍，「落霞空映孤鶩」，著一「空」字、「孤」字，透露了孤獨淒清的情懷，卻又十分含蓄深蘊；後者則使事用典，「雲雨陽臺夢」、「河漢鵲橋秋」，美好、浪漫的情事，卻是短暫而邈然難期的，因而在憧憬中包蘊著幾多悲涼、無奈的意緒。

在山長水遠，「長亭無寐，短書難託」（〈憶秦娥〉（桃花萼））的羈旅客途中，所生發的傷離意緒，可能只是因為純粹的愛戀相思。就詞中所寫情事來看，也說明這其中有「人」，在另一闋〈蘭陵王〉（綺霞散）第二片中所說的「閒愁費消遣。想娥綠輕暈，鸞鑑新怨。單衣欲試寒猶淺。羞衾鳳空展，塞鴻難托，誰問潘寬舊帶眼。念人似天遠」，也是同樣的情意內容，繆鉞先生認為是懷念舊日情侶。因此，可以說張元幹是寫實實在在的愛戀相思，不過卻難以實指為某人，而也正以其無現實具體的本事可以確指，也就別具一種富於感發的潛能。在中國文學中本來又有一種以美女及愛情為託喻的傳統；況且以張元幹於現實生活所經歷的充滿憂患的遭際，和他個人的志意、襟抱，則詞裡所描寫的刻骨相思，以及無可排解的苦恨心情，往往就易於引起讀者一種意蘊深微的託喻聯想。〔註6〕即就〈蘭陵王〉（卷珠箔）一詞中所說的「尋思舊京洛」，在今昔不同處境的鮮明對比中，可以想見張元幹對昔日汴都生活的無比眷戀，對今日飄零不偶的不勝欷歔。他對昔日的追憶，對佳人的懷想，這種種繫念，正是由中原阻絕的遺恨所引生的；況且全詞似乎並不僅及於男女的愛戀相思，其間更以時光的溜逝、人事的滄桑和歡會的不可復得，綰合自身的落寞流離，從而產生

〔註6〕以上論這些詞的託喻，主要參酌葉嘉瑩先生〈從中國詞學之傳統看詞之特質〉（《中國詞學的現代觀》第一節），以及〈論陳子龍詞——從一個新的理論角度談令詞之潛能與陳子龍詞之成就〉（《詞學古今談》頁219～59）中的論點。

感傷懷舊，不勝今昔的怨恨情緒。是以〈石州慢〉裡的「天涯舊恨」、「多少淒涼」，抒寫離愁別恨的感情，同樣也含有深一層的意念。

以張元幹的身歷喪亂流離和對中原陸沉的沉痛感慨，則他通過鋪敘委婉的手法寓寄深切的黍離之悲與故國之思，這樣的可能性原本就相當大。況且這些詞敘寫的本身，具有迷離隱約、曲折幽深的特色，富於引人感發的意味。因此，如是的理解，並無不可，只是毋須字比句解，如清·黃蓼園在《蓼園詞評》中，對〈石州慢〉一詞提出如是的說法：

> 仲宗於紹興中，坐送胡銓及李綱除名，是其憂國之心，不肯附秦檜之和議可知矣。際國事孔棘之時，因思同心之友，遠謫異域，此心之所以耿耿也。起首六語，是望天意之回。寒枝競發，是望謫者復用也。「天涯舊恨」至黃昏節，是目望中原又恐不明也。想東風消雪，是遠念同心者，應亦瘦損也。負枕前雲雨，是借夫婦以喻朋友也。因送友而除名，不得已而託於思家，意亦苦矣。(見《詞話叢編》(四) 頁 3083)

黃珮玉則認為〈蘭陵王〉是寫亡國之恨，而以「東風妒花惡，吹落梢頭嫩萼」，正是悼北宋之夭亡。[註7] 二人所言，雖然並不是純為主觀的臆斷，但是如此坐實比附，就不免有穿鑿之嫌，也使詞意顯得板滯而餘味盡失。

其實所謂的羈旅相思，以〈石州慢〉(寒水依痕)、〈蘭陵王〉(卷珠箔) 兩闋而言，其間就寓寄著對故國的深切懷戀，只是十分地迷離隱約。有時候則是結合著仕途蹭蹬、遭時不遇的感慨，這在前一章第一分期中曾經討論過的〈滿江紅·自豫章阻風吳城山作〉、〈風流子·政和間過延平雙谿閣落成席上賦〉、〈浣溪沙·書大同驛壁〉等詞都可以見到，不過卻不及〈上西平〉一詞的表現。同樣是羈旅相思，還更在於沉痛道出利名縈繫、仕途奔競的感懷。全詞如下：

> 臥扁舟，聞寒雨，數佳期。又還是、輕誤仙姿。小樓夢冷，

〔註 7〕曹濟平、黃珮玉等人均以〈蘭陵王〉(卷珠箔)、〈石州慢〉(寒水依痕) 有所寄託，是感懷故國之作。所論分別見於〈讀張元幹《蘆川詞》札記〉的「寄託之情」和《張元幹研究》頁 62。

　　　　覺來應恨我歸遲。鬢雲鬆處，枕檀斜、露泣花枝。　名利
　　　　空縈繫，添憔悴，謾孤栖。得見了、說與教知。偎香倚暖，
　　　　夜爐圍定酒溫時。任他飛雪灑江天，莫下層梯。

上片分別寫自己和伊人伶仃孤處的苦況，而對伊人有份痛惜在。下片
開始三句則顯然是一種不得志的牢騷。羈旅飄蕩，豈料，空教名利縈
絆，只贏得了憔悴幾許、孤子一身；這感嘆緊承上片的相思而來，因
此也表露爲當初徵逐名利而輕拋繡閣的悔恨。這一切，待與伊人相
見，都要細細說與教知，殷殷的想念更進而成了「偎香倚暖，夜爐圍
定酒溫時」的懸想，反襯了眼下「臥扁舟，聞寒雨」的孤淒，而引出
最後不再誤蹈塵網的痛切語。全詞寫久別的愁怨情傷，寫志不得伸的
愴痛，二者交織，還更著重於抒發不勝天涯沉淪的悲涼、無奈。其間
可以很明顯看出一種「將身世之感打并入艷情」的手法。〔註8〕

　　此外，還有一些羈旅相思的作品，文詞清麗，具體的艷事情節也
顯得不重要而被隱去，而與絕大部份歸入「描寫各色男女情愛」的詞，
多以設色香艷、刻劃入裡的筆調傾吐怨尤，或披露熾烈情思有所不
同。如〈醉落魄〉一詞所云：

　　　　雲鴻影落。風吹小艇攲沙泊。津亭古木濃陰合。一枕灘聲，
　　　　客睡何曾著。　天涯萬里情懷惡。年華垂暮猶離索。佳人
　　　　想見猜疑錯。莫數歸期，已負當時約。

再如〈點絳唇〉一闋：

　　　　春曉輕雷，采蘋洲上清明雨。亂雲遮樹。暗澹江村路。　今
　　　　夜歸舟，綠潤紅香處。遙山暮。畫樓何許。喚取潮回去。

與前面所論以長調鋪述的作品一樣，用了較多的文字寫景。這種寫景
還有「遠樹留殘雪，寒江照晚晴。分明江上數峰青。倚檻舊愁新恨、
一時生」（〈南歌子〉）；「潮退江南晚渡。山闇水西煙雨。天氣十分涼，
斷送一年殘暑」（〈如夢令〉）；「水驛凝霜，夜帆風駛潮生曉。酒醒寒
悄。枕底波聲小」（〈點絳唇〉）等，莫不以一種與傷心行客情味相適

――――――――――――――――――――――
〔註8〕周濟《宋四家詞選》所選秦觀〈滿庭芳〉（山抹微雲）一詞眉批所云：
　　　「將身世之感打并入艷情，又是一法」。見《詞話叢編》（二）頁1652。

――71――

的景物，點染出孤旅天涯的悲傷意緒。固然最後情感的指向爲畫樓、曲屏深處的佳人，卻是以十分簡約的筆意含蓄帶出。

寫羈旅相思，而把飄泊的落拓感受，同懷戀意中人的纏綿情思結合到一起來寫。落拓的感懷，或因爲旅途的艱辛；或因爲沉淪下僚的苦悶；或因爲中原陷落的阻隔，這加深了相思的苦況，其實這些往往也就是引發相思的原因。羈旅的悲辛、相思的況味，互爲因果而交織激盪。而經由上述各詞的探討，在詞裡所表露的殷殷思念，可能是針對妻子或舊日的情侶而發；而有一些托之於佳人的，是一種美好理想的執著追求，或是對昔日京、洛生活的追憶，其間寓寄著身世之感和故國之思。

本節討論的作品，以「描寫各色男女情愛」一類而言，張元幹確實有過一段裘馬輕狂、伎酒流連的歲月，這些詞可能是他早期冶遊生活的留痕。又他「少年時」，「視文章眞成小技」，遊戲筆墨，塡詞以娛賓遣興；或是早年詞筆初試，蹈襲傳統題材，仿作花間的豔情歌詞，卻也不限於自我生活的寫照。況且，描寫閨怨的作品裡，有可能是假託女性的怨情來喻寫男性詞人自己不得知遇的悲慨。因此創作的本意未能盡知。「反映個人羈旅相思」一類，比較貼近張元幹現實的生活，但是檢視他的一生，早年曾經是「去年弄影河北月，今年迎面江南雲」（陳與義贈詩。見第二章第一節引），窮年奔走；靖康、建炎年間也是四處流離轉徙；到了晚境，還被追赴臨安大理寺，離開故里，重至吳、越一帶。這些東奔西蕩的年月，都可能寫有羈旅相思的作品；又即使是閑居故里，以其偶然寄意、即興成文，也同樣可能寫這類詞。儘管以該類詞中有寓寄故國之思的作品，應當是南渡後所寫，確實的年代仍然不易考知。這些創作上複雜的問題，一時或未能全然釐清，但是至少經由以上的探討，可以瞭解《蘆川詞》中描寫離別相思的作品不少，寫得婉約纏綿，而這些又是在他的詩、文裡頭最難於見到的部份。〔註9〕

〔註9〕以《蘆川歸來集》所收詩，大都直接反映時代動亂現實；寫流離生活的感受，也不及於兒女柔情、愛戀相思；另外則多爲清麗雋逸的

第二節　慷慨悲憤的愛國赤忱

「（張元幹）又喜作長短句，其憂國愛君之心，憤世嫉邪之氣，間寓於歌詠」。蔡戡，與張元幹同時代而年輩稍晚，爲人鯁挺不阿，他在〈蘆川居士詞序〉裡的這段話，所謂「憂國愛君之心」、「憤世嫉邪之氣」，凸顯了《蘆川詞》中的重要情感特質。

張元幹的詞，就數量而言，以清麗婉秀之作爲多；然而就發展的意義而論，則又以慷慨悲憤之作價值爲大。近人龍沐勛先生在〈今日學詞應取之途徑〉一文曾經論及：

> 溯南宋之初期，猶有權奇磊落之士，豪情壯采，悲憤鬱勃之氣，尚存於士大夫間，大聲疾呼，以相警惕。如張元幹之所謂『正人間鼻息鳴鼉鼓』（賀新郎寄李伯紀丞相），知當時猶有有心之士，不忍坐視顛危，而出作獅子吼也。（《詞學季刊》第二卷第二號）

身歷家國動亂，南渡詞人大都民族意識高張，愛國情思激昂，具有一股忠義之氣。然而當日詞壇實際表現出的主要是一種哀愁之感與悲恨之情，詞人們表現於詞裡的愛國情思，憤激昂揚的只在少數，大多數作品是滿含著沉鬱淒婉的情緒。與絕大部份的南渡詞人相比較，張元幹可以說是獨振憤慨激昂之聲，〔註10〕然而能夠歸入本節討論的詞卻也不多見。

〈賀新郎·寄李伯紀丞相〉、〈賀新郎·送胡邦衡謫新州〉、〈石州慢·己酉秋吳興舟中作〉、〈水調歌頭·同徐師川泛太湖舟中作〉、〈水調歌頭·和薌林居士中秋〉、〈水調歌頭·追和〉、〈水調歌頭·送呂居仁居赴行在所〉、〈隴頭泉〉、〈驀山溪〉等九闋，是比較集中體現這種

寫景、詠物作品。所收文則是表、啓、序、書、贊、題跋一類實用的文字。

〔註10〕沙靈娜《樵歌注》「前言」頁七所云：「敦儒同時代許多詞人所表現的愛國感情，憤激昂揚的只是少數篇章，大多數作品滿含著沉鬱淒婉的情緒」。如朱敦儒的愛國詞，就絕大部份都是沉鬱淒婉的情調。面對的大環境相同，而各別詞家實際的生活遭際和創作藝術風格不盡相同，說張元幹獨振憤慨激昂之聲，並不以此強分軒輊。

愛國情感的作品。這些詞大都有題序載明創作時、地，甚或交待寫作動機，因此整個創作的意圖並不難掌握，乃是靖康、建炎以來撫時感事而作。又基於上述各種原因，這些詞也就容易作繫年，而上一章也已經先後把這些詞歸入各個分期，在說明其間的創作概況時用以舉證。〔註11〕以下再就這些詞，集中探討張元幹如何以慷慨激越的筆調反映靖康難后的國家危難、政治現實，展現個人對國是不容自己的關懷和難以揭抑的耿耿赤忱。

人稱張元幹「平生忠義自矢」（明・毛晉〈蘆川詞跋〉），雖然現存《蘆川詞》未見有任何反映南渡前動亂現實的作品，而以他在〈隴頭泉〉一詞所披露的「少年時，壯懷誰與重論。……。奏公車、治安秘計，樂油幕、談笑從軍」，是早有許國志意；以他拜謁陳瓘，與李綱定交，彼此經常「商榷古今治亂成敗」（本集卷九〈跋了堂先生文集〉）等事，又可清楚瞭解張元幹他早就洞悉時局，心理上已有天下將亂的憂念和準備。熱烈的愛國情思，是飽含在他生命底處，卻以時局的遽變而有了強烈地迸發，而在詞裡的表現，首先在於反映了靖康難后家國的危難。

靖康之難發生后，張元幹既不像有些士大夫那樣茫然不知所措，也不是為全身之計自顧奔命，而是立即投身兵臨城下的汴京保衛戰，並親上卻敵書。而在當日詞壇，以詞直接反映這場國家民族的大災難，張元幹也是較為突出的一個。

建炎三年，金兵正南侵未已。張元幹流離道路，在吳興寫下了〈石州慢〉一詞寄慨國事，反映靖康以來宋廷所面臨「群盜縱橫」、「逆胡猖獗」，內外交逼的紛亂局勢。詞的上片主要描寫夜航的愁悶情懷，而風雲變化的蒼茫景象，正也概括了現實動亂的氛圍。下片即點出全

〔註11〕以上所列九闋詞，〈石州慢〉和〈水調歌頭・同徐師川泛太湖舟中作〉列入第二分期；兩闋〈賀新郎〉和〈水調歌頭・和薌林居士中秋〉、〈水調歌頭・送呂居仁召赴行在所〉入於第三分期；〈水調歌頭・追和〉、〈隴頭泉〉、〈驀山溪〉則入於第四分期。以下探討不再重複引錄原詞。

詞的主旨,直接指陳了金兵入侵、二帝北擄而戰禍遍地的慘痛現實;所謂的「兩宮何處」、「塞垣祇隔長江」,更說明了國家民族正處於存亡絕續的關鍵時刻。

隱退後,張元幹作詞送呂本中召赴行在所,又描寫了這場歷史性的災難。所謂「戎虜亂中夏,星曆一周天。干戈未定,悲詫河洛尚腥膻。萬里兩宮無路。……」(〈水調歌頭〉)。「一周天」為十二年,寫這首詞時,距北宋之敗亡將近十二個年頭,張元幹也已經掛冠隱退多年,卻依然念念難忘中原之慘遭蹂躪;況且當時又是金兀朮大舉南侵之後,國家尚處於干戈未定的局勢下,前途難卜。也就是基於這樣的動亂現實而期望呂本中能夠戮力為國。而在紹興十二年胡銓謫赴新州時,他寫詞壯其行,對金人入侵以來所造成的動亂現實依然銘刻於心,作有如是地描寫:

> 夢繞神州路。悵秋風、連營畫角,故宮離黍。底事崑崙傾
> 砥柱。九地黃流亂注。聚萬落、千村狐兔。……。

就在對中原故土的深沉懷念中,夢歸故土,而夢境中又盡是家國動蕩、生靈塗炭的景象。

描寫動亂的現實,主要是在於反映家國的危難。要求得長久安定,維護民族大節,張元幹是力主北伐而反對議和的,況且當時的形勢也仍有可為。然而國家民族處於危急存亡的關鍵時刻,朝廷卻是一味避敵、專意謀和而排詆異己。這種嚴峻的政治現實,張元幹在詞裡也時有反映。

南宋初期,和戰問題是舉國上下矚目的國家大策。究竟是北伐中原,圖謀匡復,還是偏安江南,屈辱為金人的附庸,朝中大臣為此爭論不休。張元幹早在建炎間,就一再尖銳地指斥權臣、譏刺朝廷,表明了堅定的主戰立場。他分析形勢,指陳利害,認為「議和其禍胎,割地亦覆轍」(本集卷一〈建炎感事〉),議和、割地只會助長敵人氣焰,即使暫時換得退兵,終究不是根本的解決之道。這種政治議論在當時不僅大膽,並且頗有卓識。

隱退後,張元幹仍舊堅持一貫的主戰立場。紹興初,宋軍與金人

交鋒，各路捷報頻傳，形勢大有可爲，主和、主戰勢力也互有消長。
直到紹興八年，再次起用秦檜爲相，而高宗又確有私心，遂再積極謀
和。是年，圍繞著金使張通古以「詔諭江南」爲名至臨安，並要高宗
親至館驛拜詔一事，和戰雙方爆發了一場激烈的爭鬥。主戰派交章劾
奏和議之非，其中最激烈的要屬胡銓，李綱也曾積極上疏諫阻和議；
主和派則極力排詆異己，打壓主戰言論。胡銓以此獲罪，一再受到貶
謫，株連甚眾，而李綱以惓惓忠愛終究也難回天意。就在這夜氣如磐
的嚴峻時刻，張元幹先是以詞寄贈李綱，後則以詞爲胡銓送行，這兩
闋〈賀新郎〉詞具含了深厚的現實意義，表露了個人鮮明的政治傾向。

　　寄李綱一詞，先以一派秋夜風雲不定的蒼茫景象，隱括當時的政
治局勢，而「正人間、鼻息鳴鼉鼓。誰伴我，醉中舞」，則用以指斥
那些但求偷安江南而醉生夢死之輩。下片更表明了對朝廷怯懦畏戰、
屈膝求和的深刻不滿和悲痛。如「十年」一句，是以建炎元年高宗即
位於應天府，不久就南下駐蹕揚州；後來金兵進犯，南宋小朝廷又倉
皇南逃，揚州爲金人攻佔後，化成一片廢墟，昔日繁華猶如一夢，懷
想之餘，不勝感慨。而「要斬」二句，在於運用典故反映出對宋金議
和的看法。前一句承上「氣吞驕虜而來」，意指自己和李綱等主戰人
士恨不得像傅子介提劍斬樓蘭王那般對付金人，亦即期望朝廷力圖振
作，不要一味避敵畏戰；〔註12〕後一句則藉漢王昭君出塞和親故事，
寫朝廷向金人屈辱求和的遺恨。也可以說是抒寫中原未復而抗金將領
被棄置不用的遺恨。〔註13〕而由此顯示出當時的政治態勢爲積極謀
和、排詆主戰。再如爲胡銓送行一詞，張元幹反思中原之慘遭巨變，

〔註12〕樓蘭是漢代西域小國。漢武帝時，曾派使者通大宛，樓蘭當道，常
　　　　攻擊漢使。漢昭帝遣傅介子出使西域，用計斬其王，後改名鄯善。
　　　　事見《漢書·傅子介傳》。張元幹詞中是以樓蘭影射金國，以傅子介
　　　　比喻李綱等主戰人士。
〔註13〕以王昭君和番故事影射主和權臣誤國，但求偏安一隅。杜甫〈詠懷
　　　　古跡〉詩有「千載琵琶作胡語，分明怨恨曲中論」二語，張元幹在
　　　　此用杜甫詩意，以此暗示朝廷與金人議和亦將遺恨千古。

對國破家亡、人民流離的悲慘現狀發出了痛切究問，而「天意從來高難問」這句舉重若輕之筆，直接指向南宋當局的投降政策，既爲胡銓堅決抗金而遭貶深感不平，更是對高宗的苟且求和表示不滿。

　　張元幹就是在這種家國變動而政治上奸佞當道、議和之聲充斥的局面下引吭高歌，聲滿天地，以愛國詞人的雄姿闊步當日詞壇，反映了家國危難和政治現實。以這種反映和表現，已然顯示張元幹他對國事不容自已的關注，而再仔細品味這些「長於悲憤」的愛國詞作，張元幹一貫的許國志意和愛國赤忱，還更表現爲抗金壯志難酬的憤懣與不平，以及悲懷故國、夢繞神州的深哀巨痛。事實上對家國危難和政治現實的反映，正也爲發抒這些複雜交織的愛國情思作了鋪墊。如〈石州慢·己酉秋吳興舟中作〉一詞，以建炎年間所處內外交困、國難深重的危急時刻，張元幹自是憂心如焚，而他胸懷壯志，「欲挽天河，一洗中原膏血」，是何等的豪壯氣概，卻因爲朝廷一味避敵、議和等現實阻阨而無由施展。正因爲他想把一腔熱血獻給恢復事業，以期「上復九廟仇，下寬四民苦」（本集卷一〈和韻奉酬王原父集福山之什〉），所面對的竟是「胸中有成奏，無路不容吐」（同上引）的冷酷事實。先是中原沉淪，再是報國無路，同樣深深挫傷他的心靈，兩者交相衝擊激盪，發爲「唾壺空擊悲歌缺。萬里想龍沙，泣孤臣吳越」的慷慨悲歌。著一「空」字，感喟殊深；自比「孤臣」，語帶憤激，這愛國主張橫遭摧抑的憤慨，這孤臣孽子慕懷二帝的悲痛，深深撼動人心。

　　隱退前，張元幹流離道路，飽經喪亂之苦。對他來說中原的陷落、江淮的戰亂，不僅是國家民族的深仇大恨，也是沒齒難忘的切膚之痛。也因爲他曾經冒死抗敵保衛汴京，對匡復中原始終充滿期望，形勢又本有可爲，因此對現實的阻阨就愈顯得憤切難當，而這種壯志難酬的感慨就特別深痛。對李綱、胡銓的聲援與同情，正是基於志士失路的共同命運；到了晚境，重至臨安時，猶不時感嘆：

　　　耳畔風波搖蕩，身外功名飄忽，何路射旄頭。孤負男兒志，
　　　悵望故園愁。　……。猶有壯心在，付與百川流。（〈水調歌

頭‧追和〉〉

　　錢塘江上，冠蓋如雲積。騎馬傍朱門，誰肯念、塵埃墨客。
佳人信杳，日暮碧雲深，樓獨倚，鏡頻看，此意無人識。(〈驀
山溪〉)

　　整頓乾坤，廓清宇宙，男兒此志會湏伸。(〈隴頭泉〉)

以〈水調歌頭〉和〈驀山溪〉所寫，沉痛的身世感懷，乃是因於朝廷不
能舉用賢能以圖恢復，其實也就是針對宴安江左，酣歌醉舞的苟且局勢
而發。這種壯志難酬的感喟是很深沉的。然而在〈隴頭泉〉一詞，七十
衰翁，垂垂老矣，追憶平生，卻再賦出志在恢復的豪情壯采，正是烈士
暮年，壯心不已。只是以時局日趨於偏安，在頹靡而不求奮進的政治態
勢下，張元幹表露如是的許國志意，就愈顯示出他其實是悲痛莫名的。

　　由〈石州慢〉以至〈隴頭泉〉，其創作時間的跨度，是由建炎年
間戰火硝煙瀰漫的亂離歲月，以至於紹興末年湖山歌舞的偏安局面。
這三十餘年間，形勢更迭，張元幹由全身投入抗敵以至年老垂暮，許
國雄心和耿耿赤忱卻未曾衰歇。然而這種寤寐不忘恢復的壯圖，在現
實環境中卻又不可能實現；報國無門，也只有在夢魂中北返神州，所
以張元幹又常常在詞裡寫到夢中的故國，寫到故國的夢。如：

　　夢繞神州路、悵秋風、連營畫角，故宮離黍。(〈賀新郎‧送
胡邦衡謫新州〉)

　　別離久，今古恨，大刀頭。老來長是清夢，宛在舊神州。(〈水
調歌頭‧和薌林居士中秋〉)

　　夢中原，揮老淚，遍南州。(〈水調歌頭‧追和〉)

　　西牕一夜蕭蕭雨。夢繞中原去。(〈虞美人〉(菊坡九日登高路))

　　中原舊遊何在，頻入夢、老眼空清。(〈十月桃〉(年華催晚))

　　夢中北去又南來。飽風埃。鬢華衰。浮木飛蓬，蹤跡為誰
催。(〈江神子〉)

靖康難后，他始終悲懷故國；念念不忘中原，卻也只能「夢繞神州」。

　　又處身於主和派當道的局勢下，許多堅持主戰的人士都先後罷

退，或是遭受貶謫。張元幹對一些志同道合的至交好友，在過從唱酬中經常以氣義相許，以整頓乾坤相壽。前者如兩闋〈賀新郎〉詞中對李綱、胡銓的聲援；如〈水調歌頭〉詞裡對呂本中召赴行在所的勉勵。而後者則是在壽詞的祝願中以匡復大業相許。如：

> 誰道筠溪歸計近。秋風催去。鳳池難老，長把中書印。(〈青玉案·筠翁生朝〉)

> 天要耆英修相業，清都。已有泥書降玉除。(〈南鄉子·壽〉)

> 流霞麟脯，難老洛濱風味。謝公須再爲，蒼生起。(〈感皇恩·壽〉)

> 盡洗中原，偏爲霖雨，宴後堂歌吹。(〈醉蓬萊·壽〉)

以上所舉，第一首是爲李彌遜壽；二、三首則是爲富直柔壽；最後一首則是爲張浚壽。這三人都極力主戰，而且都曾身居要職，〔註14〕尤其張浚更是抗金名將、名相，在朝廷上統籌全局，決定大計，有舉足輕重的地位。然而後來李彌遜忤秦檜意而致仕歸隱；富直柔也爲秦檜所忌而罷退；張浚自秦檜擅權後，去國幾二十載。張元幹與這三人情誼匪淺，原非泛泛酬庸祝賀，而以功業相許，更在於激勵他們投袂而起，完成規復中原的夙願。其中壽張浚一詞，更以張浚的才略、威望，而對他寄予中興厚望。〔註15〕這在在顯示出張元幹是時刻以匡復爲念的。

〔註14〕《通典·職官典》：「中書省地在樞近，多承寵位，是以人固其位，謂之鳳凰池」，詞裡所稱「鳳池」，即以李彌遜曾任中書舍人。富直柔別號洛濱，乃富弼後裔（孫子），以詞中一稱「眞相耆英裔」，一說「洛濱風味」，可知二、三這兩闋詞當爲富直柔生朝作。張浚在紹興五年，拜右相，兼知樞密院，總中外之政，後遭罷黜。據《宋史》本傳：「（紹興）九年，（浚）以赦復官，提舉臨安洞霄宮。未幾，除資政殿大學士、知福州兼福建安撫大使」，張元幹這首壽詞應是在張浚知福州期間所寫。

〔註15〕《蘆川歸來集》卷一〈紫巖九章八句上壽張丞相〉云：「土宇未復，繫公聞之。士風未變，繫公革之。軍律未振，繫公鼓之。國論未定，繫公斷之」（其八），尤其能夠看出他對張浚的推重。此外在〈上張丞相十首〉、〈代上張丞相生朝四首〉、〈張丞相生朝二十韻〉（卷二）等詩；以及〈賀張丞相浚復特進啓〉、〈賀張參政啓二〉（卷八）等文中，於稱頌祝願外，仍是以中興大業相期。

此外，由於家國變動，南渡詞人在兵荒馬亂、流離顛沛的環境中，難免會追憶昔日昇平繁華的景象，懷念過去美好的生活，而就在追懷故國的歡樂生活中，反襯出眼前的漂泊無依，從而凸顯了家國興亡的深沉感懷。張元幹對故國的懷戀之情，貫穿於南渡后的整個生命歷程，他就常採用今昔對比的手法表現對神州故土熱烈的愛戀與深沉的懷念。〈蘭陵王〉（卷珠箔）、〈石州慢〉（寒水依痕），則是其間表現尤為特出的。由於這類感懷故國的作品，是將愛國情與漂泊感揉合在一起，更進而將家國之慨織入男女相思之情，因此已將其歸入前一節「反映個人羈旅相思」一類的作品中，並以顧及全首詞的完整性，聯繫作者生平、思想和參酌前人說法等各種考量探討過其間寓寄的家國之情。在此不多贅述。而這類作品中對神州故土的愛戀和懷念，表現得婉轉曲折，凝重深沉，又和本節所主要探討的〈賀新郎·送胡邦衡謫新州〉一類詞，其愛國情思噴薄而出，顯得慷慨激昂、痛切悲憤有很大差異。〔註16〕不過無論是慷慨悲憤，抑或是婉轉深沉，畢竟都顯示出張元幹的耿耿忠愛。

以上所探討的這些詞，都是南渡后的作品。就其間錯綜交織的愛國情感而言，或表現為反映家國危難、政治現實；或表現為痛恨胡虜、慕懷二帝、懷念中原故土；或表現為欲待恢復的決心，壯志難酬的憤懣，對愛國志士的鼓勵。張元幹憂時念亂，忠憤之致，可說是觸感而生。又就其創作時間由建炎年間以至紹興末，則其耿耿赤忱乃歷劫而不磨，與他的生命相終始。

〔註16〕葉嘉瑩論蘇軾以後「詩化之詞」的得失，略分為三種情況。其中歸為第二類的作品是，「既改變了《花間》詞之內容，也失去了詞之特美，然而卻由於「詩化」之結果，而形成了一種與詩相合之特美者」。他認為這類詞，「雖然缺少言外深層之意蘊的詞之特美，但其激昂慷慨之氣，則頗富於一種屬於詩的直接感發之力量，故亦仍不失為佳作」。而這類詞可以張元幹〈賀新郎〉（夢繞神州路），以及陸游〈漢宮春〉（羽箭雕弓），張孝祥〈六州歌頭〉（長淮望斷）諸作為代表。以上所論見《詞學古今談》一書所收〈論詞學中之困惑與《花間》詞之女性敘寫及其影響（下）〉。

這些憂時念亂、情辭悲壯的詞，可說是時局遽變與張元幹一貫愛國志意的交響。這誠如龍沐勛先生在〈兩宋詞風轉變論〉中所說的：

　　自金兵入汴，風流文物，掃地都休。……。宋室南渡以來，
　　既以時勢關係，與樂譜之散佚，不期然而詞風爲之一變。(《詞
　　學季刊》第二卷第一號)

張元幹面對靖康難后的民族苦難、家國屈辱而出作獅子吼。這些作品是當時政治、社會局勢和他愛國精神的深刻反映，風格上和南渡前的作品有很明顯的差異。這在前一章創作歷程的探討中大致上都已論及。基本上，張元幹一生是在無所遇合、無所作爲，也就是志士失路、朝廷苟安的局面下度過的。朝廷對外不惜奴顏婢膝，屈辱求和；對內則壓抑、排詆愛國志士；以張元幹懷抱強烈的報國壯志和堅定的主戰思想，又以其主體性格的剛正耿介，面對這種種現實的阻阨和衝擊，滿腔忠憤噴薄而出，詞裡表現的愛國情感也就淋漓悲壯、慷慨激颺，成爲時代強音，開啓南渡詞壇慷慨悲憤的愛國先聲。

第三節　閒適曠達的隱逸情致

　　張元幹於四十一歲壯盛之年致仕歸隱。他由積極投身仕途、獻身抗金，以至隱退林泉，其間的幽微心路，以及歸隱后的生活，在創作歷程的第三、四分期中已大致探討過，唯當中引證的詞未及於一些無法確知創作時間，而主要也在於表現其隱逸情致的作品。本節擬納入這些詞，並以上一章的相關討論爲基礎，較爲全面地探討張元幹在詞裡表現的隱逸情致。

　　盱衡靖康難后的政治態勢，張元幹之所以毅然隱退，最主要的考量顯然在於所謂的「出處大節」(本集卷十〈自贊〉)。世亂政昏，抗金壯志無由施展，又不願苟合容取，引身而退，乃是對政治、社會現狀不滿和對抗的一種方式，也是個人獨立不移的人格持守。但是無論如何，隱居以保全自我的作風，與他積極的入世情懷和憂患意識是相牴牾的。因此，隱退後仍舊不時地陷入在仕隱意念的糾葛和出處抉擇

的困境裡。而他除了將「憂國愛君之心，憤世嫉邪之氣」（蔡戡序）寓于歌詠，在另外一些詞裡則可以看到他在面對這種種的糾葛和困境時，經常是以一種曠達的胸次多方開解，而尋求心靈的出路。這在〈念奴嬌〉（寒綃素壁）、〈念奴嬌・己卯中秋和陳丈少卿韻〉、〈永遇樂・宿鷗盟軒〉、〈永遇樂・爲洛濱橫山作〉、〈八聲甘州・陪筠翁小酌橫山閣〉、〈八聲甘州・西湖有感寄劉晞顏〉、〈水調歌頭〉（平日幾經過）、（雨斷翻驚浪）、〈水調歌頭・贈汪秀才〉、〈水調歌頭〉（放浪形骸外）、〈水調歌頭・丁丑春與鍾離少翁張元鑒登垂虹〉、〈寶鼎現・筠翁李似之作此詞見招因賦其事使歌之者想像風味如到山中〉等詞中都有如是的表露。

在這些詞裡，往往展示的是，張元幹企求超脫人世悲感而最終獲得以山川自娛的心靈軌跡。由於這部份在前面所作過的探討比較多，僅再以其中三闋說明之。

張元幹後期的生活中，與李彌遜過從甚密，二人志同道合，相知甚深。上面所列舉的詞就有三闋是和李彌遜有關的。李彌遜隱退後曾自道是「老子人間無著處，一尊來作橫山主」（〈蝶戀花・福州橫山閣〉），二人的遭際和心態又正自相似。而他們如何能在身受多種磨折之後，從困惑和悲痛中擺脫出來，達到一種超曠的思想境界。以〈永遇樂・爲洛濱橫山作〉一詞進窺其歷經的心路。全詞如下：

> 飛觀橫空，眾山繞甸，江面相照。曲檻披風，虛簷掛月，據盡登臨要。有時巾屨，訪公良夜，坐我半天林杪。攬浮丘、飄飄衣袂，相與似遊蓬島。　主人勝度，文章英妙，合住北扉西沼。何事十年，風瀧露沐，不厭江山好。曲屏端有，吹簫人在，同倚暮雲清曉。乘除了、人間寵辱，付之一笑。

詞是代洛濱（富直柔）而作，所寫還是張元幹自身所見、所感。上片寫橫山閣「據盡登臨要」的勝景，這在〈八聲甘州・陪筠翁小酌橫山閣〉中也曾寫及。登高遠眺所見的雄闊景致，激發了詞人的豪情逸興；

在大自然的不吝接待中，得到精神的解脫，引生飄然出塵之思，甚且是直欲向那縹緲的仙境而去。然而下片所寫，卻又由絕俗超塵的飛仙漫遊，跌落到人世不遇的悲感。李彌遜有奇才，「合住北扉西沼」，而今卻閒居橫山，和詞人自己不得已而閒居故里，本是同一悲慨，這與緊接著的「何事」一問，都顯見詞人的慨世之情本欲生發，卻又陡然地轉入了新的感情境界——「乘除了、人間寵辱，付之一笑」。在此正是其曠達的襟懷在起著作用，而以一種笑傲人生的態度來求得開解。

愈是在人生的艱難處，愈是需要以圓通、超曠的心情來迴護，才不至於落得更深重的挫傷。在〈水調歌頭〉（平日幾經過）一詞裡，仍舊在其人生價值的對立、衝突和消解中，體現出曠達灑落的胸次，而最後再次將其人生的歸宿指向了隱逸避世一途。詞云：

> 平日幾經過，重到更留連。黃塵烏帽，覺來眼界忽醒然。
> 坐見如雲秋稼，莫問雞蟲得失，鴻鵠下翩翩。四海九州大，
> 何地著飛仙。　吸湖光，吞蟾影，倚天圓。胸中萬頃空曠。
> 清夜炯無眠。要識世間閒處，自有尊前深趣，且唱釣魚船。
> 謂鼎他年事，妙手看烹鮮。

「黃塵烏帽」，狀其道途僕僕之態，實際上也是他遍歷滄桑的人生寫照，所以說「覺來眼界忽醒然」，著一「忽」字，看似稀鬆、容易，卻是盡歷世路的坎坷艱險後，甚且是生命曾行至絕處而不得不作的改弦更張。也就在汩沒困頓之際，乃能以一種新的眼界審視人生，而眼前遼闊無邊的景象——「如雲秋稼」，又確乎拓展著詞人的視野和心胸，何須苦心計較那「無了時」的細微得失。〔註17〕又自比「鴻鵠」、「飛仙」，顯見其超曠不凡的襟懷氣度；然而鴻鵠本應飛舉，卻言「下翩翩」，四海九州之大，卻以「何地」一問，言其無地著身。其人生不適志的困限似乎難於頓解，而這兩句也正為最後的指向隱逸一途設

〔註17〕杜甫有〈縛雞行〉：「小奴縛雞向市賣，雞被縛急相喧爭。家中厭雞食蟲蟻，不知雞賣還遭烹。蟲雞于人何厚薄，吾叱奴人解其縛。雞蟲得失無了時，注目寒江倚山閣」。雞、蟲本是一種對立矛盾，愛蟲和愛雞不能兩全，而其中的細微得失，也無關緊要。

下伏筆。下片縱筆直寫的，乃是詞人在大自然的懷抱中追求新的超越
而顯示的曠達意態，在靜默凝神的觀照中，與無限的自然、天宇體合
爲一，胸中萬頃空曠，足可含融整個宇宙乾坤，從而獲得心靈主體的
超然自適。至此，再次面對生命的困限，乃能表現出超脫、放曠的人
生態度，將人生的價值迴向無待外求、放懷隨分的隱逸生活。

　　張元幹在這些詞裡表露較多的是一種渴求歸隱的意念和企求超
曠的心緒，至於比較集中表現其隱逸風神和實際生活情狀的詞是：

> 雨斷翻驚浪，山暝擁歸雲。麥秋天氣，聊泛征棹泊江村。
> 不羨腰間金印。卻愛吾廬高枕，無事閉柴門。搔首煙波上，
> 老去任乾坤。　　白綸巾，玉麈尾，一杯春。性靈陶冶，我
> 輩猶要箇中人。莫變姓名吳市，且向漁樵爭席，與世共浮
> 沈。目送飛鴻去，何用畫麒麟。（〈水調歌頭〉）

這闋詞不著意寫放懷寥廓、落想天外之志，不著意凸顯睥睨塵寰的超
邁氣概，而直寫其蕭爽淡雅的隱居生活，則其寄情山水、放浪形骸的
情態躍然紙上。

　　誠然，張元幹當初的隱退山林，是有其不得已的苦衷，但畢竟相
對於宦海的沉浮、戰亂的流離──「所歷者，皆風波之畏途」（本集卷
十〈自贊〉），對隱逸本身那種寧靜閑適、超然無礙的生活，未嘗不懷
有一份美好的嚮往。又以他曾自道：「我生不樂城市隘，受性但愜林泉
幽」（本集卷一〈次仲彌性所和陳文大卿韻〉）；「倘問予山居之樂，則
未必在二子下風」（本集卷九〈跋山居圖〉）。〔註18〕於是他一再提及所
築的鷗盟軒，不僅〈永遇樂·宿鷗盟軒〉詞記之，〈次友人書懷〉詩也
說：「卜築幾椽臨水屋，經營數傍畝山園」（本集卷三），頗能身寄心娛，
顯示其山居情味。因此，當他遠離驚濤駭浪般的宦海和喧囂的塵世而
走向雲林山水間，自不難領略個中的真味妙諦，感受到一種輕鬆和超

〔註18〕所稱「二子」，指趙無量和王叔濟。此二人與張元幹爲齊年故人。
　　　　紹興己未（九年）中秋，趙無量出示王淑濟所圖山居，張元幹爲
　　　　作跋而言「倘問予山居之樂，則未必在二子下風」，末署「蘆川老
　　　　隱跋」。

脫。況且，一個人的生活與情感總是多樣化的，未必總是沉緬在某一種情感中，而生活中又總有其他更豐富而多樣的感受和興發可入於詞篇。以下所要談的這些詞，主要寫的就是一種幽居的情趣和恬淡的心態，又甚而至於是一種頃刻間的閒適心情和美的感受。〔註 19〕這些集中體現於〈蝶戀花〉（窗暗窗明昏又曉）、（燕去鶯來春又到）、〈浣溪沙〉（曲室明窗燭吐光）、（雲氣吞江卷夕陽）、（山繞平湖波撼城）、（目送歸舟鐵甕城）、（菲几明窗樂未央）、〈漁家傲·題玄眞子圖〉、〈喜遷鶯令·呈富樞〉和〈菩薩蠻·三月晦送春有集坐中偶書〉等幾闋作品裡。其中除了頭一闋的〈蝶戀花〉詞和〈喜遷鶯令·呈富樞〉詞，曾用以舉證說明張元幹隱退後生活、思想的轉變外，其餘各闋則未曾論及。

　　擺除了世俗功名利祿的束縛，遠離塵世大千世界的紛攘，回歸到封閉卻又涵攝一切的內心，張元幹確然在自我的觀照和省思中，獲得淡泊寧靜而超然於時俗的生命意趣。正如〈蝶戀花〉一詞所表露的：

> 燕去鶯來春又到。花落花開，幾度池塘草。歌舞筵中人易
> 老。閉門打坐安閒好。　敗意常多如意少。著甚來由，入
> 鬧尋煩惱。千古是非渾忘了。有時獨自掀髯笑。

自然界的時序變化，予人世事無常的感觸；此際，張元幹對於強顏陪奉的歌舞宴集也感到厭倦，不過希望在淡雅的生活裡頭領受那份無待外求的自由快意。由最後一句「有時獨自掀髯笑」的形象刻劃中，充分顯示了他對這種生命意趣的契會與滿足。因此，在詞裡他所尋思的不復是年少輕狂、歌笑迷著的生活，在幽居生活中的日常快活事，也不過是在雅靜的窗前倚几焚香而坐。夜闌時分，或獨自品茗飲酒，或與客對床煮茶夜話。今以兩闋〈浣溪沙〉詞為例：

> 曲室明窗燭吐光。瓦爐灰暖炷瓢香。夜闌茗椀間飛觴。　坐
> 穩蒲團憑菲几，熏餘紙帳掩梨床。箇中風味更難忘。

〔註 19〕張元幹在〈跋張安國所藏山水小卷〉中有如是的看法，「世所謂胸次有丘壑者，窮而士，達而公卿，其心未嘗須臾不住煙雲水石間」。以下所討論的詞，有的未能確知創作年代，而以張元幹所言，則這些詞倒也不全然要在眞正隱退後才能寫成。

　　　　棐几明窗樂未央。熏爐茗盌是家常。客來長揖對胡床。　　蟹
　　眼湯深輕泛乳，龍涎灰暖細烘香。為君行草寫秋陽。

這兩首詞都淺白如話，不作無謂的雕飾，直寫其日常快活事。這最普
通不過的生活，張元幹一則說是「箇中風味更難忘」；一則說是「樂
未央」，最平淡無奇的生活，反倒是他認為最有真味的。

　　這種生活情狀，或許就是他在〈本命日醮詞〉裡所說的「晚歲
優游于井臼，甘心潦倒于山林」（引自王譜頁 183），優游、甘心，
充分體現出張元幹清真、自足的一面。而除了閑逸的家常生活描寫
外，無論是於大自然清風明月的臨賞中；在人物畫像的品題上；或
是信手拈來的「坐中偶書」裡，都體現出張元幹適性逍遙的心境和
生活。分別以〈浣溪沙〉、〈漁家傲〉和〈菩薩蠻〉三闋詳為說明。

　　或許是在要求脫卻俗網的重濁，別尋一純美情趣的心境下，生命
從現實中游離出來，而把生活情趣扭轉向不帶人間煙火的自我沉醉。
於是〈浣溪沙〉一詞如是寫著：

　　　　山繞平湖波撼城。湖光倒影浸山青。水晶樓下欲三更。　　霧
　　柳暗時雲度月，露荷翻處水流螢。蕭蕭散髮到天明。

這是一種純粹的審美體驗，別無深曲隱微的涵蘊，彷彿不知不覺間領
略到大自然的精妙。首句真實地展現了雄闊壯美的山水氣勢，但他的
詞情似乎不是從洶湧的「波撼城」中激發，而是在遼闊的水面上，特
寫湖光盪漾，青山倒影的優美景色。「水晶樓下欲三更」，承上進一層
寫湖光月色相映，皎潔美好，而所謂「欲三更」，既點出詞人登樓眺
望流連之久，也婉轉表達出作者浸浴於清曠秀麗的自然景物中的意
趣。下片承上寫景，以二對句勾勒出一幅天空浮雲遮月，湖光水色清
麗的畫面，既寧靜又富有動感。全詞寫景，僅以最後一句刻劃其散髮
獨坐、沉吟至旦的形貌，凸顯了景中人（張元幹）領略自然美景而灑
然出塵的特有神情。

　　這首詞既寫了湖光山色之美，又寫了沉浸在山水風光中的流連神
態，流露出一種閒適、瀟灑的超脫情懷。在詞題為「題玄真子圖」的

〈漁家傲〉詞裡，同樣表現了張元幹對江南景色的喜愛，不同的是，其中更在於對漁父生活的謳歌。〔註20〕全詞如下：

> 釣笠披雲青障繞。橈頭細雨春江渺。白鳥飛來風滿棹。收綸了。漁童拍手樵青笑。　　明月太虛同一照。浮家泛宅忘昏曉。醉眼冷看城市鬧。煙波老。誰能惹得閒煩惱。

詞的上片主要寫景，開頭二句，勾勒出一幅遠山環繞，春江煙雨迷茫而漁翁垂釣的優美畫面。「白鳥飛來」二句則生動地描繪了漁父生活的無窮樂趣。可以想像在濛濛細雨中，一群白鳥遠遠飛來，滿船吹颭著斜風細雨，而穩坐小船上的漁翁，慢慢地把釣絲收攏，一條潑刺跳動的魚被釣上來，站在旁邊的漁童和青樵都高興得拍手歡笑。張元幹所寫，靜中有動，如聞喧鬧之聲，是一幅有聲的春江垂釣圖，表現了對充滿詩情畫意的江南景致的喜愛，以及對自由自在漁家生活的熱情謳歌。下片「明月」二句，承上寫漁翁以舟為家的生涯。天光月色，映照小船，境界由動入靜，清幽淡遠，反映了不願與世俗同流的高情遠致；「浮家泛宅」指舟居，這裡進一層揭示其傲然澹泊安於舟居飄泊的性格。「醉眼」三句，直寫其不慕功名利祿、擺脫世俗煩惱、超然物外的曠達情懷。「閒煩惱」，指一種沒有多大關係的煩惱，這裡用來表露自己終身浪跡江湖的飄逸情致，而用「煙波老」三字，表現出蔑視「城市鬧」繁華表象的深層意念，也是忘卻一切世俗煩惱的落腳點。

〔註20〕這裡所謂的漁父，並不是以捕魚謀生的捕魚人，而是融入了文化精神所塑造出來的隱者代表。該詞所題玄真子圖，係指張志和。根據《新唐書‧隱逸傳》所載，張志和於十六歲舉明經，肅宗時待詔翰林，授左金吾衛錄事參軍。後貶南浦尉，赦還，隱居江湖，自號「煙波釣徒」。每垂釣不設餌，志不在魚也。帝嘗賜奴婢各一，志和配為夫妻，號漁童、樵青。與顏真卿、陸羽相善，顏真卿為湖州刺史，志和來謁，真卿欲館之，志和曰：「願為浮家泛宅，往來苕、霅間」。善圖山水，酒酣，或擊鼓吹笛，舐筆輒成。著《玄真子》，亦以自號。張元幹〈漁家傲〉一詞中描繪的正是張志和這種不慕名利而流連山水自然的漁父形象。

　　張志和寫有〈漁父〉詞五首，其中以「西塞山前白鷺飛」一首最為人稱道，入宋後以此為題材作詞者甚多。張元幹這首詞名為題玄真子圖，其藝術構思的成功，並不止於外部形貌的相似，而更在於內在氣質的契合。南宋羅大經即謂此詞「語意尤飄逸。仲宗年逾四十即掛冠，後因作詞送胡澹庵貶新州，忤秦檜，亦得罪。其標致如此，宜其能道出玄真子心事」（《鶴林玉露》乙編卷三）。張元幹在詞中不僅道出了張志和混跡漁樵的萬千心事，也藉以抒寫自己灑然出塵的飄逸情致，其間已包含著詞人自己的性格和形象在內，在某種程度上，其實也就是張元幹自我精神面貌的寫照。

　　最後要介紹的一闋詞——〈菩薩蠻·三月晦送春有集坐中偶書〉，雖是送春感懷的題材，卻也體現了詞人放任灑脫的襟懷，別具一格。詞中所寫「坐中偶書」的感受，不過信手拈來，卻自是胸襟中流出。

　　　春來春去催人老。老夫爭肯輸年少。醉後少年狂。白髭殊未妨。　插花還起舞。管領風光處。把酒共留春。莫教花笑人。

春去春來，時光的溜逝，總易於引起垂老之人心緒的翻騰。時光易逝的送春感觸，通常表現的都是一種人事紛繁、青春難駐的感傷情調，張元幹在此承接的卻是「老夫爭肯輸年少」。心中並沒有產生悲感，而是一種不服老的放任灑脫，如是的襟懷，也才能發生插花起舞、管領風光、把酒留春的豪情逸興。而就詞中情感的表露，充分體現出張元幹的真性情和曠達樂觀的風貌，具有一種真實、自然之美；再就其遣詞用語，也都質樸無華、明白曉暢，毫無矯揉造作之態，更富有自然的風韻。

　　探究其隱逸情致，該有的認識是，所有這些詞，不盡然是他歸隱後所寫，有些創作是當機適會，實乃電光石火，倏然乍現，但也可見其一時澄澈自適的心靈狀態的外射。此外，不見得隱退時日愈久，其心境就愈為平靜、閒逸，因為其間往往有許多浮思泛想，十分複雜，也許前一刻還自詡那種閒適自在的快意，下一刻又生發出不得知遇而隱退的抑鬱，卻故作曠達而自我解嘲。而在前面的討論，只是概略分成兩類說明。

前一類以〈念奴嬌〉、〈永遇樂〉、〈八聲甘州〉、〈水調歌頭〉等長調鋪寫者，其間曠放灑落的襟懷，是由探求人生價值和歸宿的矛盾、掙扎中鋪展出來的。儘管經常是以一種大徹大悟的口氣吐露了「乘除了、人間寵辱，付之一笑」，「身長健，何妨遊戲，莫問棲遲」和「畢竟凌煙像，何似輞川圖」一類蔑視功名的出世之想，畢竟顯示的只是一種找尋心靈出路的渴求。仔細體味這類詞，似乎時時會跳出身處衰世不得不隱的憤懣之聲。因此，雖然不是抒發山河之慟、故國之思和權奸當路之憤，但其曠達出塵之思，很多時候是在其愛國壯志不得施展而作出的反語、憤激語。於是在所謂的豪宕和曠放處，又正可窺見其內心的悲慨和抑鬱。

至於那些短小的令詞，大都直寫其領略人生的機趣、披視自我的襟懷意趣。其間情感的表現，似由激楚怨抑趨向於澹泊平和，顯示其恬淡舒坦之情，也時能駕馭其不平之氣。於是在恬淡而平常的生活、閑逸而隨遇而安的心境，以及優遊從容、不疾不徐的舉止裡，標誌著一種超塵脫俗的情致。這些詞，比較能傳達出寧靜閒適的體驗，予人滌盡塵慮、陶然忘機的感受，心靈的躁動、悲哀、憤懣，似乎在一片寧謐中沉潛下來，而詞人本身似乎也找到了他心靈的歸歇處。而無論是否真是此心悠然，或是故作曠達悟脫，張元幹在這些詞裡表現的隱逸情致，畢竟是與前面兩節所論纏綿綣約的離別相思和慷慨悲憤的愛國赤忱，有著截然的差異。既包含了不同的思想內容和感情色彩，但是卻又共同標誌出張元幹他複雜的生命情調。

第四節　閒雅雋永的寫景詠物

本節集中探討《蘆川詞》中有關寫景、詠物的作品。這些詞主要反映出張元幹生活的閒雅情趣和他對事物的雋永體察。

一、寫　景

張元幹早年（南渡前）客居京洛，時與友人遊賞林園勝景；又多次回閩，遊宦各地，更是飽覽了大江南北的山水。靖康、建炎年間，

則以戰亂而避地湖山；歸隱後，他則經常與同道好友登高望遠，放浪
於山巔水涯，自稱是「未嘗不自適而返」（〈祭少師相國李公文〉）。在
這些投身自然，親炙山水的機會裡，經常生發的是一種相思別怨、羈
旅愁情；吐露的是他的憂國之志、不遇悲感；所企求的是超脫塵俗的
心靈出路。因此，雖然他有許多寫景的詞句，也精於描寫大自然的景
色，然而在張元幹的詞中，整首詞主要在於寫景，而且又出以遊賞遣
興者，卻只有〈浣溪沙〉（山繞平湖波撼城）、〈如夢令〉（臥看西湖煙
渚）、〈點絳脣・丙寅秋社前一日溪光亭大雨作〉、〈漁家傲・奉陪富公
季申探梅有作〉、〈謁金門〉（鴛鴦渚）、〈菩薩蠻・戲呈周介卿〉等幾
闋。又〈浣溪沙〉一詞，主要體現其隱逸情致，已入於前一節的討論
中；另外舉其中的三首，以見張元幹筆下所捕捉優美秀麗的江南景致。

> 臥看西湖煙渚。綠蓋紅粧無數。簾捲曲欄風，拂面荷香吹
> 雨。歸去。歸去。笑損花邊鷗鷺。（〈如夢令〉）

「臥看」二字點出極為閒雅的遊賞意趣，可以想見詞人搖盪著小船，
而後把船泊在沙渚邊，靜靜欣賞美景的神態。「煙渚」、「綠蓋」、「紅
粧」、「鷗鷺」，給人一種鮮明的色彩感；在煙雨迷濛的西湖，一大片
搖曳生姿的荷花，紅豔鮮綠，花邊一隻隻雪白的水鳥，或棲止，或覓
食，這是極美的畫面。此外，還有拂面的清風、細雨，伴隨著陣陣淡
雅的荷香。置身其間，無怪乎詞人不忍離去。一連兩個「歸去」，固
然是詞格的要求，可也同時表達出一種流連忘返、捨不得離去的心情。

在這些詞裡，張元幹最常攝取的是江南水鄉煙雨迷濛之景，但卻
又予人不同的感受，〈如夢令〉一詞是清朗秀麗的夏日景致；〈謁金門〉、
〈菩薩蠻〉所寫則是春漲花雨的禁煙天氣。舉後一首說明如下：〔註21〕

> 拍堤綠漲桃花水。畫船穩泛東風裡。絲雨溼苔錢。淺寒生
> 禁煙。　江山留不住。卻載笙歌去。醉倚玉搔頭。幾曾知

〔註21〕該詞題為「戲呈周介卿」。周介卿，生平事跡不詳。曹濟平據宋・洪
邁《夷堅支庚》卷十所載周介卿石之子，買湖州吳秀才女為妾云云，
也僅能得知周介卿名石，而張元幹除了〈菩薩蠻〉一詞外，也未見
其他詞或詩文中提及此人。

　　旅愁。

三月春暖雪融，水位上漲，此時正值桃花盛開，所以稱爲桃花水或桃花浪。通常在這個時候會有疾風甚雨，如〈滿江紅・自豫章阻風吳城山作〉所說的「春山迷天，桃花浪、幾番風雨」；而這裡所寫的是，在淺寒的禁煙天氣裡，一艘刻鏤精美的遊船穩泛於桃花映帶的綠水間，船外的絲絲細雨，潤溼了堤岸上的苔錢，顯出一片青碧。同樣是禁煙時節的旅次中，在這桃花、綠水、絲雨、苔錢所構成的春江花雨圖裡，引生的不是〈滿江紅〉詞中那種孤篷獨倚、自傷飄泊的鄉愁旅思，而是「畫船穩泛」的賞心快意。客觀的景、物不全然相同，詞人似乎又以一種賞玩的心情臨賞大自然，無怪乎此際他會直道「幾曾知旅愁」了。

　　最後舉〈漁家傲・奉陪富公季申探梅有作〉一詞：

　　　寒日西郊湖畔路。天低野闊山無數。路轉斜岡花滿樹。絲
　　　吹雨。南枝佔得春光住。　　藉草攜壺花底去。花飛酒面
　　　香浮處。老手調羹當獨步。須記取。坐中都是芳菲侶。

賞梅在當日似乎已成了風氣，探訪之餘，紀遊、賦詠，都是文人雅士的勝事，張元幹即有〈信中居仁叔正皆有詩訪梅于城西而獨未暇載酒分付老拙其敢不承〉（本集卷一）、〈奉簡才元探梅有作兼懷舊游〉等詩，可見出時人訪梅、探梅的勝事。不過這兩次，張元幹均未曾親與，詩中主要表現的又是流落天涯、春光催老的悵然意緒，所以不及於寫景。而他多首詠梅的詞，其間或圖形寫貌，或著力表現梅品，甚至藉物而托出情志，也都比較少作景致的描寫。〈漁家傲〉一詞，「探梅有作」，只有結處數語綰合了探梅一事而推贊富直柔，〔註22〕並要眾人記取彼此都是賞愛梅花而探尋幽芳的素心人。其餘則是由落筆一直到下片中第二句，純然在描寫他一路行來的滿眼風光，以及他與友人出遊探梅的雅興。

〔註22〕《尚書・說命下》：「君作和羹，爾惟鹽梅」。鹽味鹹，梅味酸，羹須鹹酸和之。此謂商王武丁立傅說爲相，欲其治理國家，如調鼎中之味，使之協調。後以鹽梅、調鼎、調羹用作對大臣宰輔的贊詞。

黃珮玉認為張元幹寫景、詠物的詞中，有很多都是氣質秀雅、文詞清麗，精於描寫大自然的美麗景色，善於捕捉生活的優雅畫面。〔註 23〕有關於寫景部份，已大致如前述，也確實具有黃珮玉所說的那些特點。當然他所指具有如是特色的寫景作品，並不僅止於本節所歸入的這幾闋，唯其所指的〈漁家傲〉（樓外天寒山欲暮）一詞，主要在於吐露一種客途思歸的悲傷意緒，而〈點絳脣〉（春曉輕雷）一詞已入於離別相思乙節的作品探討。因此，就只有〈點絳脣‧丙寅秋社前一日溪光亭大雨作〉和〈謁金門〉（鴛鴦渚）這兩闋是合於本節所謂全詞主要寫景而又出以遊賞遣興的去取標準。其中還列舉了一闋詠物詞——〈浣溪沙‧詠木香〉，這闋詞是否具有氣質秀雅、文詞清麗等特色，而張元幹其他詠物作品的表現又如何？以下嘗試探討之。

二、詠　物

首先參酌張敬先生在〈南宋詞家詠物論述〉一文（《東吳文史學報》第二號）中所作的分類標準。把《蘆川詞》中的詠物作品歸為詠花果、詠雜物、詠樓閣、題詠和詠節令等五類。〔註 24〕以下分別就各類列舉其代表作品探究之。

（一）詠花果

這一類佔張元幹詠物詞的絕大多數。分別為〈念奴嬌‧丁卯上巳

〔註23〕以上主要參酌《張元幹研究》一書頁 69 所論。黃珮玉把這些詞歸入「張元幹其他清麗俊逸的作品」部份。唯當中列舉的詞只有五闋，而且未作賞析。不過黃先生所說張元幹寫景、詠物作品的這些特色，大致上是具有概括性的。

〔註24〕張敬從寬論詠物，計分節令、山川風雲、草木花果、蟲魚鳥獸、人物、名都勝跡、樓臺池館、雜物、雜事、題詠等十類。其中人物類，在《蘆川詞》確有寫歌伎、舞孃、侍兒一類的作品，唯個人將之歸入酬贈一類詞中；而節令類，若主要在寫節序風物、歌詠故實者，也與詠物詞有部份旨意相同，也一併列入；其餘未列舉的類目，則是張元幹沒有這方面的詠物作品。

燕集葉尙書蕊香堂賞海棠即席賦之〉詠海棠；〈朝中措·次聰父韻〉、〈臨
江仙·荼蘼有感〉、〈菩薩蠻〉（雨餘翠袖瓊膚潤）詠荼蘼；〈醉落魄〉（綠
枝紅萼）、（一枝冰萼）、〈卜算子·梅〉、〈卜算子〉（涼氣入熏籠）、（芳
信著寒梢）、〈浣溪沙〉（殘臘晴寒出眾芳）、〈點絳脣〉（畫閣深圍）、〈虞
美人〉（西郊追賞尋芳處）、〈好事近〉（春色到花房）、〈豆葉黃·唐腔
也爲伯南賦早梅復和韻〉、〈豆葉黃〉（疏枝冷蕊忽驚春）、〈十月桃〉（年
華催晚）詠梅花；〈浣溪沙·王仲時席上賦木犀〉、〈醉花陰·詠木犀〉
詠木犀；〈青玉案〉（月華冷沁花梢露）詠素馨；〈菩薩蠻〉（甘林玉蕊
生香露）詠玉蕊；〈浣溪沙·詠木香〉詠木香；〈點絳脣〉（小雨忺晴）
詠荷花；〈漁父家風〉（八年不見荔枝紅）、〈訴衷情〉（兒時初未識方紅）、
〈采桑子·奉和秦楚材使君荔枝詞〉詠荔枝。共計有二十六首，其中
〈臨江仙·荼蘼有感〉一詞已於離別相思乙節探討過。

　　張元幹二十三首詠花卉的詞裡，有十二首是寫梅花的。選擇什麼
樣的對象來觀照、表現，多少反映出時代的審美風尙和創作主體的審
美趣味。或許梅花經霜犯雪、清香淡雅的特質，是文士，尤其是隱逸
君子所追求的人格精神象徵，而梅花也就經常會被賦予高潔、孤芳的
品性。以下舉幾闋，以見張元幹筆下展現的梅花丰姿。

> 的皪數枝斜，冰雪縈餘態。燭火尊前滿眼春，風味年年在。
> 老去惜花深，醉裡愁多瞧。冷蕊孤芳底處愁，少箇人人戴。
> （〈卜算子梅〉）
>
> 芳信著寒梢，影入花光畫。玉立風前萬里春，雪豔江天夜。
> 誰折暗香來，故把新篘瀉。記得偎人並照時，鬢亂斜枝惹。
> （〈卜算子〉）
>
> 疏枝冷蕊忽驚春。一點芳心入鬢雲。風韻情知似玉人。笑
> 迎門。香暖紅爐酒未溫。（〈豆葉黃〉）

這三闋詞都著意寫梅花獨步群芳的冰雪姿態。此外，詞人所見、所詠
的梅花又成爲引起內心某種情意的媒介，如第一闋詞中，以梅花之「冷
蕊孤芳」而憐物傷己，起一種知音難遇的感慨；在後兩闋，則是因梅

花而憶及往事，觸動相思之情。

　　以小令較少的文字，無論是偏重摹形寫態，還是要表現精神、品格，畢竟都難以曲盡深刻，而且也比較難以寄託寓懷。另以〈十月桃〉一詞，說明張元幹的詠梅寄興。詞如下：

> 年華催晚，聽尊前偏唱，衝暖欺寒。樂府誰知，分付點化金丹。中原舊遊何在，頻入夢、老眼空漕。撩人冷蕊，渾似當時，無語低鬟。　有多情多病文園。向雪後尋春，醉裡憑闌。獨步群芳，此花風度天然。羅浮淡粧素質，呼翠鳳、飛舞斕斑。參橫月落，留恨醒來，滿地香殘。

張元幹自比多情多病的文園令（指司馬相如），向雪後尋春，眼見撩人冷蕊渾似當時，而引生了深沉的感慨。上片主要表現的就是一種知音難逢、人事滄桑的複雜心境，只不過這些情感的生發是因為那「渾似當時」、「無語低鬟」的梅花，並以此縮入下片的詠梅。然而下片實際描寫梅花的也只有「獨步群芳，此花風度天然」兩句，而且沒有多大的新意；「羅浮淡粧素質」以下五句，則完全以趙師雄羅浮遇梅仙事來寫。〔註25〕而此花風度天然，獨步群芳，也只是自開自落，無人憐惜，徒留滿地香殘；這景況，豈不是詞人自我的寫照。因此抒發對落梅惋惜之情，也正寫一己的孤寂悲淒。

　　〈十月桃〉一詞實為藉物抒懷，其間沒有對梅花作細膩刻劃，卻是以對梅花內、外在特質的概括，以及適切的運用故實，而使情感的生發顯得自然、深刻。當然在這些詠花卉的作品中，也不乏一些將花的內、外在特質比擬得十分鮮活、靈動者。如〈浣溪沙‧王仲時席上

〔註25〕有關趙師雄遇梅仙事，見《龍城錄》（說郛本）「趙師雄醉憩梅花下」條：「隋開皇中，趙師雄遊羅浮。一日，天寒日暮，在醉醒間，因憩僕車於松林間酒肆傍舍。見一女人，淡粧素服，出迓師雄。時已昏黑，殘雪對月色微明。師雄喜之，與之語，但覺芳氣襲人，語言清麗，因與之扣酒家門，持盃相與飲。少頃，有綠衣童來，笑歌戲舞，亦自可觀。項醉寢，師雄亦惝然，但覺風寒相襲。久之，時東方已白，師雄起視，乃在大梅花樹下，上有翠羽，啾嘈相須，月落參橫，但惆悵而已。」

賦木犀〉就是：

> 翡翠釵頭綴玉蟲。秋蟾飄下廣寒宮。數枝金粟露華濃。　花
> 底清歌生皓齒，燭邊疏影映酥胸。惱人風味冷香中。

另外一闋，黃珮玉稱爲氣質秀雅、文詞清麗的〈浣溪沙・詠木香〉也
具有這種體物細緻的特色。詞云：

> 睡起中庭月未蹉。繁香隨影上輕羅。多情肯放一春過。　比
> 似雪時猶帶韻，不如梅處卻緣多。酒邊枕畔奈愁何。

透過花與其他事物的類比，將所詠的花卉形象鮮明地呈現出來。

　　至於最後三闋的荔枝詞，只有所謂的「冰透骨」、「玉開容」、「滿
頰天漿」（〈漁家風〉）和「火齊星繁」（〈采桑子〉）幾句略寫了荔枝的
滋味、形容，而主要表現的是，因荔枝所引生的感觸。以〈訴衷情〉
一詞說明。

> 兒時初未識方紅，學語問西東。對客呼爲紅蕊，此興已偏
> 濃。　嗟白首，抗塵容，費牢籠。星毬何在，鶴頂長丹，
> 誰寄南風。

詞中表現的只是一種奔競名利而遠離鄉關的感嘆，而荔枝是此種情
意感發的觸媒。又以該詞詞序所云「予兒時不知有荔子，自呼爲紅
蕊。父母賞其名新，昔所未聞，殊盡形似之美。久欲記之而因循。
比與諸公唱和長短句，故及之以訴衷情。蓋里中推星毬、鶴頂紅，
皆佳品。海舶便風，數日可到」，於是這份情意純然只是因荔枝爲
家鄉特有的水果；不若前述詠花詞，其中情意的生發，是緊扣花的
某種內、外在特徵、質性，或是有關的故實來抒寫。〔註26〕而且全
詞的內容，實際上在詞序中已說明清楚，對於所謂的「殊盡形似之
美」，似乎也只能夠由詞人所稱的「紅蕊」、「星毬」、「鶴頂長丹」
中想像一、二了。

〔註26〕詠荔枝而以歷史故實落筆者，如歐陽脩〈浪淘沙・荔枝〉即是。除
　　　了寫荔枝形象，以「絳紗囊裡水晶丸」來比況，顯得形象逼真；詞
　　　人詠物卻不滯於物，乃以當年楊貴妃嗜食荔枝，馳驛傳送的情事，
　　　抒發感慨。

（二）詠雜物

分別是〈浣溪沙·薔薇水〉、〈浣溪沙·篤耨香〉和〈浣溪沙〉（萼綠華家萼綠春）的詠酒。

薔薇水，據宋·蔡絛《鐵圍山叢談》卷五：「舊說薔薇水，乃外國採薔薇花上露水，殆不然。實用白金爲甑，採薔薇花蒸氣成水，則屢採屢蒸，積而爲香，此所以不敗。但異域薔薇花氣馨烈非常」。張元幹或即以薔薇水乃採花上露水而成，眼見薔薇花上的露珠，而有了美麗、奇妙的想像。詞云：

> 月轉花枝清影疏，露華濃處滴眞珠。天香遺恨冒花鬚。　沐
> 出烏雲多態度，暈成娥綠費工夫。歸時分付與粧梳。

另外一首所詠篤耨香，是一種樹脂，白色透明，可燃，香氣清遠。張元幹所表現爲：

> 花氣天然百和芬，仙風吹過海中春。龍涎沉水總銷魂。　清
> 潤巧縈金縷細，氤氳偏傍玉肌溫。別來長是惜餘熏。

上片極言其香氣，主要針對其質性著筆；下片則由香氣氤氳繚繞中引生對舊日的回憶，而與詠薔薇水一闋相同，縮入了對女子的相思之情。

至於詠酒的一闋，詞序云：「范才元自釀，色香玉如，直與綠萼梅同調，宛然京洛氣味也，因名曰萼綠春，且作一首。諺以竊嘗爲吹笙云」。〔註27〕這段話主要在說明塡製此詞的原因，所說「且作一首」，又多少意味了這首詞的遣翫性質。詞云：

> 萼綠華家萼綠春。山瓶何處下青雲。濃香氣味已醺人。　竹
> 葉傳杯驚老眼，松醪題賦倒綸巾。須防銀字暖朱脣。

其實內容比詞序所云無多少新意。以酒自仙家中來，見此酒之不同凡俗，而上片三句已寫得此酒之「色香玉如」；唯酒沒有特別的形貌可藉以表現，下片乃由飲酒的特殊感受和舉止上著筆，以此凸顯了范才

〔註27〕范才元，生平事跡俟考。除了這首詞，張元幹還有〈范才元參議求酒於延平使君邀予同賦謹次其韻〉、〈次韻范才元中秋不見月〉等六首交遊唱和的詩，二人情誼匪淺。而以詞序中云「宛然京洛氣味」，則詞應爲南渡後所寫。

元所釀確實與眾不同。

（三）詠樓閣

　　僅見〈風流子・政和間過延平雙谿閣落成席上賦〉、〈望海潮・癸卯冬為建守趙季西賦碧雲樓〉兩闋。詞中真正及於雙谿閣、碧雲樓本身和周遭景致描寫的，集中在上片部份。所謂的「飛觀插彫梁。憑虛起、縹緲五雲鄉。對山滴翠嵐，兩眉濃黛，水分雙派，滿眼波光。曲欄干外，汀煙輕冉冉，莎草細茫茫。無數釣舟，最宜煙雨，有如圖畫，渾似瀟湘」。先寫雙谿閣本身，再及於這一帶「有如圖畫」、「渾似瀟湘」的景致，而眼前寬廣遼闊的視野，益形彰顯出雙谿閣「憑虛起、縹緲五雲鄉」，高聳、不凡的氣勢。〈望海潮〉一詞則是先寫景——「蒼山煙澹，寒谿風定，玉簪羅帶綢繆。輕靄暮飛，青冥遠淨，珠星璧月光浮」，而再以這些景烘托出「城際踊層樓」的碧雲樓。至於下片，則多記席間宴飲、歌舞的歡樂事。

　　這兩闋詞，均為宋室南渡前（政、宣年間）於宴席間所寫，一賦閣，一賦樓，命意並不新奇，但是造語工緻，辭藻可觀，顯示了張元幹駕馭文字的技巧與能力。

（四）題　詠

　　計有〈念奴嬌・題徐明叔海月吟笛圖〉、〈漁家傲・題玄真子圖〉的賦圖和〈浣溪沙・書大同驛壁〉題驛壁。後兩闋，已分別於隱逸情致一節和反映個人羈旅相思的部份探討過。舉〈念奴嬌〉一詞：

> 秋風萬里，湛銀潢清影，冰輪寒色。八月靈槎乘興去，織女機邊為客。山擁雞林，江澄鴨綠，四顧滄溟窄。醉來橫吹，數聲悲憤誰測。　飄蕩貝闕珠宮，羣龍驚睡起，馮夷波激。雲氣蒼茫吟嘯處，黿吼鯨奔天黑。回首當時，蓬萊方丈，好箇歸消息。而今圖畫，譁教千古傳得。

所謂「海月吟笛圖」，為南宋・徐兢（字明叔）的畫。上片扣緊海、月寫景，乃是張元幹以文字再現徐明叔所繪，唯詞中的用字設色，或是對於畫面的選取，已具含張元幹個人的審美意趣。而下片承上片末

二句「醉來橫吹，數聲悲憤誰測」，寫吹笛事，極寫笛聲，足可「飄蕩貝闕珠宮」，使「群龍驚睡起」而「馮夷波激」；「黿吼鯨奔」則更顯見笛聲之撼動，讓水中動物吼叫迅奔、推波助瀾。其實圖中只畫得海月吟笛，何來笛聲。笛聲無從入畫，張元幹乃由圖中雲氣蒼茫、波濤洶湧的景象使之具象；而笛聲悲憤，也是由圖中景象加以生發的。又「悲憤誰測」一問，自是世間難有知音，唯水中魚龍可感，或許張元幹個人才是那畫中吟笛者，甚或是作畫者——徐明叔的知心人。

在最後的「回首當時」以下數句，才寫及作畫者——徐明叔。據南宋‧樓鑰《攻媿集》卷七十四有〈徐明叔剡溪雪霽圖〉：「幼時猶及望見徐公之風流韻度，如晉、唐間人。翰墨篆筆，四明人家多有之。……畫入神品，山水人物，二俱冠絕」。樓鑰生於紹興七年（1137），猶及見徐明叔，張元幹與徐明叔是否有交遊，無從考知，但是以詞中所寫，對其人、其畫似乎頗為傾慕。又透過張元幹這「海月吟笛圖」的題詠，或可領略樓鑰何以稱徐明叔畫入神品，而其人之風流韻度也可以想見。

（五）詠節令

以其正式擬題詠節令的為主，計有〈南歌子‧中秋〉、〈花心動‧七夕〉、〈如夢令‧七夕〉等三闋。其中〈如夢令〉一詞已於描寫各色男女情愛的部份討論過，以〈花心動‧七夕〉一窺張元幹如何表現這個富有浪漫傳說的日子。

> 水館風亭，晚香濃、一番芰荷新雨。簟枕乍閒，襟裾初試，散盡滿天袢暑。斷雲卻送輕雷去。疏林外、玉鉤微吐。夜漸永，秋驚敗葉，涼生亭戶。　天上佳期久阻。銀河畔、仙車縹緲雲路。舊怨未平，幽懽□駐，〔註28〕恨入半天風露。綺羅人散金猊冷，醉魂到、華胥深處。洞戶悄、南樓畫角自語。

〔註28〕全宋詞本《蘆川詞》於「駐」字下有「案此句原缺一字。汲古閣本『駐』上有一空格」的一段說明。《御製詞譜》卷二十三收有〈花心動〉九體，其下片第四句均作一句四字；又根據張元幹此詞上下句意，亦可知「駐」字上確實缺了一字。

上片純係寫景，是涼生秋早的時節景致；下片則就民間傳說的故事落想。「銀河牛女年年渡，相逢未款還憂去」（胡銓〈菩薩蠻·辛未七夕戲答張慶符〉）；其實人間又何嘗不是佳期久阻、幽懽難駐，也就在對牛郎、織女天河相會的故事感觸中，表露了人去樓空的寂寞、孤獨。

　　這闋詞的命意並無新奇處，詠七夕而以牛郎織女為題材的詞相當多，而張元幹在詞裡泰半泛敘景物、由故事發抒感觸，進而抒寫些許離愁別緒，表現也不十分特別。

　　綜觀以上的詠物作品，有不少是載明為席上賦，或次韻唱和之作，這多少顯示了詞人應酬、遣玩的創作心態，而這種創作主要反映出一種閒雅的生活。又這些作品中，除了〈十月桃〉、〈念奴嬌〉和〈花心動〉等幾闋外，其餘多為小令，內容上不見深言大意，有略用情意者，也多入於閨房兒女之思，表現並不特別深摯動人。倒是在短小的篇製中，就題鋪敘，雖然難以多作思索安排，作層層的勾勒鋪陳，卻也不乏一些盡物之態、體物之情，顯得形象鮮明而靈動活脫者，時能體現出詞人對事物敏銳的觀察和雋永的生活趣味。

第五節　應景適情的酬贈唱和

　　最後要討論的是一些用來祝壽、餞別送行、致贈、次（和）韻，或是席上賦的酬贈唱和詞。這些詞幾乎都有詞題、詞序，創作的意圖和情感的指向都很明確，不過相對地，詞意的豐富性也就減少了。

　　《蘆川詞》中有壽詞二十六首，〔註29〕占其全部詞作的七分之

〔註29〕大陸學者劉尊明依據南京師範大學研制的「《全宋詞》計算機檢索系統」統計《全宋詞》所收各家壽詞，張元幹有廿二首；該項資料詳見《中國文哲研究通訊》第三卷第二期刊載的〈宋代壽詞的文化內蘊與生命主題——兼論中國古代壽辭文學的發展〉一文。黃文吉則主要通過詞題、詞序所載明者，得壽詞廿三首（見《宋南渡詞人》頁 180）；然而〈醉花陰〉（紫樞澤笏趨龍尾）、〈好事近〉（梅潤乍晴天）和〈南歌子〉（玉斧修圓了）三闋，雖未見詞題、詞序載明為壽

一強，所占比例不可謂不大。分別是〈醉花陰〉(紫樞澤匆趨龍尾)、〈青玉案・生朝〉、〈青玉案・筠翁生朝〉、〈青玉案・生朝〉(銀潢露洗冰輪皎)、〈點絳脣・生朝〉、〈好事近〉(梅潤乍晴天)、〈滿庭芳・壽〉、〈滿庭芳・壽富樞密〉、〈滿庭芳・為趙西宗壽〉、〈瑞鶴仙・壽〉(倚格天峻閣)、(喜西園放鑰)、〈瑤臺第一層〉(寶曆祥開飛練上)、(江左風流鍾間氣)、〈望海潮・為富樞生朝壽〉、〈十月桃・為富樞密〉、〈感皇恩・壽〉(綠髮照魁星)、(年少太平時)、(荔子著花繁)、(豹尾引黃旛)、〈夏雲峰・丙寅六月為筠翁壽〉、〈千秋歲・壽〉、〈水龍吟・周總領生朝〉、〈南鄉子・壽〉、〈捲珠簾・壽〉、〈醉蓬萊・壽〉、〈南歌子〉(玉斧修圓了)。

　　省視這些作品，可以發現張元幹多用長調來鋪述；常以時節祥瑞景物開端，次敘功名德業，最後說些吉祥話，藉申祝賀之意。結構還算謹嚴，文字也稱典雅。以下試舉三首，以茲印證。如：

　　蟠桃三熟，正清霜吹冷，愛日烘香。小試芳菲，時候無限風光。洛濱老人星見，□少室、雲物開祥。丹青萬彙，熊兆崑臺，鳳舉朝陽。　向元樞曾輔嚴郎。記名著金甌，位入中堂。夢熱鈞天，屢驚顛倒衣裳。黃髮更宜補袞，歸去定、軍國平章。管絃珠翠，蘭玉簪纓，歲歲稱觴。(〈十月桃・為富樞密〉)

　　又〈滿庭芳・為趙西外壽〉一闋是：

　　玉葉聯芳，天潢分潤，壽筵長對薰風。間平襟度，濮邸行尊崇。忠孝家傳大雅，無喜慍、一種寬容。芝蘭盛，綵衣嬉戲，親睦冠西宗。　絲綸，膺重寄，遙防邊羨，本鎮恩隆。應萱堂齊福，誕月仍同。花蕊香濃氣暖，凝瑞露、滿酌金鍾。龍光近，星飛驛馬，宣入嗣王封。

而為周總領生朝所寫的〈水龍吟〉則云：

　　水晶宮映長城，藕花萬頃開浮蕊。紅粧翠蓋，生朝時候，湖山搖曳。珠露爭圓，香風不斷，普薰沉水。似瑤池侍女，

　　詞，實際內容確為祝壽之詞，曹濟平校注《蘆川詞》，也以這三闋為壽詞，因此定壽詞有廿六首。

霞裾緩步，壽煙光裡。　霖雨已沾千里。兆豐年、十分和氣。星郎綠鬢，錦波春釀，碧筩宜醉。荷橐還朝，青氈奕世，除書將至。看巢龜戲葉，蟠桃著子，祝三千歲。

富直柔爲富弼之孫，少有才名，紹興間官知樞密院事，爲秦檜所忌而罷，不久致仕；趙西外，指的是趙仲湜，爲宋宗室；周總領雖不詳何人，由詞中所言「青氈奕世」可知是儒素之後。因此，這些壽詞，內容雖也不脫贊功業、祝富貴或擬神仙等範疇，卻也各能切合壽星的身分、際遇。

　　二十六闋壽詞，有七首標明對象，分別是壽筠翁（李彌遜）、富樞密（富直柔）、趙西外、周總領等人；其餘的壽詞，若仔細參酌標明對象者所寫的內容，再推敲詞意，能得知所壽對象另有趙端禮、〔註30〕張浚〔註31〕二人。又寫作年代則多爲張元幹致仕後，閒居故里期間。當張元幹個人已經隱退，而富直柔、李彌遜、張浚等人也先後致仕、罷退或遭貶之際，這些詞並非爲官場上庸俗的應酬。也因此，對這些同持主戰思想，過從甚密的至交好友，張元幹在詞中所說「玉堥明年何處勸。旌幢滿路，貂蟬宜面，歸觀黃金殿」（〈青玉案・生朝〉）；「秋風吹去，鳳池難老，長把中書印」（〈青玉案・筠翁生朝〉）；「此去沙堤步穩，調金鼎、七葉貂蟬」（〈滿庭芳・壽富樞密〉），並非刻意恭維，語意是鼓勵更多于祝賀贊頌的。這乃是懇切祝禱他們早日建立功業，於是他又在壽詞中直接以整頓乾坤相許，如「華夷喜，繡裳貂珥，便向東山起」（〈點絳脣・生朝〉）；「謝公須再爲，蒼生起」（〈感皇恩・壽〉）；「盡洗中原，偏爲霖雨，宴後堂歌吹」（〈醉蓬萊・壽〉）等，即在期許

〔註30〕趙端禮，宋趙氏宗室，曾爲節使，生平事跡不詳。張元幹除了有〈青玉案〉（花王獨佔春風遠）〈感皇恩・壽〉（荔子著花繁）賀壽之詞，尚有〈臨江仙・趙端禮重陽後一日置酒席上賦〉、〈青玉案・燕趙端禮堂成〉、〈明月逐人來・燈夕趙端禮席上作〉和〈水調歌頭・爲趙端禮作〉等宴席唱酬之詞。又趙端禮與李彌遜亦有交遊，李彌遜有〈感皇恩・趙端禮節使生日〉、〈柳梢青・趙端禮生日〉等詞，這些詞所寫內容均可作爲判定張元幹所壽趙端禮詞的依據。

〔註31〕壽張浚有〈感皇恩・壽〉（豹尾引黃旛）和〈醉蓬萊・壽〉兩闋。《蘆川歸來集》中有許多詩、文是爲張浚壽辰作，可參酌。

富直柔、李彌遜和張浚等人建功立業，淨掃胡塵。這不僅體現了詞人本身的壯志豪情和時刻不忘恢復的耿耿赤忱；〔註32〕也反映了彼此深摯的情誼，乃能免於虛應故事、泛泛歌頌。

其實作壽詞，甚難下筆，宋·張炎在《詞源》卷下「雜論」中即指出：

> 難莫難於壽詞，倘盡言富貴則塵俗，盡言功名則諛佞，盡言神仙則迂闊虛誕，當總此三者而爲之，無俗忌之辭，不失其壽可也。松椿龜鶴，有所不免，卻要融化字面，語意新奇。(見《詞話叢編》(一) 頁 266)

壽詞畢竟是應酬文字，不外說些吉祥話語，或講求長生昇仙，歌功頌德一番。題材本極狹窄，能用的典故也很有限，因此，一般壽詞也就不免陳腔濫調之譏，而學者對壽詞也不甚措意。誠如況周頤所說的「宋人多壽詞，佳句卻罕覯」(《蕙風詞話》續編卷一)。對於張元幹爲數不少的壽詞，黃文吉就認爲「這些詞所具有的意義及價值，在蘆川詞中是最低的」(《宋南渡詞人》頁 181)；大陸學者方智範也以張元幹「寫了不少格調較低的壽詞」(〈論蘇軾與南宋詞風的轉變〉)。與其它詞相比較，這樣的論斷大致不差；唯對於在前所曾指出的某些特出處，又自當分別看待，未可一概抹煞。

除上述的壽詞外，在酬贈方面，又以餞別送行佔大部份。藉詞餞別送行，一方面表達自己依依不捨之情，另方面也是給遠行者精神的慰藉或鼓勵。其中最有名的莫過於送胡邦衡謫新州的〈賀新郎〉詞，唯該闋與〈水調歌頭·送呂居仁召赴行在所〉等詞，主要體現其悲憤慷慨的愛國志意，不入於本節討論範圍。另外有〈魚遊春水〉(芳洲生蘋芷)、〈臨江仙·送宇文德和被召赴行在所〉、〈浣溪沙·武林送李似表〉、〈謁金門·道山亭餞張椿老赴行在所〉、〈謁金門·送康伯檜〉、〈喜遷鶯令·

〔註32〕壽詞中以功業相許，以整頓乾坤相壽，體現張元幹時刻不忘恢復的耿耿赤忱。這在創作歷程的第三分期和本章「慷慨悲憤的愛國赤忱」乙節論述已詳，不再贅言。

送何晉之大著兄趨朝歌以侑酒〉、〈樓上曲〉（清夜燈前花報喜）、〈菩薩蠻・送友人還富沙〉和〈好事近〉（華燭炯離觴）等九闋送別詞，在酬應之作中，表現頗具特色。即如〈魚遊春水〉一詞就十分特出。詞云：

芳洲生蘋芷。宿雨收晴浮暖翠。煙光如洗，幾片花飛點淚。清鏡空餘白髮添，新恨誰傳紅綾寄。溪漲岸痕，浪吞沙尾。

老去情懷易醉。十二欄干慵遍倚。雙鳧人慣風流，功名萬里。夢想濃粧碧雲邊，目斷歸帆夕陽裡。何時送客，更臨春水。

這首詞委婉曲折地表達了詞人悲憤之情與送別之意，在寫作上自有特色。

詞的開頭四句，描寫送別時所見的春江景色以及由此引生的淒苦感情。其中「暖翠」二字十分精妙，它從感覺方面把夜雨過後春江兩岸景色所富有的詩情畫意，生動而形象地描寫出來了。而「煙光如洗」二句，承上啓下，進一步描寫出江天曉景。其中前一句寫煙，著一「洗」字，見出天空無比清朗，繳足了「宿雨收晴」之意；後一句寫花，寫春雨過後，時而有幾片花瓣隨風飛舞，猶如那點點珠淚婆娑。「點淚」二字用擬人手法，融別情於春色，不僅烘托出送別的氣氛，也為下面的抒情做好了鋪墊。「清鏡」二句，緊承「飛花點淚」，即景抒情，折入對年華虛度、世無知己的悲傷意緒。「溪漲」二句，不僅生動地再現了雨後春江波濤洶湧的景象，同時也暗寓了自己同此高漲的傷別情懷。

下片「老去情懷」二句，暗點送別的地點——江樓，以回應開頭，同時又形象地刻劃出詞人內心無限的悲苦。一言「易醉」，一言「慵遍倚」，裡面包含著多少難以言說，也無處言說的辛酸。「雙鳧」二句，或許是友人應召入朝，故化用王喬的典故，〔註33〕稱頌他一貫風流倜儻，素有建功立業之志。於此，慰勉之意與送別之情融為一體。最後

〔註33〕據《後漢書》本傳載：「（喬）漢明帝時爲葉令。傳說每月初一、十五自縣詣朝，不乘車騎。太史伺其臨至，輒有雙鳧從東南飛來。於是候鳧至，舉羅張之，得一舄，視之則所賜尚書官屬履。後立廟，號葉君祠」。後以雙鳧借指地方官。

四句寫送別，詞人在此展開了豐富而奇妙的想像，通過夢境的描寫，進一步寫自己惜別之情，真切表達了對友人的一片深情。煞拍二句，由今日送別想到來日送別，再由來日送別翻出來日相逢，這種深一層的寫法，更加含蓄委婉地寫出詞人無比深厚的惜別之情。

由於這闋詞的表現手法十分特別，故詳為說明，而如此情真意摯的餞別送行之作，還有不少。如〈浣溪沙‧武林送李似表〉一詞：

> 燕掠風檣款款飛。豔桃穠李鬧長堤。騎鯨人去曉鶯啼。　可意湖山留我住，斷腸煙水送君歸。三春不是別離時。

又如〈謁金門‧送康伯檜〉所云：

> 清光溢。影轉畫簷涼入。風露一天星斗溼。無雲天更碧。　滿引送君何惜。記取吾曹今夕。目斷秋江君到日。潮來風正急。

而〈菩薩蠻‧送友人還富沙〉一詞，在舉觴澆別中，更引生了「陵遷谷變」的無常悲感。詞云：

> 山城何歲無風雨。樓臺底事隨波去。歸棹望譙門。沙痕炯斷雲。　詩成空弔古。想像經行處。陵谷有餘悲。舉觴澆別離。

這些詞顯示了張元幹和遠行者深摯的情誼，而其間所表露的心境較為悲涼、傷感。在另外一些送友人趨朝、赴行在所的詞，抒寫離情之餘，則多為「上林消息好，鴻雁已歸來」（〈臨江仙‧送宇文德和被召赴行在所〉）；「此去登瀛須記。今夕道山同醉。春殿明年人共指。玉皇香案吏」（〈謁金門‧道山亭餞張椿老赴行在〉）；「看君西去侍明光。杯中丹桂一枝芳」（〈樓上曲〉）一類富貴功名的應酬語。尤其〈喜遷鶯令‧送何晉之大著兄趨朝歌以侑酒〉一詞，稱頌讚揚、祝賀功名，和壽詞中所言並無不同了。

> 文倚馬，筆如椽。桂殿早登仙。舊遊冊府記當年。袞繡合貂蟬。　慶天申，瞻玉座，鵷鷺正陪班。看君穩步過花磚。歸院引金蓮。

這類餞別送行詞，情調就與〈魚遊春水〉一類全然不同。是比較偏向

於酬贈實用一途，而少及於張元幹個人情意表露的。而在一些即席賦
詞以助興的作品裡，也經常可見這種情形。張元幹於席上賦的詞有〈水
調歌頭·陪福帥讌集口占以授官奴〉、〈水調歌頭·爲趙端禮作〉、〈臨
江仙·趙端禮重陽後一日置酒座上賦〉、〈青玉案·燕趙端禮堂成〉、〈青
玉案·再和〉、〈喜遷鶯慢·鹿鳴宴作〉、〈明月逐人來·燈夕趙端禮席
上〉和〈楊柳枝·席上次韻曾穎士〉等幾闋。〔註34〕

「歌舞筵中人易老，閉門打坐安閒好」（〈蝶戀花〉）。這是張元幹
隱退後對繁華生活的感悟，而這感悟的背後，正是許多不得不強顏陪
奉的應酬宴集。於是，這即席賦就的詞，難以看到他個人情感的表露；
況且，席間賦詞，用以助興，自然又以寫宴飲、歌舞，或是對主人的
稱美、祝願爲宜。如〈水調歌頭·陪福帥讌集口占以授官奴〉所云：

> 縹緲九仙閣，壯觀在人間。涼飆乍起，四圍晴黛入闌干。
> 已過中秋時節。便是菊花重九。爲壽一尊歡。今古登高意，
> 玉帳正清閒。　引三巴，連五嶺，控百蠻。元戎小隊，舊
> 遊曾記並龍山。閩嶠尤寬南顧。聞道天邊雨露。持橐詔新
> 頒。且擁笙歌醉，廊廟更徐還。

這闋詞是在福州郡守程邁的壽宴上所寫。〔註35〕再看一首燕趙端禮堂
成而寫的〈青玉案〉：

〔註34〕這闋詞所寫內容爲餞別送行，可入於餞別送行一類，而以其言「席
上次韻」，又可分別入於即席賦詞或次韻作品中。所以這首詞，乃是
在爲曾穎士餞別席上，張元幹即席以同韻填詞和曾穎士。以此可知，
其中有些詞，是很難定其歸屬的。

〔註35〕《蘆川歸來集》卷三〈福帥生朝〉詩二首之一：「止戈堂上多珠履，
爭獻龐眉春酒詩」；〈止戈堂〉詩：「譙門直北望燕山，乙巳年來例破
殘。……。西帥有請君侯力，南顧無憂聖慮寬」；又卷八有〈賀福帥
啟〉：「恭惟某官，躬文武之兼資，繫安危而獨任。……，早擁節旄
之重」。與詞中所云「閩嶠尤寬南顧，聞道天邊雨露，持橐詔新頒」
相合。而詩、詞中所稱的福帥，也就是建有「止戈堂」的福州郡守
程邁；據《福建通志》總卷十三〈名勝志〉所言「止戈堂。宋建炎
四年，建寇范汝爲猖獗，郡守程邁乞師於朝。……。韓世忠率禁旅
討之，紹興二年平」可知。又以此可知張元幹的這首詞應該是紹興
二年賊平後宴席間所作。

> 華裾玉轡青絲鞚。記年少、金吾從。花底朝回珠翠擁。曉
> 鐘初斷，宿醒猶帶，綠鎖窗中夢。　天涯相遇鞭鸞鳳。老
> 去堂成更情重。月轉簷牙雲遶棟。涼吹香霧，酒迷歌扇，
> 春筍傳杯送。

趙端禮爲宋宗室，與張元幹素有交遊，上片乃由其王孫貴介的年少風
流著筆；而下片扣緊了「堂成」燕集一事，主要也在寫歌舞歡宴。在
這些作品裡，張元幹所作的表露，也只有〈水調歌頭・爲趙端禮作〉
一詞，在「舉杯相屬盡名流」、「滿座燭火花豔」的應酬歡樂中，引生
「笑冑烏巾同醉，誰問負薪裘」的一絲悲感。

　　最後還有兩首次韻的作品，以及四首爲歌伎、侍兒、舞姬而塡的
詞，一併列舉之。分別是〈瑞鷓鴣・彭德器出示胡邦衡新句次韻〉、〈西
江月・和蘇庭藻〉；〈瑞鷓鴣〉（雛鶯初囀鬥尖新）、〈春光好・爲楊聰父
侍兒切鱠作〉、〈鵲橋仙〉（靚粧豔態）、〈綵鸞歸令・爲張子安舞姬作〉。

　　次韻之作，總是不免有些逞才角技的意味，而張元幹這兩闋和蘇
庭藻、次胡邦衡的詞，則完全在於殷殷致意。如〈瑞鷓鴣・彭德器出
示胡邦衡新句次韻〉所云：

> 白衣蒼狗變浮雲。千古功名一聚塵。好是悲歌將盡酒，不
> 妨同賦惜餘春。　風光全似中原日，臭味要須我輩人。雨
> 後飛花知底數，醉來贏取自由身。

自從紹興八年極力反對議和以後，胡銓就不停受到貶斥、打壓。面對
他在政治上的艱難處境，張元幹曾一再地表示過同情與支持；而這首
次韻之作，則主要是以一種勸諭人生的態度，希望胡銓能夠在困限中
自寬自解，在精神、心靈上「贏得自由身」，脫卻世網的拘束。

　　由於胡邦衡新句，在現存的胡銓詞中未見收錄，或已散佚，無從
窺其面貌。至於彭德器，胡銓在〈與彭德器書〉中稱其「德器學士」，
又云「吾友平生磊落」（《澹庵先生文集》卷十二）；張元幹與他亦有
交遊酬唱，在〈彭德器畫贊〉中更稱他「氣節勁而議論公，心術正而
識度遠」（本集卷十）。可見得彭德器、胡銓、張元幹三人是志同道合

的知交好友。有了這一層的認識，乃能體味出張元幹次韻的深意，並非是泛泛的唱和。

　　至於爲歌兒、舞鬟所作四首，實際上也是在宴飲酬酢的歌筵舞席間填就，出自即興的弄筆酬贈。因爲在官場的送往迎來，或是文人雅士的尋常聚會上，歌兒、舞姬們或侑酒作樂，或歌舞助興，極爲常見，而酒酣飲樂之際，填詞以贈佳人，更能憑添幾分雅興。這四闋詞，除了〈春光好・爲楊聰父侍兒切鱠作〉，已於創作歷程的第三分期中舉證過，內容在描寫侍兒嫻熟的切鱠動作外，兼及於張元幹個人的羈旅客愁；另外三首則都在於客觀地摹寫聲容情態。如：

> 靚粧豔態，嬌波流盼，雙靨橫渦半笑。尊前燭畔粉生光，更低唱、新翻轉調。　　花房結子，冰枝清瘦，醉倚香濃寒峭。雛鶯新囀上林聲，驚夢斷、池塘春草。（〈鵲橋仙〉）

> 珠履爭圍。小立春風趁拍低。態閒不管樂催伊。整銖衣。　　粉融香潤隨人勸，玉困花嬌越樣宜。鳳城燈夜舊家時。數他誰。（〈綵鸞歸令・為張子安舞姬作〉）

前者寫一個嬌羞帶怯、冰枝清瘦的歌伎，全詞就其眼波、笑容、體態、歌聲摹寫，而盛讚其姿容出眾，伎藝驚人；後者寫張子安舞姬，同樣是從旁作客觀地描寫，只是一爲歌伎，一爲舞姬，形貌神采各有不同。以上分別就祝壽、餞別送行、席上賦、次韻和贈伎等五類探討張元幹的酬贈唱和詞。其中除了列入次韻的兩首外，其它絕大部份都可能是在各種宴飲酬酢當中寫成的。就創作意圖而言，這些詞同具有實用酬贈的性質，唯其間因爲對象、場合的不同，卻也有深淺不一的情意表露。又在前述四節列舉的詞，事實上也不乏是出於酬贈唱和而作者，唯其間主要的情志內涵，可以看出是在表現其羈旅相思、愛國赤忱、隱逸情致，或爲寫景詠物之作；而在此討論的，一則是確實比較偏重爲酬酢實用，一則是其間表現的情意和風格又和前述各節不盡相同，難以歸入，因此獨立出一節探討之。

第四章　張元幹詞的藝術風格

　　黃珮玉曾指出「蘆川詞的優秀藝術造詣往往被忽略」(《張元幹研究》頁 7)。然而他也僅僅指出這方面研究的不足,書中真正及於這方面的探討並不多見,而且顯得零碎割裂。本章則擬就使事用典、以前人詩句入詞,工於造句、對仗,口語和佛道用語等方面點明其造語的特色;再就意象運用、對比技巧、情景配置、託喻手法等,探討其表現手法。以求比較完整而有機地呈現張元幹詞的藝術技巧。

　　透過了藝術技巧的探討,再結合第二章裡頭對時代環境、行事遭遇、主體心態、情感的變化,以及第三章對整個作品內涵的探討,而及於張元幹詞風的呈現,以期說明其詞多樣化的藝術風格。﹝註1﹞

第一節　造語的特色

一、使事用典

　　南渡詞壇,一則由於文士結社吟詠、角技逞才之風日盛;一則由於深受江西詩派理論影響,工於用事;況且政局動盪、家國淪亡,借古擬今,指桑罵槐,用典掩飾,有時也是情勢所需。黃文吉曾經指出

﹝註 1﹞ 對於形成作品藝術風格的各種變項,主要依據余毅恆《詞筌》一書中
　　　　對風格所下的定義而來。他指出,作品風格乃是主題思想、結構、語
　　　　言和時代精神的統一體;也是作家思想、個性、藝術修養的總的表現。

南渡詞人喜用典故的情形，並且論及「張元幹也有用典的癖好」（《宋南渡詞人》頁 181）；至於實際運用的情形，以及其間的利弊得失，還有待更進一步地探討。

其實《蘆川詞》中，用典最頻繁的莫過於壽詞。如「投懷玉燕」、「照社神光」一類的稱頌壽星家世不凡；〔註2〕「渭濱甲子」、「尚父難兄」、「間平風度」、「繼踵韋平」、「麒麟圖畫」、「金甌覆字」、「和羹妙手」一類的形容功名德業；〔註3〕「斑衣侍」、「綵衣嬉戲」、「彩鸞韻」、「鳳簫韻」一類的敘人天倫；〔註4〕「綠野舊遊」、「平泉雅詠」、「山中宰相」一類的勸諭人生；〔註5〕「便向東山起」、「謝公須再爲，蒼生起」一類的勉志抒懷。唯這些典故固然使得措詞典麗些，但多半是應合壽詞寫作祝賀套語的需要，堆垛以裝點門面、粉飾空無，而流於庸濫者不少，比較難以看出運用的巧妙和效果。

〔註2〕「投懷」句，據五代‧王仁裕《開元天寶遺事》卷上「夢玉燕投懷」條記載，傳說唐‧張說母夢玉燕飛投入懷，因而有孕，生張說。後爲宰相。「照社」句，據《後漢書‧應劭傳》：「應奉之子劭，字仲遠，少篤學，博學多聞。……。中興初，有應嫗者，生四子而寡，見神光照社，試探之，乃得黃金。自是諸子宦學並有才名」。

〔註3〕形容功名德業一類中，「渭濱」、「尚父」均指呂尚事；「難兄」，則出自《世說新語‧德行》：「陳元方子長文，有英才；與季方子孝先，各論其父功德，爭之不能決，咨于太丘。太丘曰：『元方難爲兄，季方難爲弟』」。「間平襟度」和「繼踵幸平」則是分別以漢河間獻王劉德、後漢東平憲王劉蒼兩位漢宗室賢者；以及西漢韋賢、韋玄成和平富、平晏皆父子宰相，爲世所重而稱頌壽翁。「金甌覆字」則是《新唐書‧崔義玄傳》：「初，玄宗每命相，皆先書其名。一日書琳等名，覆以金甌」事，以此推重壽翁位居宰輔。

〔註4〕「斑衣侍」、「綵衣嬉戲」，均指老萊子孝養二親，行年七十，嬰兒自娛，著五色采衣一事；而「綵鸞韻」和「鳳簫韻」則分別爲唐大和末有書生文簫與仙妹吳彩鸞結爲夫妻事；和秦穆公時人蕭史，善吹簫，能致孔雀、白鶴，穆公以女玉玉妻之，乃教弄玉吹簫作鳳鳴事。

〔註5〕勸諭人生一類，則分別爲唐‧裴度以宦官擅權，時事已大不可爲，自請罷相，創別墅號綠野堂事；唐‧李德裕未仕時，講學平泉別墅事；南朝‧陶弘景自號華陽陶隱居，國家每有吉凶征討大事，無不前以諮詢。月中常有數信，時人謂爲山中宰相事。總此三事，勸人隱退閒居，過霞舒煙卷的閒逸生活。

　　壽詞而外，張元幹大量運用典故而又有突出表現的，偏重在表現其愛國赤忱和隱逸情致一類的作品中。如〈賀新郎‧寄李伯紀丞相〉一詞下片「要斬樓蘭三尺劍，遺恨琵琶舊語」二句，即用漢代傅子介計斬樓蘭王，和王昭君出塞和親事（詳見第三章第二節所論）。借古喻今，抒發抗金的雄心壯志，以及報國無路的悲憤；並以暗示手法表露對朝廷屈膝求和的深刻不滿，而對李綱備致欽仰之忱。余毅恆先生論及用典的要求，即以張元幹這闋詞「用了些典故，不著一點痕跡，巧妙、明快」（《詞筌》頁 313）。另外像〈水調歌頭‧同徐師川泛太湖舟中作〉的「澤畔行吟處，天地一沙鷗」，「想元龍，猶高臥，百尺樓」；〈水調歌頭‧追和〉的「舉手釣鼇客，削跡種瓜侯」，「元龍湖海豪氣，百尺臥高樓」；以及〈石州慢‧己酉秋吳興舟中作〉的「唾壺空擊悲歌缺」。活用屈原、陳元龍、李白、召平、王處仲等事，表達了不為世用而壯心猶在的志意，而一己悲憤、抑鬱的形象也顯得格外鮮明，躍然紙上。以下茲就〈水調歌頭‧追和〉一詞詳為說明。

　　「舉手」二句，置於全詞開頭，破空而來，暗示了詞人沉浮的身世。而主要借助於典故來表述。「釣鼇客」，指李白。宋‧趙令時《侯鯖錄》卷六：「李白開元中謁宰相，封一版，上題曰：『海上釣鼇客李白』。」。至於「釣鼇」的出處，又見《列子‧湯問》：「帝恐流於西極，失群仙之居，乃命禺強使巨鼇十五舉首而戴之。迭為三番，六萬歲一交焉。五山始峙而不動。而龍伯之國有大人，舉足不盈數步而暨五山之所，一釣連六鼇，合負而趣歸其國，灼其骨以數焉」。因此後來就以「釣鼇」比喻有壯舉或遠大抱負。又「削跡」一句，指召平失侯種瓜的故事。《史記‧蕭相國世家》云：「召平者，故秦東陵侯。秦破，為布衣。貧，種瓜於長安城東。瓜美，故時俗謂之『東陵瓜』」。詞中這兩句，表面看來似乎是有矛盾的，其實，這種既抒豪情壯志，又寫隱居不仕的形象，正是南宋世事動亂不定的反映。

　　「元龍」二句，詞人乃是從夢繞中原的悲傷氣氛中轉寫陳元龍的湖海豪氣。據《三國志‧魏志》陳登本傳載：「許汜曰：『昔見元龍，

元龍自上大牀臥，使客臥下牀』。劉備曰：『君求田問舍，言無可采，如小人，欲臥百尺樓上，臥君於地，何但上下牀之間耶』」，這裡最主要借以表達詞人憂國忘私的豪情至老而未衰。

張元幹早年也有凌雲之志，在金兵南侵的動亂年代裡，追隨李綱抗金，滿腔忠愛；然而功業無成，罪名加身，尤其南宋朝廷長期苟安，不思恢復，使其壯志難酬，浪跡江湖之上。因此，詞中所用典故，正勾勒出他有奇才、無出路的遭際；深切展示他壯心不已的胸懷。而這首詞，縱筆直書，言語不假藻飾，切合的典故，鎔鑄其中，猶如出自胸臆，全詞仍然氣勢流暢，也就毫無停滯艱澀的缺點。

而他用典功力的高妙也可由整闋詞為例說明。〈隴頭泉〉一詞（全詞見第二章第四節），概述了自我的才性和人生遭際，並表達了對現實的態度，成為一首獨特的自傳體抒情詞，最主要即在於活用典故。其中的「視文章、真成小技」，「奏公車、治安秘計」表明早年渴望建立功業的豪情與願望，是用漢代揚雄、東方朔的典故；而「黃粱未熟」、「滄海揚塵」，則以唐人沈既濟《枕中記》描寫的故事和晉‧葛洪《神仙傳》的故事，感嘆生平際遇，升降遽異，令人悵快。而下片自「故園松菊猶存」、「送飛鴻、五絃寓目」、「望爽氣、西山忘言」，以至「渭川垂釣，投老策奇勳」，乃一連用了陶潛、嵇康、王子猷等隱者、名士的典故，言其隱逸生活和曠達自適的胸懷；然而卻在姜太公渭川垂釣，後佐武王滅殷的典故中，交織出仕隱兩難的矛盾情懷，並暗示了對當權者的不滿。

在表露其隱退心聲、閒逸生活的詞，如〈水調歌頭〉（雨斷翻驚浪）一闋後面幾句：「莫變姓名吳市，且向漁樵爭席，與世共浮沉。目送飛鴻去，何用畫麒麟」，幾乎句句都有來歷。「變姓名吳市」是指伍子胥在吳市乞食的故事；「爭席」是出自莊子寓言篇陽子居的故事；「與世共浮沉」是用屈原的故事；「畫麒麟」是用漢宣帝畫下十一位功臣圖像於麒麟閣的故事。這闋詞上片著重描寫其寄情山水、放浪形骸的情態，而在下片中以「莫」、「且向」、「何用」等字詞，將這些歷史典故貫串而下，則又隱隱托出其內心深處蘊蓄有一種「不為世用」

的幽恨。而於〈水調歌頭‧丁丑春與鍾離少翁張元鑒登垂虹〉詞中，在自嘆身計微茫之際，引用范蠡「五湖煙艇」、張翰「秋風鱸鱠」、陸龜蒙「笠澤蓬蒿」三位高士的典故，而以「長羨」、「好是」、「久」等字詞，表露出對此一人生典型的無限嚮慕。

　　詞如精金美玉，在格律、字數的嚴格限制下，確實很難把曲折複雜的情事表達出來，而能於古事中覓得與此情事相合者鎔鑄其間，則可收以少總多、以故喻新的功效，代替直接的敘事紀實。又歷史與現實通過典故這一媒介獲得溝通融匯，相互生發映射，不僅使人聯想起歷史上揚雄、東方朔、……陸龜蒙等人具體完整的故事，又可讓人經由聯想而類比重構出張元幹個人的各種形貌和生命旨趣。

　　除了上述用以表達憂國傷時、身世遭際一類的典故外，在描寫男女情愛，表現羈旅相思時，也用了一些相關的典故以提高詞境，唯比較零散，不若前述各類突出。不外「悵別後華表，那回雙鶴」（〈蘭陵王〉）、「今宵入夢陽臺雨」（〈虞美人〉）、「雲雨陽臺夢，河漢鵲橋秋」（〈水調歌頭‧過後柳故居〉）等。以〈水調歌頭‧過後柳故居〉下片最末兩句的使事用典而言，全詞所寫因舊地重遊而生發的情思，至此更顯得濃郁感人而含蘊不盡。這正由於典故的使用，既可避免直言的質率，又可將一己的感情推遠一步，造成距離的美感，並藉由典故喚起許多言外的聯想。

　　張元幹的用典，事實上難免有些弊病，有些典故再三使用，尤其是壽詞中頌贊、祝賀套語，都毋須諱言。而歷來在作品中使事用典，確實也經常不免有餖飣、獺祭之譏，或被目為掉書袋者；又使用的典故太冷僻，容易變成晦澀，太通俗，則被認為陳腐庸濫。其實用典與否，是難以據為判定作品好壞的標準，端看其間能否切合題旨，如果把典故融入其中而切情適意，不露斧鑿之跡，不犯堆砌之病，則不必要一味苛責，而應當仔細體味其高妙處。在此，對於張元幹詞中使事用典的利弊得失，即應該如此分別看待。然而無論如何，他在詞中大量用典，確實是他造語上的一項特色。

二、以前人詩句入詞

以前人的詩文語句或語意入詞，這與前面所論用典故的性質相近，然而用典故乃著重在援引歷史掌故、古人故實，兩者仍有區別。一般將其分為語典、事典，而同列入用典，本文則分別論之。

其實張元幹詞中，或引用，或點化成語、成句入詞，並不限於前人詩句，唯這方面的數量和表現較為特出，而眾多詩人中，又尤其喜好杜工部。因而在此並不準備一一羅列出張元幹援引經、史、子、集之語入詞的情形，乃著重在其中融化前人詩句，〔註6〕特別是杜甫詩句的部份，藉以說明其造語上的另一特色。

張元幹曾表示：「予晚生，雖不及見東坡、山谷，而少時在江西，實從東湖徐公師川授以句法。東湖，山谷甥也」（本集卷九〈亦樂居士集序〉）。他不但師事徐俯，而且曾直接參與江西詩派諸人的詩社，與他們唱游。因此，曾噩序《蘆川歸來集》乃稱「蘆川老隱之為文也，蓋得江西師友之傳」；《四庫全書總目提要》亦謂其「詩文亦皆有淵源」（卷一八九）。而張元幹本人雖然沒有完整的文論著述，但從留存下來的一些序、跋，仍然可以看到他的某些文藝觀。如：

> 前輩嘗云：「詩句當法子美，其他述作無出退之」。「韓、杜門庭，風行水上，自然成文，俱名活法。金聲玉振，正如吾夫子集大成」。蓋確論也。國初儒宗楊、劉數公，沿襲五代衰陋，號西崑體，未能超詣。廬陵歐陽文公初得退之詩文於漢東敝篋故書中，愛其言辨意深，已而官於洛，乃與尹師魯講習，文風丕變，寢近古矣。未幾，文安先生蘇明允起於西蜀，父子兄弟俱文忠公門下士。東坡之門又得山

〔註6〕如〈賀新郎·寄李伯紀丞相〉的「十年一夢揚州路」是化自杜牧〈遣懷〉的「十年一覺揚州夢」；〈念奴嬌〉（寒綃素壁）的「對影三人，停杯一問」是化自李白〈月下獨酌〉「舉杯邀明月，對影成三人」，以及〈把酒問月〉「青天有月來幾時，我今停杯一問之」兩首的句子；〈水調歌頭·癸酉虎丘中秋〉的「此夜此生長好，明月明年何處」，是化自蘇軾〈陽關曲〉「此生此夜不長好，明月明年何處看」等等都是。僅以此說明他常以前人詩句入詞，其餘不一一列舉。

　　谷檃括詩律，於是少陵句法大振。……。(〈亦樂居士集序〉)

他特別指出黃山谷「檃括詩律」而使「少陵句法大振」，這顯示張元幹頗為認同黃山谷的創作理論，並且對少陵詩賞愛有加。〔註7〕

　　以江西詩派在當時創作上的另闢蹊徑、獨具特色，其影響確然牢籠一代。張元幹生逢其時，又師承徐俯，受到薰陶、影響是很自然的事。在〈跋江天暮雨圖〉中，他也曾論及：「詩有自然之句，而句有見成之字，政恐思索未到，或容易放過，便不佳爾」(本集卷九)。然而他卻也一再強調「風行水上，自然成文」；〔註8〕多用前人詩句，乃是珍愛前人的優秀創作，並非是毫無顧忌地襲用，而是要達致善於點化，恰到好處的工妙。雖然這些意見是集中在討論詩的創作，用來觀察他在詞裡運用的情形，亦無不可；況且他確實也把這些觀念應用到詞的創作上了。

　　在前面所舉送胡邦衡的〈賀新郎〉詞，就有許多句子是有所本的。「天意從來高難問，況人情老易悲如許」，是得自杜甫〈暮春江陵送馬大卿公恩命追赴闕下〉詩的「天意高難問，人情老易悲」；「更南浦，送君去」是出自江淹〈別賦〉的「送君南浦，傷如之何」；又「肯兒曹、恩怨相爾汝」則是從韓愈〈聽穎師彈琴〉詩的「昵昵兒女語，恩怨相爾汝」而來。

　　由於這闋詞不但深刻反映出詞人與胡銓的深厚情誼，而且更在於表達對國家的憂心和憤慨。張元幹將前人詩句略加點染增減，或化用，扣緊這兩層題旨，而加深、加強了其間情思的表達。以下則集中指出他用杜甫詩句入詞境者。計有：

〔註7〕以蔡戡〈蘆川居士詞序〉云：「公博覽群書，尤好韓集、杜詩，手之不釋」可知。

〔註8〕除了〈亦樂居士集序〉中提及，在同卷所收錄的〈跋蘇詔君贈王道士詩後〉更是集中論述而云：「文章蓋自造化窟中來，元氣融結胸次，古今謂之活法。所以血脈貫穿，首尾俱應，如常山蛇勢，又如風行水上，自然成文。又如優人作戲，出場要須留笑，退思有味。……」。雖然多用前人詩句，但要善于調度，置於全篇中，化得開，稱情達意而外，又能耐人尋味。

1. 〈石州慢〉：「寒水依痕，春意漸回，沙際煙闊」，化自〈多深〉和〈閬水歌〉的「早霞隨類影，寒水各依痕」、「更復春從沙際歸」。

2. 〈石州慢·己酉秋吳興舟中作〉「欲挽天河，一洗中原膏血」，化用〈洗兵馬〉的「安得壯士挽天河，淨洗甲兵長不用」。

3. 〈水調歌頭·同徐師川泛太湖舟中作〉和同調和薌林居士中秋的「天地一沙鷗」、「月湧大江流」都是直接用〈旅夜書懷〉的句子。

4. 〈南歌子·中秋〉「香霧雲鬟溼，清輝玉臂寒」，也直用〈月夜〉的「香霧雲鬟溼，清輝玉臂寒」詩句。

5. 〈浣溪沙〉（萼綠華家萼綠春）「山瓶何處下青雲。濃香氣味已醺人」，自〈謝嚴中丞送青城山道士乳酒一瓶〉的「山瓶乳酒下青雲，氣味香濃幸見分」而出。

6. 〈浣溪沙·求年例貢餘香〉「花氣熏人百和香。少陵佳句是仙方」，所謂少陵佳句為〈即事〉詩中的「花氣渾如百和香」。

7. 〈虞美人〉（西郊追賞尋芳處）的「雨肥紅綻向南枝」，自〈陪鄭廣文遊何將軍山林十首〉「綠垂風折筍，紅綻雨肥梅」而來。

8. 〈瑞鷓鴣·彭德器出示胡邦衡新句次韻〉「白衣蒼狗變浮雲」，化自〈可嘆〉詩的名句「天上浮雲如白衣，斯須改變如蒼狗」。

9. 〈好事近〉（華燭炯離觴）的「山吐四更寒月」，借〈月〉詩「四更山吐月，殘夜水明樓」句子。

10. 〈點絳脣〉（水驛凝霜）的「索共梅花笑」，自〈舍弟觀赴藍田取妻子到江陵喜寄〉「巡簷索共梅花笑，冷蕊疏枝半不禁」化出。

至於他如何善於點化，再以〈點絳脣·呈洛濱筠溪二老〉一闋說明。該詞云：

> 清夜沉沉，暗蛩啼處簷花落。乍涼簾幕。香遠屏山角。　堪恨歸鴻，情似秋雲薄。書難托。儘交寂寞。忘了前時約。

這闋詞呈兩位知交——富直柔、李彌遜。詞裡含蘊有對紛繁人情世態的深層意緒。上片首二句化用杜甫〈醉時歌〉「清夜沉沉動春酌，燈前細雨簷花落」的詩句。杜詩原注「贈廣文館博士鄭虔」，寫沉飲自遣、無可奈何的情懷，其中「清夜」二句，寫暮春細雨，簷水滴落，〔註9〕而從深夜獨酌中透露出作者的心境。張元幹借用此二句融化到一幅秋夜幽靜的境界中。由原詩的「簷花落」，已可想見作者寂聊的情懷；張元幹再以「暗蛩啼」的細微聲音，點明深夜的寂靜和內心的寂聊，乃能聽（看）見暗蛩「啼」、簷花「落」。而這一「啼」字、「落」字，又都顯示出靜中有動的意趣。張元幹這首詞寓情於景而構成新的意境，可謂善於點化。

以上所列，或未能盡數舉出張元幹詞中所用的杜甫詩句（意）。又其間或有偶合者，就未必即是以杜詩入詞。唯曹濟平、黃文吉二人也曾特別著意於張元幹以杜詩入詞的現象。〔註10〕又儘管黃文吉曾頗有微詞的指出，張元幹以杜詩入詞者，有整句一字不改而襲用，或是集句式的借用，如此無論是借用得多妙，一旦被人識破而物歸原主時，就變得空蕩無奇了。其所言，誠然是以前人語入詞的一些流弊；然而正如清・吳衡照《蓮子居詞話》卷二「詞襲前人語」所持的看法：

> 詞有襲前人語而得名者，雖大家不免。如方回「梅子黃時雨」；
> 耆卿「楊柳岸曉風殘月」；少游「寒鴉數點，流水遶孤村」；
> 幼安「是他春帶愁來，春歸何處，卻不解帶將愁去」等句。
> 惟善於調度，正不以有藍本爲嫌。（《詞話叢編》（三）頁2414）

襲前人語，雖大家亦難免；對於其中善於調度者，自當分別看待。又以張元幹之以前人語入詞，雖然不像「辛稼軒別開生面，橫絕古今。論、孟、詩小序、左氏春秋、南華、離騷、史、漢、世說、選學、李杜詩，拉雜運用，彌見其筆力之峭。……。」（吳衡照《蓮子居詞話》），

〔註9〕根據清・王嗣奭《杜臆》解「簷花落」云「簷水落，而燈光映之如銀花」，則所謂簷花乃指簷間飄落的細碎雨絲。

〔註10〕曹濟平於〈讀張元幹《蘆川》札記〉一文中有「用杜詩入詞」的舉證。黃文吉《宋南渡詞人》頁182，論及張元幹詞的形式，有「以前人詩句入詞」一項，所引證例子也以杜詩最頻繁。

但畢竟已形成他詞作中造語的特色。而對杜詩之喜好，以杜詩入詞尤為其間的一大特色。

三、工於造句、對仗

張元幹詞中既有用前人，特別是唐詩中的精美詞語；但是也不乏有自出機杼，精於錘鍊而文詞工整熨貼者。又以詞中有許多特定的地方也須用對句，在對句方面，他也是極力求工。明·楊慎《詞品》卷三「張仲宗」下就曾指出：

> 張仲宗，三山人，以送胡澹庵及寄李綱詞得罪，忠義流也。
> 其詞最工，草堂詩餘選其春水連天及卷珠箔二首，膾炙人口。
> 他如「簾旌翠波颭，窗影殘紅一線」及「溪邊雪靄藏雲樹，小艇風斜沙嘴路」，皆秀句也。……。(《詞話叢編》(一) 頁 481)

楊慎所說《草堂詩餘》所選兩首膾炙人口的作品，即〈滿江紅·自豫章阻風吳城山作〉和〈蘭陵王〉(卷珠箔)；又他個人拈出的秀句，則分別是〈蘭陵王〉(綺霞散) 和〈漁家傲〉(樓外天寒山欲暮) 中的句子。〔註11〕

楊慎所說「其詞最工」的作品，其實都具有文麗而思深的特點，並非一味在文字上求工巧而已。如〈蘭陵王〉(卷珠箔) 一闋，其中寄寓著中原淪落之悲與眷念故國之情，因全詞語言工緻錘鍊，使得情致更為深邃，而呈現出婉綿和雅的詞境。又〈滿江紅·自豫章阻風吳城山作〉上片所寫江天景色——「春水迷天，桃花浪、幾番風惡。雲乍起、遠山遮盡，晚風還作。綠卷芳洲生杜若。數帆帶雨煙中落」，〔註12〕筆觸細膩，景色不凡，同樣體現了張元幹工於造句、精於鍛鍊的特色。而黃珮玉也以〈念奴嬌〉(江天雨霽) 一詞，文詞工麗，他指出「『江天雨霽，正露荷擎翠，風槐搖綠』，字字工整熨貼，可見張元幹擅於錘鍊語言，

〔註11〕楊慎《詞品》所舉「溪邊」二句，《全宋詞》及曹濟平校注《蘆川詞》均作「溪邊雪後藏雲樹。小艇風斜沙嘴露」，文字稍有出入。

〔註12〕該詞首句，《草堂詩餘》作「春水連天」，本文依據《全宋詞》及曹濟平校注本作「春水迷天」。

風神宛似少游」（《張元幹研究》頁 67）。

　　《蘆川詞》中還有不少文詞清麗，精於描寫大自然美麗景致的句子，也都可以看出張元幹精於鍛鍊，嚴於創作的結果。以下舉一些例子以為印證，如：

月仄金盆，江縈羅帶，涼飆天際，摩詰丹青，營丘平遠。（〈永遇樂‧宿鷗盟軒〉）

飛觀橫空，眾山繞旬，江面相照。曲檻披風，虛簷掛月。（〈永遇樂‧為洛濱橫山作〉）

萬里冰輪滿，千丈玉盤浮。掃盡長空纖翳，散亂疏林清影。（〈水調歌頭‧癸酉虎丘中秋〉）

汀煙輕冉冉，莎草細茫茫。（〈風流子‧政和間過延平雙谿閣落成席上賦〉）

微雲收未盡，殘月炯如初。（〈臨江仙‧送王叔濟〉）

釣笠披雲青障繞，橛頭細雨春江渺。（〈漁家傲‧題玄真子圖〉）

霧柳暗時雲度月，露荷翻處水流螢。（〈浣溪沙〉）

霽雨天迥，平林煙暝。燈閃沙汀，水生釣艇。（〈怨王孫〉）

絲雨溼苔錢，淺寒生禁煙。（〈菩薩蠻‧戲呈周介卿〉）

蒼山煙澹，寒谿風定，玉簪羅帶綢繆。輕靄暮飛，青冥遠淨，珠星璧月光浮。（〈望海潮‧癸卯冬為建守趙季西賦碧雲樓〉）

這些自出機杼鍛鍊而成的句子，並不見得是華辭麗藻，反而是一些極平常的詞語鍛鍊堅凝，安排妥溜，成了天生好言語。而以上所舉的例子，又都很明顯是對句相當工整的。此外還有一些情語的對仗，如「歲晚可堪歸夢遠，愁深偏恨得書稀」（〈浣溪沙〉）；「清鏡空餘白髮添，新恨誰傳紅綾寄」、「夢想濃妝碧雲邊，目斷歸帆夕陽裡」（〈魚游春水〉）；「歸夢等閒歸燕去，斷腸分付斷雲行」（〈浣溪沙〉）；「可意湖山留我住，斷腸煙水送君歸」（〈浣溪沙‧武林送李似表〉）；「夢迷芳草路，望斷素麟書」（〈臨江仙‧荼蘼有感〉）等。在這些精心對仗的詞句裡，往往又都精鍊字眼，修飾字面，增強了文字的美感效果。

　　宋‧沈義父《樂府指迷》「論造句」云：「遇兩句可作對，便須對。短句須剪裁齊整。遇長句，須放婉曲，不可生硬」（《詞話叢編（一）》頁 280）。某些詞調在特定地方必須用對句，如以上所列舉的例子中，〈浣溪沙〉過片二句，〈臨江仙〉上片末兩句，多用對句。又黃文吉曾舉張元幹詞中對仗的句子，如〈南歌子〉的「涼月今宵滿，晴空萬里寬」和「遠樹留殘雪，寒江照晚晴」，而〈南歌子〉也是例用對句起的。因此，有些對句乃是應合詞調的規定而成，不過仍然可以看出張元幹在這些對句上是極力求工的，顯示了遣詞用字的精妙處。而整個看上面所舉的四、五言對句都相當工整，七言對句也很自然，尤其是一些情語的對仗，更是得來不易。

　　此外，有時候為了協律而有顛倒詞序的特殊句法，使造語勁健有力而且新穎突出，往往也是工於造句的表現。以〈石州慢‧己酉秋吳興舟中作〉一詞說明。該詞下片結尾三句，按定格應作「＋｜＋｜－－｜（韻）＋｜｜－－（句）｜－－｜（韻）」，[註13] 所以張元幹作「唾壺空擊悲歌缺。萬里想龍沙，泣孤臣吳越」，是合於格律的；但是這幾句語序的顛倒錯綜，卻是十分突出的。因為照語法結構要求，這幾句倒裝似乎不很通順，如果按順序當寫成「擊缺唾壺空悲歌。想龍沙萬里，孤臣泣吳越」。然而句子順當了，卻不合於格律，既不合格律，就必須設法改動。如此，不僅符合格律，也充分顯示了詞特有的句法美，而且正因有此顛倒錯綜，使句子精鍊有力，情感表現顯得格外蒼楚激越。由此益可見得張元幹遣詞造句之獨具匠心。

　　前文引《詞品》卷三楊慎稱張元幹「……忠義流也。其詞最工」；而在同卷的「張仲宗送胡澹庵詞」下，楊慎卻又表示「張仲宗送胡澹庵赴貶所賀新郎一闋云……。此詞雖不工，亦當傳」。一方面盛讚張元幹其詞最工，拈出膾炙人口的佳篇秀句；一方面卻又著重在詞人的

[註13]「－」代表平，「｜」代表仄，「＋」代表可平可仄。

剛風勁節，以及詞裡表現的忠憤之致，而不論其工拙。對於不同的詞，出以各自不同的品評標準，這是恰當的。一般論及張元幹詞，多半斤斤於兩闋〈賀新郎〉；或目之為豪放派愛國詞人，以其填詞「惟務發抒其淋漓悲壯之情懷，不暇顧及文字之工拙，與音律之協否」（龍沐勛〈兩宋詞風轉變論〉），往往容易輕忽他精於鍛鍊、嚴於創作這一面。他能夠視不同的內容意境而遣詞造句，而有許多詞，工於造句、對仗的特色是很明顯的。

四、口語和佛道用語

詞體肇始民間，原來的用語也就淺白如話、自然通俗，別具有一番風貌。後來文士填詞，逐漸注重雕琢工巧、刻鏤精美，以是詞與大眾的距離愈來愈遠。這種情形到了宋代，因散文的發達，理學家以口語說理，於是詞走向了散文化和語體化，使用大眾口語又逐漸成為一種風氣；而南渡詞人，更以時局丕變的影響，在作品中或多或少都有口語化的傾向。

張元幹在隱退後，經常描寫個人日常閒居的快活事，將尋常事物入詞；在一些表現其曠達思想、人生感悟，或是恬澹心境的作品裡，好注入議論、直吐襟抱、自抒情性，用語上也走向了自然暢達，而口語的使用也成了創作的一項特色。茲舉例如下：

> 誰似老子癡頑，胡牀敧坐，自引壺觴醉。（〈念奴嬌〉）
>
> 自笑自悲還自語，一杯酒，鼻如雷。（〈江神子〉）
>
> 舉世疏狂誰似我，強撥爐煙。也道今宵是上元。（〈減字木蘭花〉）
>
> 還知麼。滿斟高和。只有君知我（〈點絳唇〉）

以上寫其晚年的悲涼心境和疏狂意態，用語明白如話而形象鮮活。

> 敗意常多如意少。著甚來由，入鬧尋煩惱。千古是非渾忘了。有時獨自掀髯笑。（〈蝶戀花〉）
>
> 時把青銅閒自照。華髮蒼顏一任傍人笑。不會參禪並學道。

但知心下無煩惱。(〈蝶戀花〉)

醉眼冷看城市鬧。煙波老。誰能惹得閒煩惱。(〈漁家傲·題玄真子圖〉)

以上寫的是一種徹悟的人生實感。更有的是幾乎通首都極口語化,如〈滿庭芳〉(三十年來)下片:

今宵,閒打睡,明朝粥飯,隨分僧家。把木佛燒卻,除是丹霞。撞著門徒施主,蕭然箇、喜捨由他。盧陵米,還知價例,毫髮更無差。

表現其閱世既深,對人生已然看透,無愛亦無憎的態度。內容相當曠達,語言的運用上也隨意自然,淺近通俗,讀來絕不拗口。又如和蘇庭藻的〈西江月〉一詞:

小閣劣容老子,北牕仍遞南風。維摩丈室久空空。不與散花同夢。 且作大真遊戲,未甘金粟龍鍾。憐君病後煩顴隆。識取小兒戲弄。

同樣體現了不避俗言口語的特色。

至於以詞寫其隱退後的閒逸情致,其間口語的運用也很明顯。如兩闋〈浣溪沙〉所寫:

曲室明窗燭吐光。瓦爐灰暖炷飄香。夜闌茗盌間飛觴。 坐穩蒲團憑桌几,薰餘紙帳掩梨床,箇中風味更難忘。

桌几明窗樂未央。薰爐茗盌是家常。客來長揖對胡床。 蟹眼湯深輕泛乳,龍涎灰暖細烘香。為君行草寫秋陽。

全詞白描,或寫自家稱心如意的生活;或寫與客對床夜話飲茶的情趣。放筆寫來,絕無雕飾,其口語的使用,則是與尋常物品、身邊瑣事的入詞有關。

除了上述這些例子外,比較明顯的口語使用情形,還出現在一些描寫情愛相思的作品裡。如:

從他休。任他休。如今青鸞不自由。看看天盡頭。(〈如夢令〉)

誚沒工夫存問我,且憐伊。(〈春光好〉)

也有全詞不啻脫口而出,文字淺顯如話,而將口氣神情表現宛然者。

如：

> 減塑冠兒，寶釵金縷雙綵結。怎教寧帖。眼惱兒裡劣。　韻
> 底人人，天與多磨折。休分說。放燈時節。聞了花和月。(〈點
> 絳脣〉)

> 水鷁風帆，兩眉只解相思皺。悄然難受。教我怎唧嗜。　待
> 得書來，不管歸時瘦。嬌癡後。是事擱就。只這難依口。(〈點
> 絳脣〉)

如此挾添口語，坦率眞切，很有些敦煌曲子詞中描寫愛情的風致。

　　以口語入詞，不免會傷及詞之韻致；平心而論，張元幹詞作中，還不至於濫用口語而流於粗率鄙俗。特別是他晚年的心境，恬澹閒逸的風味，反倒以口語的使用而得自然流露，一洗過分含蓄、晦澀、板滯的氣味。

　　再談到泛用佛道用語的情形。他的詞在形式用語上，經常有蓬萊方丈、玉京、蓬島、飛仙、道人、騎鯨客、僧帳、三界、衲子、瞿老、木佛、丹霞、木公金母、地行仙、維摩丈室、大眞遊戲等詞語。在前面引述的〈滿庭芳〉（三十年來）、〈西江月・和蘇庭藻〉等詞就有大量的禪詞道語。此外，張元幹塡有壽詞二十六闋，壽詞中引佛道典故、人物、用語以祝壽稱頌也是常有的情形。甚而至於用以記識個人的神異境遇，則有〈沁園春・紹興丁巳五月六夜夢與一道人對歌數曲遂成此詞〉，其間大談燒汞鍊丹、服食昇仙的事，上片的「神水華池，汞鉛凝結，虎龍往來。問子前午後，陽銷陰長，自然爐鼎，何用安排。靈寶玄門，煙蘿眞境，三日庚生兌戶開。泥丸透，盡周天火候，平步仙堦」，道教術語觸目盡是；下片注入議論，勸諭人生，而言「蓬萊。直上瑤臺。看海變桑田飛暮埃。念塵勞良苦，流光易度，明珠誰得，白骨成堆。位極人臣，功高今古，總道危機吞禍胎。爭知我，辦青鞋布襪，雁蕩天台」，亦多佛道用語。其實以張元幹時與僧人道士贈和或論道；經常遊居或會集寺觀；再加上隱退後以佛道出世成仙思想尋求開解和慰藉，就不難理解他以佛道用語入詞的造語特色了。

第二節　表現手法

　　張元幹詞的表現手法，或許未能臻於極致，卻自有其勝處。本節
擬就意象運用、對比技巧、情景配置、託喻手法等方面加以論析。至
於一些修辭的方法，在前面各章節個別詞篇的舉證鑑賞，有遇到運用
巧妙的警策處，大都已相機點明。在此，爲免於零碎割裂，仍以隨機
點明的方式處理，而不擬一一細論。

一、意象運用

　　所謂的意象，是指主觀情意和外在物象的結合。創作者在創作之
前，必須以主觀情意去感受物象，在心中形成意象，然後借助於藝術
表現的手段，外化爲作品中的形象。也可以說，意象是融入了主觀情
意的客觀物象，或者是借助客觀物象表現出的主觀情意。至於物象的
來源，既可取之於現實中所有的實象，也可以取之於典籍中歷史的事
象，更可以取之於想像中非實有的假象。〔註14〕在此嘗試以歷史人
物、自然景物爲主，探討張元幹如何將其志意襟抱、情思悲慨，結合
在他得之於外在物象的感發而出以形象表現的藝術手法。

　　誠如〈隴頭泉〉一詞所表露的，「整頓乾坤，廓清宇宙，男兒此
志會須伸。……。天難問，何妨袖手，且作閒人」；終其一生，張元
幹都處在個人壯志理想與現實境遇的矛盾衝擊中。在詞中或抒壯懷，
或嘆不遇，或傷身世，其間攝入一些契合情境的歷史事象，往往能使
作品中表現出跨越時空距離的廣遠意境，或是產生因異代同命的遭際
所呈顯的特殊張力。這種效果，在前一節討論使事用典的特色時已略
有論及。而出現在其詞中的歷史人物，主要的有祖逖、傅子介、王敦、
陳元龍、謝安等英雄豪傑；揚雄、東方朔、司馬相如等詞賦大家；范
蠡、張翰、陸龜蒙、屈原、張志和、陶淵明等隱逸高士；李白、嵇康、
王子猷等名士狂生。這些人物都與張元幹當日動亂的時代環境或其身

〔註14〕本文對意象的界說，係依據《美學辭典》（木鐸出版社印行本）和葉
　　　　嘉瑩在〈論辛棄疾詞〉（見《靈谿詞說》）一文中的說法。

世遭際有相似處，所以常用來譬喻一己遭遇，並非泛泛引用而已。但其中屬於一般用典方式的不少，並且在前一節大都曾經論及。因此，以下擬就其間很可注意的人物形象——三國時的「湖海之士」陳元龍，說明其運用情形；又以其既引用了人物形象，且結合著景物形象描寫的一闋〈賀新郎‧寄李伯紀丞相〉詞，討論如何藉由景物與歷史事象的生發聯想，表現他觸發紛來的萬般感懷。

陳元龍「忠亮高爽，沉深有大略。少有扶世濟民之志。……」（《三國志‧魏書‧陳登傳‧裴松之引先賢行狀》）。張元幹的志行節操與他頗為契合，對他至表欽賞。同以〈水調歌頭〉這個詞牌而言，就提及了三次，分別為：

> 想元龍，猶高臥，百尺樓。臨風酹酒，堪笑談話覓封侯。老去英雄不見。惟與漁樵為伴。（〈水調歌頭‧同徐師川泛太湖舟中作〉）
>
> 奴星結柳，與君同送五家窮。好是橘封千戶，正恐樓高百尺，湖海有元龍。目光在牛背，馬耳射東風。（〈水調歌頭‧贈汪秀才〉）
>
> 夢中原，揮老淚，遍南州。元龍湖海豪氣，百尺臥高樓。（〈水調歌頭‧追和〉）

先談第三個例子。張元幹引陳元龍自喻，是正面用以譬喻一己的豪壯志業，至老未曾衰歇。前面兩個例子，則主要在化用劉備與許氾於劉表處共論天下士一事（見本章第一節），用以嘲諷自己未能在家國衰亡之際，有一番扶亂濟危的功業。許氾與陳元龍的對比，正是張元幹他個人現實抉擇與理想志業的對比。張元幹的隱退閒居，事實上不像許氾一般求田問舍，但求個人安居，乃是不為世用、壯志難酬，因此他以「惟與漁樵為伴」直言悲慨，以「目光在牛背，馬耳射東風」故示曠達，〔註15〕而都隱含了他難以施展的憤懣不平。

〔註15〕「目光」一句，據《世說新語‧雅量》所云：「王夷甫嘗屬族人事，經時未行。遇於一處飲燕，因語之曰：『近屬尊事，那得不行？』族

　　在這三個例子當中，是以相同的歷史人物為象徵比喻，適應不同詞情的需要，用法又不盡相同，而其間詞人所要寓寄的英雄志意，所要表現的仕隱情結，就主要在他得之於歷史事象的感發，而以深刻、具體的人物形象鮮明地傳達出來。

　　至於〈賀新郎‧寄李伯紀丞相〉一詞（全詞見第二章第三節），張元幹是以個人孤獨的形象開篇，而從當前的景色入手，並引出歷史人物，有聲有色地把它們突現出來。自然景物的意象與歷史人事的意象，都使得詞中直抒胸臆、慷慨憤激的豪辭壯語，達到直接鼓盪人心的效果，卻又不至於淪為粗莽叫囂、淺率質直。以下嘗試探討之。

　　首先為了創造籠罩全詞的闊大空間，建立「浩蕩」、「飛舉」的基調，並借以反襯「人間」熟寐、而個人獨醒的孤獨感和憂患意識，開篇特以一己「曳杖危樓去」的形象突現。其實這也是為下文寫景佔據一個審視塵寰、俯仰乾坤的制高點。登臨「危樓」遠眺，接著才得以自然地建構出「斗垂天、滄波萬頃，月流煙渚」，一個高遠、闊大的動態空間境界。這種構思，主要在以「大境襯人孤」（此說法參酌《宋南渡詞人群體研究》頁 226），則緊接著的細部景物敘寫——「掃盡浮雲風不定，未放扁舟夜渡。宿雁落、寒蘆深處」，就層層緊扣詞人憂慮、孤寂的情懷，並凸顯以下他隻身弔影的「悵望關河」的形貌。這正是善於捕捉景物，運用深秋寒夜中，不安定、冷落淒清的意象而達成的藝術效果。

　　上片最後四句，即「悵望」以下四句，由景及情，詞人從淒冷的意象、氛圍中抒發個人對世事的感受和孤獨的心情。因為有了在前的鋪墊、烘托，議論、抒情就不至於直露太過。而且其中的「誰伴我，醉中舞」一問，借古喻今，用晉‧祖逖與劉琨夜半同起舞劍故事，一

人大怒，便舉檯擲其面。夷甫都無言，盥洗畢，牽王丞相（導）臂，與共載去。在車中照鏡語丞相曰：『汝看我眼光迺出牛背上』；表示不與人計較。「馬耳」句，李白〈答王十二寒夜獨酌有懷〉詩：「世人聞此皆掉頭，有如馬耳射東風」；謂人聞而不關心。張元幹以此二句表示出一種不屑意於俗務的曠達，其實內心是隱含著悲慨的。

則比況自己與李綱的志同道合；此外祖逖其擊楫中流，收復晉土的豪傑志業，還暗示了詞人意欲恢復的素志豪情。而這又與下片「要斬樓蘭三尺劍，遺恨琵琶舊語」等古典事象，同時凸出詞人急切抗金，卻遭讒擯而志不獲騁的失意英雄形象。

　　曹濟平認為張元幹這闋詞的藝術表現手法，主要是「外放」的，在於直接抒發胸中鬱積的忠憤不平之氣。〔註16〕誠然這闋詞被認為代表著張元幹詞風藝術特色的愛國詞，主要在於他用直筆把強烈的志意、情感如實地傳達出來。但是多用直筆，不免質率，總要曲直隱顯相互映襯生發，方能獲致既富於感發而又不失之於淺率直露的效果。因此，又實在不能忽略他得之於景物中和典籍中的感發而作形象表現的藝術手法。正是透過這些意象運用的手法，使得情志內涵能深折有味；甚且，全詞還含有一種沉鬱悲涼的風格特色。

　　對山水景物的審美觀照，張元幹曾標舉所謂的「關陝氣象」。〔註17〕在他南渡後的實際創作環境裡，雖然沒有西北峻極雄壯的山岳，卻有江南特有的浩渺煙波、天光水色。張元幹擅長運用這類自然景物意象，再加上「萬頃」、「萬里」、「千丈」一類的空間計量詞，而使不少詞，特別是長調的作品，也能體現出造境雄偉壯闊的特色。如：

　　　　吳松初冷，記垂虹南望，殘日西沉。秋入青冥三萬頃，蟾影吞盡湖陰。（〈念奴嬌‧代洛濱次石林韻〉）

　　　　垂虹望極，掃太虛纖翳，明河翻雪。一碧天光波萬頃，湧

〔註16〕見新地文學出版《唐宋詞鑑賞辭典》所收曹濟平對張元幹此詞鑑賞的意見。

〔註17〕在〈題范叔儀所藏任智夫山水短軸〉中論及：「西北山川峻極雄壯，良由土厚水深，以故風俗淳古。自昔賢傑生其地者，所得鍾稟，混全質直，忠信嚴重，宜乎功名節義代不乏人。洛陽范恬智夫嘗與乃叔戲作短軸，蓋取范寬筆法，展卷便覺關、陝氣象歷歷在眼。向來惠崇輩愛寫江南黃落村，平遠彌望，數峰隱約，雖曰造化融結有殊，然而秀發可喜，終近輕浮」（本集卷九）。這段話主要是從地域上來觀察、思考創作的藝術風格，而所謂的「關陝氣象」，則顯然是以西北峻極雄壯的山川景物比擬說明畫作的風格。又相對於「秀發可喜，終近輕浮」的品評，張元幹的審美取向應該是趨近前者的。

出廣寒宮闕。(《念奴嬌·己卯中秋和陳丈少卿韻》)

萬里冰輪滿，千丈玉盤浮。廣寒宮殿，西望湖海冷光流。

掃盡長空纖翳，散亂疏林清影，風露迫人愁。(《水調歌頭·
癸酉虎丘中秋》)

其間莫不以一個個鮮明的意象，營構出廣袤無垠、氣勢磅礡的空間境
界。而這些自然景物意象當中，正如前述〈水調歌頭·寄李伯紀丞相〉
的「斗垂天、滄波萬頃，月流煙渚」，很明顯是以「月流」來賦予整
個圖景一種動態感，在這些詞例當中，有關「月」的意象運用，更是
十分突出的。

由創作歷程及內涵表現的討論可知，這些詞主要顯示了張元幹尋
求超脫、開解的心靈軌跡。當他從憂患孤絕中超拔出來時，其精神主
體是與碧虛廖廓同其流蕩的，則其間「吞盡湖陰」、「湧出廣寒宮闕」、
「掃盡長空纖翳」的明月，正是象徵他襟懷曠達灑落、人格剛正不懼
的絕佳意象。唯其中像〈水調歌頭·癸酉虎丘中秋〉，是在追赴大理
寺而遭削籍除名後不久所寫的，以其下字用語，如「冷」光流、「散
亂」疏林等，卻又流瀉出身世感懷的幾許悲涼。多舛的際遇、複雜的
心境，鑄就了複雜的詞境，而相同的意象運用中，遂又另見巧思，以
適應不全然相同的詞情需要。

此外，還有許多自然界的景物，如風、雨、落葉（花）、花木，
以及一些較爲特別的節序風物、時令氣候等，也經常成爲張元幹筆下
用以抒情寫懷的絕佳意象。而這些景物，在經由各代文學創作中的普
遍運用後，多半已經具有某些特定的象徵意義。在此，僅再就其作品
中常見到的「東風」來探討他運用手法和造成的效果。以下先列舉相
關的詞。如：

東風妒花惡。吹落。梢頭嫩萼。(《蘭陵王》) (卷珠箔)

桃花萼。雨肥紅綻東風惡。東風惡。(《憶秦娥》)

醉泛吳松，小舟誰怕東風大。(《點絳唇》)

前面兩個例子，主要顯示其一片傷惜之情，但是表現的手法，或顯或

隱，各有妙趣。如第一首，著一「妒」字，將東風擬人化而形象鮮活，並且直接描寫了東風的摧折梢頭「嫩」萼，則詞人痛惜之情，顯然可知。第二首則在於強調桃花的「雨肥紅綻」，而與「東風」相對，再連下兩個「惡」字，其憂心花朵即將飄零之情，亦可想見。最後一個例子，則是以「小舟」和「東風大」作對比，由「誰怕」二字具現詞人曠達灑落的襟懷。

以上這些詞，張元幹直接以「惡」和「大」一類強烈的字眼點明東風的質性，如此的強調，可以彰顯對象物（花、人）的嬌弱、微小，從而加強了個人惜花傷春之感，或凸顯個人不憂不懼的形貌。以下再舉一些也運用了「東風」為意象的詞，與前面三首相較，可以發現其間又另有不同的手法。如：

　　情切。畫樓深閉。想見東風，暗銷肌雪。（〈石州慢〉（寒水依痕））

　　可憐瘦似，一枝春柳，不奈東風。（〈眼兒媚〉）

　　拍堤綠漲桃花水。畫船穩泛東風裡。（〈菩薩蠻‧戲呈周介卿〉）

雖然不見任何對東風作直接形容的字眼，實際上張元幹運用這個意象，確實是對其特性有了很好的掌握。況且，如此運用，也在於東風出現在文學作品裡，早已具有一種普遍性的象徵意義——薄惡、凌厲。前兩首詞中，在自然界中「吹落梢頭嫩萼」的東風，正成為他筆下用以描寫女子因相思而形容憔悴的絕佳意象。又透過如此的生發聯想，詞人雖不明言東風「惡」，而其惡已顯然可知。至於最後一首，以上句的「拍堤綠漲桃花水」可知，這個時節，東風通常是特別強大，而言「畫船穩泛東風裡」，固然強調了他悠閒雅致的遊興，更可以讓人想見他在疾風裡從容自若的精神意態。

以上有關張元幹詞作中意象運用的論述，範圍並不是很全面，主要集中在一些表現其愛國志意和曠達襟懷的作品當中。因為這樣的詞，是特別能代表其詞作風格的。而在集中以月亮和東風作探討時，又著意點明同一意象不盡相同的運用技巧和效果，以期能夠顯示張元幹巧妙富變化的表現手法。

二、對比技巧

對比的作用，在於將兩種截然不同的事物、現象或概念等，安排在相對的位置，以比照、顯露或強調彼此間的殊異，而達到相反相成的效果。善用這種手法，能夠增強情感的矛盾張力，而使主題更為突出，讀者能獲得鮮明的印象。﹝註18﹞以下就張元幹詞中比較常見到的「今昔對比」、「仕隱對比」，探討他表現的手法。

（一）今昔對比

以時局丕變，和人生境遇的變異，張元幹經常觸景傷情，因眼前的淒涼，憶及昔日的繁華，而慨嘆時日之已非。如〈蘭陵王〉（卷珠箔）的第三片：

> 尋思舊京洛。正年少疏狂，歌笑迷著。障泥油壁催梳掠。
> 曾馳道同載，上林攜手，燈夜初過早共約。又爭信漂泊。

對比的手法，並不一定要講求字句或結構上的對稱。﹝註19﹞在此，張元幹著意寫往昔京洛生活的回憶，筆下寫來，盡是其狂放不羈、歌舞徵逐的歡樂景象；而在最後一句，急轉直下，以「漂泊」二字，對眼前流離播越的生活，作高度的概括。這樣的表現，很明顯地指出，因時（南渡前、後）空（京洛、江淮）變異而造成截然不同的人生境遇。一是昔日五陵少年的歡愉生活，一是今日傷心行客的飄零不偶，詞人強烈的感傷情緒因此對映而生。而其間以「又爭信漂泊」一短句，緊接在一長串往昔歡樂的景象後，美好的追憶，至此，戛然而止，極盡頓挫之妙。彷彿是從美好的夢幻中，陡地跌落到清醒而冷峻的現實。

﹝註18﹞ 以上主要參酌王熙元〈詞的對比技巧初探〉一文中的說法。文見中國古典文學研究會編《古典文學》第二集。

﹝註19﹞ 同前註所引，王熙元指出，凡對偶容易造成對比，但對比不一定存在於對偶中；對偶的特點，較偏於字句或結構的對稱。而對比的結構或技巧的安排，不外是安排在雙調詞的上片與下片；長調詞同片可分若干節，而對比可能安排在相鄰的上下二節，可相錯的前後二節；同片的上半與下半；對句的上下聯；散句的上下句；同句的上半與下半；甚或是在最末一句急轉直下等幾種方式。

又出以「爭信」二字，點出不堪也不願面對的心情，更能顯示詞人當時淒楚難禁的強烈心理反應。

又同樣是今昔之感、身世之悲的對比手法，運用上卻各有巧妙變化，如〈柳梢青〉一詞：

> 小樓南陌。翠軿金勒，誰家春色。冷雨吹花，禁煙怯柳，傷心行客。　少年百萬呼盧，擁越女、吳姬共擲。被底香濃，尊前燭滅，如今消得。

一種不勝今昔的感慨，在全詞最後「如今消得」一句顯露，其餘則通篇是以對比手法來表現。不僅上、下二片相對，在上片相鄰的兩節也形成對比。即上片先寫他人的歡樂，與一己的孤寂零落對舉，而這又整個與下片所寫暢意綺靡的年少生活對照，顯示出人事已非的今昔之感。再如〈隴頭泉〉一詞，也是撫今追昔，以當日「視文章、真成小技，要知吾道稱尊。奏公車、治安秘計，樂油幕、談笑從軍」的少年壯懷，與晚境「念向來、浩歌獨往，故園松菊猶存。……更有幾、渭川垂釣，投老策奇勳。天難問，何妨袖手，且作閒人」的投閒置散相對。藉著這種今昔生命情調截然異變的呈示，倍增其用世之意、恢復之志全盤落空的感喟和悲痛。

隱退後，張元幹閒居閩地。原想藉與政治現實的疏離，放懷隨意，棲遲林壑而終老。豈料晴天還有霹靂，臨老之際，卻遭追赴大理寺、削籍除名。這生命中難以磨滅的深哀巨痛，不時流瀉在往後寫成的詞裡（詳第二章第四節），而其間以今昔對比的運用，更道盡其多舛的人生波折。如：

> 長夏啖丹荔，兩紀傲閒居。　忽風飄，連雨打，向西湖。（〈水調歌頭〉（放浪形骸外））

> 問孤篷，緣底事，苦淹留。倦遊回首，向來雲臥兩星周。（〈水調歌頭·癸酉虎丘中秋〉）

> 記當年共飲，醉畫船、搖碧胃花釵。問蒼顏華髮，煙蓑雨笠，何事重來。（〈八聲甘州·西湖有感寄劉晞顏〉）

欲有所爲而不得施展，退而閒居，卻又遭風飄、雨打。詞中以生命突然急轉至相反情境的寫法，格外能見詞人錯愕驚疑、悽惻悲涼的心境。

　　以上所運用的今昔對比手法，撫今追昔，主要發抒的是，流離轉徙、壯志難酬、罹禍飄零等各種身世感懷。而有一些描寫情愛相思的詞，也運用了這種手法。舉兩闋詞，略作說明。如〈水調歌頭・過後柳故居〉上片的後半：

> 晚暑冰肌沾汗，新浴香綿撲粉，湘簟月華浮。長記開朱戶，
> 不寐待歸舟。

是昔日溫馨、情深的懷想。而下片的後半卻是今日重遊舊地的淒涼景況：

> 莫問吳霜點鬢，細與蠻牋封恨，相見轉綢繆。雲雨陽臺夢，
> 河漢鵲橋秋。

兩相對比，表現出物是人非之恨，舊事新愁之感。又如〈長相思令〉一詞，上下片安排的對比方式。詞云：

> 春暖幃。玉暖肌。嬌臥嗔人來睡遲。印殘雙黛眉。　　蟲聲
> 低。漏聲稀。驚枕初醒燈暗時。夢人歸未歸。

一寫昔日的閨幃歡好，卻只是夢境裡美好的追憶；一寫今日的伶仃獨處，卻是夢醒後眞實的面對。由甜蜜的回憶，返身冷清的現實，過去的種種情景，又是濃烈、明豔的，在此更強烈地襯現眼前的淒涼寂寞，而女子殷殷的期盼與相思，也因此可見、可感。

（二）仕隱對比

　　用世之志與退隱之情，始終是張元幹內心的痛苦掙扎。而這諸般的鬱結，平生的矛盾，在詞中，也常以對比的手法表現。如〈上西平〉下片中的「名利空縈繫，添憔悴，謾孤栖」，與「偎香倚暖，夜爐圍定酒溫時」，兩相對照，逼出結句「任他飛雪灑江天，莫下層梯」的痛語。又如〈水調歌頭・同徐師川泛太湖舟中作〉下片所云：

> 想元龍，猶高臥，百尺樓。臨風醉酒，堪笑談話覓封侯。
> 老去英雄不見。惟與漁樵爲伴。……

既不能爲世重用，力挽狂瀾、持危扶顛；又不忍求田問舍，求個人安居。但是畢竟難以施展，遂又頻頻吐露歸隱心聲。仕隱的掙扎，盡在兩相對襯中，深刻表露。

以其性分與責任，張元幹在正式隱退後，仍舊是不斷陷入仕隱意念的糾結。時而能暫且擺落一切，縱情山水，時而一種疾沒世而名不稱的用世之志，又隱隱在心中萌動浮現。所謂的：

> 要識世間閒處，自有尊前深趣，且唱釣魚船。調鼎他年事，妙手看烹鮮。(〈水調歌頭〉(平日幾經過))
>
> 目送飛鴻去，何用釣麒麟。(〈水調歌頭〉(雨斷翻驚浪))
>
> 畢竟凌煙像，何似輞川圖。(〈水調歌頭〉(放浪形骸外))
>
> 且擁笙歌醉，廊廟更徐還。(〈水調歌頭・陪福帥讌集口占以授官奴〉)

莫不以對比的手法來表現，而這些對比的表現，似乎在於強化眼前抉擇的正確性，顯示曠達灑落的襟懷。事實上，從其間的用字，如「且唱」、「何用」、「畢竟」、「何以」、「且擁」等，又都隱隱傳達出他內在不平靜，只是故示曠達。在一些與友人餞別的詞裡，就很明顯可以看出他是以友人的出仕、赴行在，與自己的投閒置散對照形容，如：

> 雙鳧人慣風流，功名萬里。夢想濃妝碧雲邊，目斷歸帆夕陽裡。(〈魚遊春水〉)
>
> 鴛鴦行間催闊步，秋來乘興鳧趨。煩君爲我問西湖。不知疏影畔，許我結茅無。(〈臨江仙・送王叔濟〉)
>
> 老去一蓑煙雨裡，釣滄浪。看君鳴鳳向朝陽。且腰黃。(〈楊柳枝・席上次韻曾穎士〉)

甚且在他重至臨安以後，衰老困頓的「塵埃墨客」(〈驀山溪〉)，又慨然引發當年「欲挽天河，一洗中原膏血」(〈石州慢・己酉秋吳興舟中作〉)的豪情壯志，然而偏安局面已成，勢難有所作爲。在〈隴頭泉〉下片的後半，張元幹作如是的表現：

> 整頓乾坤，廓清宇宙，男兒此志會須伸。更有幾、渭川垂

釣，投老策奇勳。天難問，何妨袖手，且作閒人。

烈士暮年，壯心不已，乃直言吐露其整頓乾坤、廓清宇宙之志，何等慷慨昂揚；但是筆調一轉，而道出了「且作閒人」，意緒極其消沉。這前後的逆轉，兩相對照，凸顯了徒有壯志而不得知遇的感喟。又其間更以人（姜太公）我不同遭際的對比下，益形見出其感喟是十分沉痛的。

以上主要就「今昔對比」和「仕隱對比」探討張元幹詞的對比技巧，這兩者在他的詞裡比較常見而特出。其它像「雨餘惜餘熏，煙斷猶相戀。不似薄情人，濃淡分深淺」（〈生查子〉），以物之有情，顯人之薄情，為人、物的對比；「錢塘江上，冠蓋如雲積。騎馬傍朱門，誰肯念、塵埃墨客」（〈蕎山溪〉），為人、我情境的對比；「清鏡空餘白髮添，新恨誰傳紅綾寄」（〈魚遊春水〉），作色彩上的強烈對比；「山繞平湖波撼城。湖光倒影浸山青」（〈浣溪沙〉），是極動與極靜的對比。諸如這些，在抒情、寫景時，也間或運用；唯出現的比例，比前述兩者少得多。在此一併列舉，只是為了說明張元幹還善於掌握其它人情、物態上的對比作用，而營造了一些較為特出的效果來。

三、情景配置

關於詞中情語、景語的安排，細加分析其方式，大致不出，或上片寫景，或下片抒情；一片之中，或前景後情，或前情後景；前後二句，或一句寫景，一句抒情；甚至一句中有景有情。然而不論是採取何種方式，總要以能夠相互關照襯映，或渾融無間者為佳。就誠如清‧劉熙載《藝概‧詞概》中所說的：「或前景後情，或前情後景，或情景齊到，相間相融，各有其妙」（見《詞話叢編》（四）頁 3698）。雖說「各有其妙」，而如何能夠臻於「其妙」，正是詞人別具手眼之處，這也正是在此討論張元幹詞的情景配置時所想要呈顯的重點。

張元幹的詞，上下片而情景分寫的情形很多，大體上又是先從景物寫起，然後由景物引出情思。上片側重寫景，而在後面幾句以情語承轉變化，由景以漸入於情，將抒情之句排在下片，是很自然的結構

形式。即以〈石州慢·己酉秋吳興舟中作〉一闋被認爲是「滿腔悲憤噴薄而出」的作品，[註20] 其間情景的安排也自有特色。爲了說明方便，茲再引該詞上片於后（全詞則見第二章第二節）：

> 雨急雲飛，驚散暮鴉，微弄涼月。誰家疏柳低迷，幾點流螢明滅。夜帆風駛，滿湖煙水蒼茫，菰蒲零亂秋聲咽。夢斷酒醒時，倚危檣清絕。

上片所寫，觸目盡是零亂、衰敗、黯淡的景象，而整個營造出流動不安的氛圍。這風雲莫測、沉悶難堪的秋來氣象，與當日政局的危急形勢，是有其一致之處。其次，這裡展現的一片江湖大澤之景，類乎放逐的騷人處境；而詞人的體物極爲細微，既寫眼見的小景，亦寫耳聞的細聲，二者交織在一起，使刻畫的境界更顯得清冷寂寥，則作者自身被迫爲「寓公」的孤獨徬徨之感，又由景中自然流出。至「夢斷」二句，承上，由景而及人，進一層寫景中人的心緒；具體的情感指向並未點明，但是一個夢斷後找不到出路的愛國志士形象逐漸鮮活起來，這就爲下片痛快淋漓地直抒胸臆、指斥時事，作好了完全的鋪墊。

這闋詞以景起興，不過上片雖然是景語，卻景中有情，融情入景，景語實皆爲情語而設，寫景旨在襯出情意。又以寫景爲先導，作好鋪墊，前面的景乃可以使後面的情有所依藉，而後面的情更使得前面的景有了生命。

由於以長調的篇幅，能作較多情景的鋪排。以下再舉一闋大體上同是上景下情，而內涵、風格頗不相同的長調作品，進一步探討其情景配置。如他寫離情相思，傷懷念遠的〈念奴嬌〉：

> 江天雨霽，正露荷擎翠，風槐搖綠。試問秦樓今夜裏，愁到闌干幾曲。笑撚黃花，重題紅葉，無奈歸期促。暮雲千里，桂華初綻寒玉。　有誰伴我淒涼，除非分付與，杯中醽醁。水本無情山又遠，回首煙波雲木。夢繞西園，魂飛南浦，自古情難足。舊遊何處，落霞空映孤鶩。

［註20］參酌曹濟平〈滿腔悲憤噴薄而出——談張元幹的石州慢〉一文意見。

上片可說是作景語、情語、景語的錯綜排比。首先點出了離別的時節、場景，明朗清麗的景色，似乎不在於對離情作正面的烘托，反而類似一種以樂景寫哀的反襯作用。唯上片的寫景，是在「暮雲千里，桂華初綻寒玉」二句，才整個完足，這兩句寫景，就頗有承轉變化之效。以黃昏時分，綿延不盡的雲靄，很能夠托出離愁之濃重；寫初綻枝頭的桂華，著一「寒」字，雖是形容花，卻也暗示了天氣的微寒，且與傷離意緒的凄冷底色相合。下片則主要承上而抒寫淒涼盈懷的別情，在情語中又夾有景語，客觀的景物都染上了主觀的感情色彩，於是遠山逝水、煙波雲木，益形渲染了離人掩抑零亂的心緒。而「夢繞」以下四句，尤其是以「舊遊何處」一聲浩嘆，把心中的悲苦推到極處。往下不再說情，而以「落霞空映孤鶩」收束全篇；以景結情，而情景交融的手法，令人嘆賞。向來以景結情，經常能夠「含有餘不盡之意」，〔註21〕收到意味深長，令人低徊的效果。而這一景色，又與離人淒清孤獨的情懷十分合拍；並且這一景色還有著明顯的象徵性，著一「空」字、「孤」字，則落霞映照下，漸漸融入蒼茫暮色的孤鶩，豈不就是日暮中，離人孤單而淒然的形象寫照，而其迷茫、悲涼的情思，自可想見。

　　這一闋詞的情景配置較為複雜，以景起而又以景結，完滿嚴密；其中景與情的穿插，更使得整個結構形式靈動，富有變化。張元幹絕大多數的長調作品，都是上片寫景、下片寫情，而其間情、景的穿插變化，也大致不離〈念奴嬌〉（江天雨霽）一類的手法，以下不再多作引證。唯〈八聲甘州·西湖有感寄劉晞顏〉一闋，卻明顯是以上片寫情，下片寫景，而內涵、風格又與前述兩闋不同，擬略作探討。詞云：

　　　　記當年共飲，醉畫船、搖碧罥花鈿。問蒼顏華髮，煙簑雨笠，何事重來。看盡人情物態，冷眼只堪哈。賴有西湖在，洗我塵埃。　夜久波光山色，間澹妝濃抹，冰鑑雲開。更

〔註21〕見宋·沈義父《樂府指迷》云：「結句須要放開，含有餘不盡之意，以景結尾最好。如清真之『斷腸院落，一簾風絮』，又『掩重關，偏城鐘鼓』。……」（見《詞話叢編》（一）頁279）。

－136－

　　潮頭千丈，江海兩崔嵬。曉涼生、荷香撲面，灑天邊、風
　　露逼襟懷。誰同賞，通宵無寐，斜月低回。

這是張元幹晚年追憶疇昔、感嘆平生的作品。上片主要採今昔對襯的
手法來寫，一時間，知交零落、老大無成、世態炎涼的萬般感懷，齊
湧而至。然而個中的悲涼辛酸，何人知曉？往下的「賴有西湖在，洗
我塵埃」二句，正點出了這層慨嘆，並引出下片的轉寫西湖景物。轉
寫眼前景，而句句關情，其眼見身受的世事變化，以及平生的遭際、
心境的轉變，似乎就凝聚在這些獨特而鮮明的景物意象中呈顯出來。
這是運用了寫景的手法，造成詞的畫面性，表現某些難以言傳的複雜
心境和情感，傳達內心中多面交織的感懷。而結句的「誰同賞，通宵
無寐，斜月低回」，則既與上片所寫當年的同遊盛賞形成強烈對比，
而益顯眼前的孤寂；又用景語收束，是以景喻情，融情入景。天邊的
殘月，渲染了情境的孤寒、淒清，也象徵了詞人悲涼、淒楚的心境。

　　以長調的篇幅，能做較多情景的鋪排；接著另舉幾闋小詞，探討
其如何在有限的字句間，作最大的發揮。如抒寫其人生實感的一闋〈卜
算子〉詞：

　　風露溼行雲，沙水迷歸艇。臥看明河月滿空，斗挂蒼山頂。
　　萬古只青天，多事悲人境。起舞聞雞酒未醒，潮落秋江冷。

又如一闋寫相思離苦的〈浣溪沙〉：

　　一枕秋風兩處涼。雨聲初歇漏聲長。池塘零落藕花香。　歸
　　夢等閒歸燕去，斷腸分付斷雲行。畫屏今夜更思量。

這兩首詞大致是上片寫景，下片抒情。以前一闋而言，主要在於抒發
一種壯志成空、命途多蹇的身世悲感，因此，全首詞旨，其實就在「多
事悲人境」一語；而上片的景語帶出了「萬古只青天」一句，以此造
成強烈的對比作用，則整個詞旨就益形顯豁。又寫壯懷的失落，是以
蒼茫闊大之境襯出，顯得悲涼沉鬱。最後以景結，著一「冷」字，倍
覺情境之淒寒；而此一「冷」字，亦是內在心境的呈訴。以其兀自聞
雞起舞的形貌，獨對秋江潮落，則一分寂寞自照的悲慨，伴由景色而

來，更覺傷感無限。至於後一闋的景語，又無非烘托詞境、渲染詞情，增強全面的抒情氣氛。上片中，是以敏銳的感受，點出秋涼時分的秋風、初歇的雨聲、迢遞的漏聲，和殘紅零落的景象，這已然形成一種與羈旅客途中思歸意緒相適的情味。下片直寫望歸而不得的愁苦，又用了歸燕、斷雲等景物爲意象，其間帶有極濃重、強烈的主觀感情色彩，遂將相思離索的心緒和盤托出。

　　前面討論的幾闋詞，其中無論是採取前景後情，或是前情後景，間或情語、景語呈錯綜排比的方式。就整首詞而言，情語、景語兩者所佔的份量是大致相當的；另有一種幾乎全首寫景的詞（詳第三章第四節），表現的情形就比較特別些。如〈浣溪沙〉：

　　　　山繞平湖波撼城。湖光倒影浸山青。水晶樓下欲三更。　　霧
　　柳暗時雲度月，露荷翻處水流螢。蕭蕭散髮到天明。

全詞筆觸細膩，寫景、寫人均形象鮮活而靈動；尤其「霧柳」二句，更是形象細緻，眞切入微。把一些自然景物巧妙地組合在一起，勾勒出一幅清麗寧靜的畫面，並且襯顯出景中人沉浸、流連的神態。全詞著重描寫清曠秀麗的景物，乃是情景相生，密切相關的。由於景物的安排得宜，詞人徜徉山水、嘯咏自如的精神面貌更加豐滿而完整，而得以想見其閒適、瀟灑的超脫情懷。

　　以上所論張元幹詞的情景配置，其間情感效果的達成，可以說是不僅包含字句鍛鍊的狹小格局，而是昇進到關係全詞的佈局、結構的層次。不論是上情下景、上景下情，或情景穿插錯綜，甚或全詞寫景，當中所有的情語、景語，都各自起著承上啓下，轉折變化的作用，而適切地表達了當下的情與景。其手法的展現，可謂靈活精到。

四、託喻手法

　　張元幹有些惜別嘆離、纏綿幽怨的愛情詞，其實是以一種委折抑塞的手法，將他對家國興衰、身世飄零的感嘆，以隱晦的形式，含蓄地表達出來，其間以〈蘭陵王〉（卷珠箔）和〈石州慢〉（寒水依痕）

兩闋表現尤為特出。繆鉞曾指出這兩首詞，是張元幹懷念舊日情侶之作，顯得穠麗纏綿、情韻淒美（說見《靈谿詞說》頁 368）；然則這傷春惜別，抒寫離恨相思的作品，何以會含蘊著深沉的感懷故國之情？其實只要稍稍深入探究，再配合張元幹的生平際遇，以及寫作的時地相互參看，則不難理解，這兩闋詞主要是藉閨幃之思而表達詞人「幽約怨悱不能自言之情」（清·張惠言〈詞選序〉）。張元幹把滿腔忠愛悲慨化作纏綿悲鬱的哀怨情思而出，這其間正是託喻手法的巧妙運用。以下為了便於說明，仍先引錄這兩闋詞（原已見於第三章第二節）。〈蘭陵王〉一詞為：

> 卷珠箔。朝雨輕陰乍閣。闌干外，煙柳弄晴，芳草侵堦映紅藥。東風妒花惡。吹落。梢頭嫩萼。屏山掩，沈水倦熏，中酒心情怕杯勺。　尋思舊京洛。正年少疏狂，歌笑迷著。障泥油壁催梳掠。曾馳道同載，上林攜手，燈夜初過早共約。又爭信漂泊。寂寞。念行樂。甚粉淡衣襟，音斷絃索。瓊枝璧月春日昨。恨別後華長，那回雙鶴。相思除是，向醉裏、暫忘卻。

全詞從眼前的傷春到追憶往昔，再轉入現實相思，環環相扣，逐層深入，而以「別恨」一氣貫串，將無可排解的苦恨心情、刻骨的相思，都描寫得極為透切。

詞中所說的「尋思舊京洛」，含蘊著深沉的感念故國之情，在今昔不同處境的鮮明對比中，顯見對昔日汴都生活的無比眷戀，對今日飄零不偶的不勝唏噓。而對昔日的追憶，對佳人的懷想，這種種繫念，正是由中原阻絕的遺恨所引生的。因此，全詞所寫的傷春惜逝、人事滄桑，以及男女的愛戀相思和歡會的不可復得，實在是詞人南渡后身經喪亂之痛，藉以抒寫一片愛國情思。張元幹對汴京是有著深厚感情的，他早年客居京都，為太學上舍生；靖康元年，金兵圍攻汴京，他追隨李綱麾下，奮戰抗敵，汴京圍解後，曾作〈丙午春京城圍解口號〉詩（本集卷二）；南渡後，面對中原陸沉，在〈次友人寒食書懷韻〉

詩中寫道：「往昔昇平客大梁，新煙燃燭九衢香。車聲馳道內家出，春色禁溝宮柳黃。陵邑只今稱虜地，衣冠誰復問唐裝。傷心寒食當時事，夢想流鶯下苑墻」（本集卷三）。因此，沈痛的黍離之悲、故國之思，其實也正是〈蘭陵王〉一詞的主要情意所在，只不過張元幹是以鋪敘委婉的手法，借傷春離別的苦恨來表達罷了。

清·朱彝尊曾在〈紅鹽詞序〉中論及：「詞雖小技，昔之通儒巨公往往為之。蓋有詩所難言者，委曲倚文於聲，其辭愈微，而其旨益遠。善言詞者，仿閨房兒女之言，通之於離騷變雅之義，此尤不得於時者所宜寄情焉耳」。在中國文學中，本來有一種以美女及愛情為託喻的傳統；詞之初起，以描寫男女情愛為主要內容，種種對愛的熱烈追求，所懷情意的深摯，以及未能獲得的恨惘，和失卻的苦痛，正與其他人事間的種種關係，如君臣遇合、友朋離別，或是某種政治理想的執求，在情緒感受上有著共通之處。於是，詞體的傳統又提供了更多運用閨襜婉孌之情來寄托的可能性。以下再以〈石州慢〉一詞說明張元幹如何借傷離意緒、愛戀相思而寫南渡之感。詞云：

> 寒水依痕，春意漸回，沙際煙闊。溪梅晴照生香，冷蕊數枝爭發。天涯舊恨，試看幾許清魂，長亭門外山重疊。不盡眼中青，是愁來時節。　情切，畫樓深閉，想見東風，暗銷肌雪。辜負枕前雲雨，尊前花月。心期切處，更有多少淒涼，殷勤留與歸時說。到得卻相逢，恰經年離別。

清·黃蓼園曾在《蓼園詞評》中對〈石州慢〉一詞提出如是的見解：「仲宗於紹興中，坐送胡銓及李綱除名，是其憂國之心，不肯附秦檜之和議可知矣。際國事孔棘之際，因思同心之友，遠謫異域，此心之所以耿耿也。起首六語，是望天意之回。寒枝競發，是望謫者復用也。『天涯舊恨』至黃昏節，是目望中原又恐不明也。想東風消雪，是遠念同心者，應亦瘦損也。負枕前雲雨，是借夫婦以喻朋友也。因送友而除名，不得已而託於思家，意亦苦矣」（見《詞話叢編》（四）頁 3083）。雖然所言過於坐實，但是所謂的「借夫婦以

喻朋友」、「不得已而託於思家」，正觸及了這首詞運用託喻手法的特色。以張元幹後期抑鬱不平的身世，和南渡後特殊的時局，雖然是「感時夢淮浙」（本集卷一〈奉和希道新句兼簡祖穎漕使〉），壯心深憂國，卻又著實難以明言。因此，以〈石州慢〉一詞運用借物言志、寄意象外的表現手法，而藉抒寫夫婦間的離愁苦恨來暗喻南渡後的諸般感懷，並非純主觀的臆測；唯應力求避免有如《蓼園詞評》中另將全詞作句句分解而坐實比附的情形。這首詞將長年離別而觸引的舊恨新愁，寫得淋漓盡致，情意極為淒苦，而以此暗喻南渡之感，愈見其百感交集而悲痛莫名了。

　　這兩闋詞，可以說是寫實實在在的愛戀相思，然而卻又難以實指為何人，而正以其無現實具體的本事可以確指，也就別具一種富於感發的潛能。況且，以張元幹現實經歷的憂患，和他個人的志意襟抱，則詞裡所描寫的刻骨相思、離愁苦恨，更易於引起讀者有一種意蘊深微的託喻聯想。而這兩闋詞的筆意又都委婉含蓄，寓意深遠，具有迷離隱約、曲折幽深的特色，確然形成了一種深婉的詞風。這與同樣是表現愛國情思的〈賀新郎・寄李伯紀丞相〉、〈石州慢・己酉秋吳興舟中作〉、〈水調歌頭・同徐師川泛太湖舟中作〉等慷慨悲憤之作相比，顯然呈顯了截然不同的風貌。在此不是胸臆直抒、悲慨直言，而是把滿腔忠憤悲慨化作了纏綿悲鬱的哀怨而出。這足可顯示張元幹詞在表現手法上是具有多樣變化的。此外，還有些寫閨中思婦情懷與感受的詞，也是以託喻的手法表現了深一層的意念。如〈樓上曲〉：

> 樓外夕陽明遠水。樓中人倚東風裏。何事有情怨別離。低鬟背立君應知。　　東望雲山君去路。斷腸迢迢盡愁處。明朝不忍見雲山。從今休傍曲闌干。

這首詞，清・陳廷焯稱賞其「意味深長，音調古雅，豔體中陽春白雪也」（《白雨齋詞話》卷七。見《詞話叢編》（四）頁 3954）。如果純就情詞來賞讀，自無不可；然而若結合張元幹的身世際遇來看，則思婦倚闌懷遠，難以言宣的相思，表現為「低鬟背立」的無法面對，到

「東望雲山」的極目凝望，又從「不忍見雲山」的觸景傷情，到「休傍曲闌干」的悲痛決絕。其間情感的矛盾、精神的苦痛，豈不正是張元幹糾結一生的仕隱掙扎，和一種孤臣孽子失落、企盼、悲痛複雜心境的示現。因此，思婦纏綿悲鬱的情思，其實正深切反映了他曲蘊於內的深思隱意。

　　張元幹還有一些詠物詞，也有運用託喻手法來寫的，主要在暗示一己的品格、身世。誠如清・沈祥龍《論詞隨筆》中說：「詠物之作，在借物以寓性情，凡身世之感、君國之憂隱然蘊于其內，期寄託遙深，非沾沾焉詠一物矣」（《詞話叢編》（五）頁 4058）。以〈十月桃〉一詞說明：

> 年華催晚，聽尊前偏唱，衝暖欺寒。樂府誰知，分付點化金丹。中原舊遊何在，頻入夢、老眼空潸。撩人冷蕊，渾似當時，無語低鬟。　有多情多病文園。向雪後尋春，醉裏憑闌。獨步羣芳，此花風度天然。羅浮淡妝素質，呼翠鳳、飛舞斕斑。參橫月落，留恨醒來，滿地香殘。

上片主要表現一種知交零落、人事滄桑的複雜心境；這些情感的生發是因爲那些「渾似當時」、「無語低鬟」的梅花，遂以此縮入下片的詠梅。自稱多情多病的文園令（司馬相如），已是一層曲折；而其託喻的手法，更在於藉著足以類比、可資聯想的梅花爲喻託的形象。梅花「獨步群芳」、「風度天然」，正暗喻了一己的人格品質；而最後寫梅花無人憐惜、自開自落，徒留滿地香殘的景況，則個人孤芳幽獨的身世之感，隱然蘊於其內。

　　在此談張元幹詞的託喻手法，乃是著眼於詞之貴在有一種曲折含蘊，並且足以引起讀者聯想及尋味的特質來看，這並不代表個人是以比興寄託做爲評賞其詞的主要標準。畢竟詞之所以爲詞之特美，必須是結合著各種表現手法，更重要的是有一種感發生命的本質在內，亦即詞人內心蘊蓄著深曲、綿遠、眞切的情志，才有以致之，而託喻手法，特爲其藝術表現手法之一端而已。

第三節　詞風的呈現

　　作品的風格乃是主題思想、結構、語言和時代精神的統一體；也是創作者思想、個性和文學修養的總表現。有關這些影響風格形成的變項，在前面創作歷程、內涵表現，以至於藝術技巧的探討中，或多或少都曾論及。在此談張元幹詞風的呈現，正是基於前述的研究結果，參酌前賢對其詞風的評介，和個人的領受所得。主要說明其多種風格兼具並存的現象；其次論及不同風格在同一闋詞中的轉化交融，以見其詞境的複雜；最後則點明其主流作品的主體風格。總此三者，能夠對張元幹的詞有另一番完整而深入的認識。首先探討多種風格兼具並存的情形。

　　明・毛晉《宋六十名家詞・蘆川詞跋》：「人稱其長於悲憤，及讀花庵、草堂所選，又極嫵秀之致，真堪與片玉、白石並垂不朽」；《四庫全書總目提要・蘆川詞提要》則稱：「其詞慷慨悲涼，數百年後，尚想其抑塞磊落之氣。然其他作，則多清麗婉轉，與秦觀、周邦彥可以肩隨」（卷一九八）。暫且不論張元幹某些詞成就是否足可與周、姜、秦等詞家並垂不朽或是肩隨；這兩段品評的意見，倒是明顯指陳了張元幹兩種極不相同的創作風格。繆鉞先生曾經指出毛晉的品評乃實事求是，值得稱賞的；他個人也以「婀娜清剛相濟美」標誌出張元幹詞的風格具有異量之美，而以慷慨悲涼和穠麗纏綿為其詞特出的風格。〔註22〕以上這些品評，可以說都觸及或把握了張元幹詞的某些風格特

〔註22〕繆鉞於〈論張元幹詞〉一文中，先以論詞絕句的形式綜括所欲論述的要旨而言：「激昂忠憤歌金縷，爭誦蘆川壓卷詞。婀娜清剛相濟美，不妨花月憶心期」。後兩句，指出了評賞張元幹詞應有的體認是，詞人的思想感情本是豐富的、複雜的，他有憂國傷時的壯懷，可以發為豪放之作；同時也有綺靡悱惻的柔情，可以寫成婉約之篇。而他所謂的豪放之篇，主要是指兩闋〈賀新郎〉（又名金縷曲）、〈石州慢・己酉秋吳興舟中作〉和〈水調歌頭・追和〉等愛國詞篇；婉約之篇則以〈石州慢〉（寒水依痕）和兩闋〈蘭陵王〉為代表。豪放之作，慷慨悲涼、豪壯激昂，是辛稼軒以前愛國壯詞的傑出作者；婉約之作，則穠麗纏綿、情韻淒美。該文原載於《四川大學學報》（1985年

色，然而逕以概括其整體風貌，仍嫌不夠周全。又王兆鵬曾以張元幹的詞風是由香軟綺麗變爲豪邁悲壯，再變爲曠達疏朗與豪邁悲壯並存；〔註23〕其間則增添了另一新質是爲「曠達疏朗」。本文依豪邁悲壯、沉鬱蒼涼、曠達疏朗、清麗雋秀、婉約纏綿五大類探討張元幹詞的風格，主要即根據上述的品評意見斟酌變化而來。唯如是的歸類仍不免囿於個人一些主觀的判定，因爲所謂的風格乃是作品表現出來的一種整體的風神品格，而且往往存有轉化交融的情形，本來就很難作絕對客觀的分類。以下分成五類嘗試說明之。

一、豪邁悲壯

清·陳廷焯《白雨齋詞話》云：「二帝蒙塵，偷安南渡，苟有人心者，未有不拔劍斫地也。南渡後詞，如……張仲宗〈賀新郎〉云……；又〈石州慢〉結句云：『萬里想龍沙，泣孤臣吳越』。……此類皆慷慨激烈，髮欲上指」（卷六。見《詞話叢編》（四）頁3914）。由這段話，可以深入體認到境遇、題材與詞風轉變的關係。靖康難后，山河淪陷、二帝北狩，源自於強烈的愛國情思與鮮明的政治傾向，張元幹以詞反映動亂的現實，抒發自我要求抗戰復國的壯烈懷抱，奏出了時代激昂的聲響。早在建炎年間所寫的〈石州慢·己酉秋吳興舟中作〉、〈水調歌頭·同徐師川泛太湖舟中作〉兩闋詞裡分析形勢、指陳利害，反映家國危難，就道盡志士失路的共同悲慨；將滿腔鬱勃不平之氣，吐而爲詞，音調激越高亢，格外顯得豪邁悲壯。隱退後，「其憂國愛君之心，憤世嫉邪之氣，間寓於歌咏」（蔡戡《蘆川居士詞序》），兩闋〈賀新郎〉壯氣干雲，爲英雄人一貫的忠肝義膽，更不待言。直至晚境，遭削籍除名，以〈水調歌頭·追和〉一詞所展現的情懷，仍不減當年；而七十歲所寫的〈隴頭泉〉，豪氣不除，省視平生仍堅持「整頓乾坤，

第一期）；後收錄在《靈谿詞說》一書（頁365～9）。

〔註23〕參酌《張元幹年譜》的前言部份（頁7）。王先生並指出這些不同風格的形成，乃是隨著時代環境、人生經歷、主體心態、情感的變化而來。

廓清宇宙」的一貫志意，賦出志在恢復的豪情壯采。張元幹是將神州
陸沉、故國山河之慟；憤世嫉邪、救國無門的悲憤；壯志成空、蹉跎
歲月的感慨；肝膽照人、寧死不屈的品節，交織成爲有性情、有氣概、
有風骨的詞篇。這些憂時念亂的詞，可以說是時局遞變與張元幹一貫
愛國志意的交響。他以詞言志，以詞反映現實，因於雄大的氣魄、深
廣的憂思和沉厚的感情，而能情辭激壯。

　　這種創作趨勢，實上承東坡豪放清雄的詞風而來，又注入了特殊
的時代風濤，用以表現重大的政治題材。其間錯綜交織的愛國情思，
或表現爲反映家國危難、政治現實；或表現爲痛恨胡虜、慕懷二帝、
懷念中原故土；或表現爲欲待恢復的決心、壯志難酬的憤懣，或是對
主戰人士的鼓勵。以張元幹主體個性氣質的剛正耿介，面對現實的種
種阻阨與衝擊，這些有所爲而作，有所感而發的詞，多胸臆直陳，表
達豪邁坦率之懷，噴薄而出，顯得氣勢奔放、激昂排宕，讀來倍覺淋
漓酣暢。雖然缺少一種言外深層的意蘊，而慷慨激颺之氣，則頗富於
一種屬於詩的直接感發的力量；尤以其中貫注著未曾衰歇、久而彌堅
的愛國志氣，乃能以激壯、悲慨之音而不失其忠厚之旨。詞中具有眞
正令人感發的情意本質，並非一味地粗曠叫嚚，而這種忠愛根性的迸
發，自然會產生一股強烈震撼人心的氣勢。因此，這些詞格外能感奮
人心，實在是以性情勝，以力量勝。

　　張元幹這類風格豪邁悲壯的詞作，除了〈石州慢·己酉秋吳興舟
中作〉等幾闋，是獨振憤慨激昂之聲，集中體現其愛國情思外（詳第
三章第二節）。又以他處身於家國動蕩而政治上奸佞當道、議和苟安
的庸懦態勢下，而能從現實的困境和個體的憂患中超拔出來時，雖然
不免有幾許悲慨和感嘆，令人震懾的卻是一種剛健的精神、雄邁的氣
慨不時表露在詞作中。這在〈念奴嬌·代洛濱次石林韻〉、〈念奴嬌〉
（寒絹素壁）、〈念奴嬌·己卯中秋和陳丈少卿韻〉、〈永遇樂·宿鷗盟
軒〉等詞中表現十分突出。以和陳丈少卿韻的〈念奴嬌〉說明。詞云：
　　垂虹望極，掃太虛纖翳，明河翻雪。一碧天光波萬頃，湧

出廣寒宮闕。好事浮家，不辭百里，俱載如花頻。琴高雙
鯉，鼎來同醉孤絕。　　浩蕩今夕風煙，人間天上，別似尋
常月。陶冶三高千古恨，賞我中秋清節。八十仙翁，雅宜
圖畫，寫取橫江檝。平生奇觀，夢回猶竦毛髮。

詞人將「人間天上」的「千古」「奇觀」納於一幅，形成萬象畢呈的
立體時空境界。其中不僅活躍著現實之「我」的孤絕生命、情懷，也
充溢著歷史上三位高士——范蠡、張翰、陸龜蒙的遺恨。在對垂虹亭
下天光水色的審美觀照中，沉吟現實人生，反思歷史社會，將現實與
歷史，今人與古人疊映聯繫在一起，相互映照，從有限的眼前景引向
無限廣遠的時空。既有遠大的空間感，又富於深沉的歷史意識，而個
人審視平生獨立不懼的形貌，仍是豪氣縱橫、威勢逼人。因此，全詞
是以主體的人格力量和自然的壯觀氣象，取遠神遠勢而出之，融成闊
大的藝術境界和雄壯的風格。

二、沉鬱蒼涼

　　由於處境、心情和觸發感情的人事不盡相同，張元幹有時也寫孤
臣孽子的悲涼處境，步入老境的遲暮心態，知交零落、物是人非的傷
感。這些在在使其詞風轉趨於黯淡，一變而爲怨抑激楚、沉鬱蒼涼。
如〈驀山溪〉一詞，同是表現其對國是不容自己的關懷和難以遏抑的
耿耿赤忱，而情致風格與〈賀新郎〉等愛國壯詞截然不同。詞云：

　　一番小雨，陡覺添秋色。桐葉下銀床，又送簡、淒涼消息。
　故鄉何處，搔首對西風，衣線斷，帶圍寬，衰鬢添新白。
　　　錢塘江上，冠蓋如雲積。騎馬傍朱門，誰肯念、塵埃墨客。
　佳人信杳，日暮碧雲深，樓獨倚，鏡頻看，此意無人識。

上片勾畫出淒清冷落的環境，並且生動刻畫了詞人飽經滄桑、衰老憔
悴的形貌；下片則直道天地孤零、託足無門的深沉悲感，而「佳人信
杳」以下，對身世遭遇的不平，又以怨抑哀切的手法托出。這與〈賀
新郎·送胡邦衡謫新州〉的「拔天倚地，句句欲活」（清·張德瀛《詞
徵》卷五。見《詞話叢編》（五）頁 4161），以及〈石州慢·己酉秋

吳興舟中作〉的「慷慨激烈，髮欲上指」（清・陳廷焯）相比照，雖然內在一貫的情意本質不變，卻因時局的感染而變得蒼涼衰颯，呈現極爲不同的風格，而有各自不同的感人魅力。

又臨老之際，被追赴臨安大理寺，遭受了削籍除名的慘痛打擊，這在張元幹晚境慘淡的歲月裡，烙下莫名的傷痛。〈水調歌頭・癸酉虎丘中秋〉是他獲釋後的作品，其間表露的心境萬分悲涼。身心的困頓、疲憊難以盡言，而透顯出一種不勝天涯流落之感：

> 萬里冰輪滿，千丈玉盤浮。廣寒宮殿，西望湖海冷光流。掃盡長空纖翳，散亂疏林清影，風露迫人愁。徐步行歌去，危坐莫眠休。　問孤篷，緣底事，苦淹留。倦遊回首，向來雲臥兩星周。此夜此生長好，明月明年何處，歸興在南州。老境一傖父，異縣四中秋。

與前述的〈念奴嬌・己卯中秋和陳丈少卿韻〉同寫壯闊之景，而個別用字卻有不同，一則營構出光明、昂揚的境界，一則凸顯了淒清冷寂的氛圍。詞中主人公對自身孤危處境的無比疑懼和傷感，與此淒清孤寒之景，交融渾化成一片沉鬱蒼涼的情味，讀來令人爲之愴快。至於〈八聲甘州・西湖有感寄劉晞顏〉一闋（詳本章第二節「節景配置」），是追憶疇昔，感嘆平生的作品，寫知交零落、老大無成、世態炎涼等多面交織的感懷。其眼見身受的世事滄桑，以及平生遭遇和心境的轉變，凝聚在一連串獨特而鮮明的景物意象中呈顯。直至結句的「誰同賞，通宵無寐，斜月低回」，更回應上片所寫，道盡悲涼、淒楚的心境；又以景語收束，渲染了情境的孤寒、冷清，則慘悽感慨之氣更形鬱結。全詞沉鬱蒼涼，直透人心。

又在張元幹漫長的一生中，他始終悲懷故國，卻只能在夢魂中北返神州，因此其詞中有云：

> 夢中北去又南來。飽風埃。鬢華衰。浮木飛蓬，蹤跡爲誰催。（〈江神子〉）

> 中原舊遊何在，頻入夢、老眼空潸。（〈十月桃〉（年華催晚））

西牎一夜蕭蕭雨。夢繞中原去。覺來依舊畫樓鐘。不道木
樨香撼海山風。(〈虞美人〉(菊坡九日登高路))

以規復無望而魂牽夢繞,淒楚沉痛;又因壯志成空、命途多蹇,其間
也寫悲涼的心境與蕭索的情懷。也正因其身世遭遇如此,無處可表的
沉痛悲慨寫入詞中,顯得怨抑淒楚,而沉鬱蒼涼之氣,與前述豪邁悲
壯者,各自散發著感動人心的藝術魅力。

三、曠達疏朗

王兆鵬以張元幹后期的詞,主要表現主體複雜矛盾的憤懣心態,
他本是英雄志士,卻不得不做山林隱者,內心交織著出世與入世,超
然物外與世事難忘的矛盾。隱士的曠達胸襟與壯士的悲涼懷抱交融於
詞,其詞便呈現出雙重境界和雙重風格,除了有豪邁悲壯者,又增加
了一層曠達疏朗的新質。

一般詞若屬疏放、超曠、雋逸之類的風格者,通常多是以徜徉泉
石、縱身山林,追求內心寧靜超脫的內容為主。楊海明在《唐宋詞的
風格學》中論及這類詞勃興的原因為:

一方面,偏安的形勢下,最高統治者有意地「引導」臣子們
把注意力轉向湖山清賞之中(而江南山明水秀的美麗景色也
確有「勾引」他們生出歸隱之思的魅力);另一方面,政治
上的受壓抑又驅使一些本來欲有所作為的士大夫文人被迫
轉向「歸隱」。這兩方面的原因就促使南宋詞壇上出現了為
傳統的「言情」和新興的愛國之作以外的另一股潮流──「出
世」、「隱逸」詞。(詳該書下編十三章〈雅與俗〉,頁187)

張元幹因宦途困躓,在家鄉長期退隱,曾葺鷗盟軒閒居。不論是否真
已此心悠然,或是故作曠達悟脫,而雜糅著複雜的思想內容和感情色
彩,這類作品確乎不同於艷情詞的纏綿悱惻,又不同於愛國詞的慷慨
悲歌,即使其間不免有身世感懷,也不若前述的沉鬱蒼涼、怨抑激楚。
其詞筆一般是雅健的,表現為疏放自得、超曠閒適;主要抒寫隱逸、
出世情懷,或是歌詠山林幽居的生活雅趣。如下面這首〈水調歌頭〉,

很可以代表這類風格。詞云：

> 平日幾經過，重到更留連。黃塵烏帽，覺來眼界忽醒然。
> 坐見如雲秋稼，莫問雞蟲得失，鴻鵠下翩翩。四海九州大，
> 何地著飛仙。　吸湖光，吞蟾影，倚天圓。胸中萬頃空曠，
> 清夜炯無眠。要識世間閒處，自有尊前深趣，且唱釣魚船。
> 調鼎他年事，妙手看烹鮮。

這闋詞也有造境闊大的特色，此廣袤無垠的境界，不在於營造「大境
襯人孤」的效果，以凸顯其憤懣或悲涼的意緒，而是以時空境界的涵
天納地，顯示主體心胸超脫空曠，足可含融整個宇宙乾坤。在下片縱
筆直書的，也就是詞人在大自然的懷抱中追求新的超越而顯示的曠達
意態，在靜默凝神的觀照中，與無限的自然、天宇體合為一，從而獲
得心靈主體的超然自適。至此，再次面對生命的困限，乃能表現出超
脫、放曠的人生態度，將人生的價值迴向無待外求、放懷隨分的隱逸
生活。

　　以其胸中有志不得伸的不平塊磊，油然而生歸隱田園、悠遊山林
的出世之想。感而下筆，便是一派曠達疏朗的風格。又如下面這首〈水
調歌頭〉直寫其隱逸風神和生活情狀，尤能凸顯超曠閒適的風格：

> 雨斷翻驚浪，山暝擁歸雲。麥秋天氣，聯泛征棹泊江村。
> 不羨腰間金印，卻愛吾廬高枕。無事閉柴門。搔首煙波上，
> 老去任乾坤。　白綸巾，玉麈尾，一杯春。性靈陶冶，我
> 輩猶要箇中人。莫變姓名吳市，且向漁樵爭席，與世共浮
> 沉。目送飛鴻去，何用畫麒麟。

不著意寫放懷寥廓、落想天外之志；不著意凸顯睥睨塵寰的超邁氣
概。直寫其蕭爽淡雅的隱居生活，而其寄情山水、放浪形骸的情態躍
然紙上，令人悠然神往。

　　此外在一些體製短小的詞裡，張元幹抒寫其領略人生的機趣和披
視自我的襟懷意趣，可謂集恬惔、靜雅和飄逸的特色於一身。如〈漁
家傲・題玄真子圖〉、〈蝶戀花〉（窗暗窗明昏又曉）、（燕去鶯來春又
到）、〈浣溪沙〉（曲室明窗燭吐光）、（棐几明窗樂未央）和〈菩薩蠻・

三月晦送春有集坐中偶書〉等，都是這類風格的代表作（以上各闋詳
見第三章第三節）。其中題玄眞子圖的〈漁家傲〉，就頗爲宋・羅大經
稱賞，謂其「語意尤飄逸。仲宗……。其標致如此，宜其能道出玄眞
子心事」（《鶴林玉露》乙編卷三）。這些詞，其間情感的表現，由激
楚怨抑趨向淡泊平和，顯示其澹然舒坦之情，也時能駕馭不平之氣。
以恬淡而平常的生活，閒逸而隨分的心境，以及從容優遊、不疾不徐
的舉措，共同標誌出一種超塵脫俗的情致。而這些作品，往往是將尋
常事物入詞，用語也淺白如話、自然暢達，讀來絕不拗口，一洗過分
凝重、板滯的氣味。凡此都有以助成其詞呈現出曠達疏朗的風格特質。

四、清麗雋秀

　　黃珮玉以張元幹某些詞「氣質秀雅，文詞清麗，精於描寫大自然
的美麗景色，善於捕捉生活的優雅畫面，是詞中佳品」（《張元幹研究》
頁 69）。曹濟平也曾留意到張元幹這方面的詞風（詳《曹注本》前言
頁 6〜7）。而綜合曹、黃二人所舉的詞，主要有〈浣溪沙・武林送李
似表〉、〈卜算子〉（風露濕行雲）、〈漁家傲〉（樓外天寒山欲暮）、〈清
平樂〉（亂山深處）、〈浣溪沙〉（山繞平湖波撼城）、〈點絳脣・丙寅秋
社前一日溪光亭大雨作〉、〈點絳脣〉（春曉輕雷）、〈謁金門〉（鴛鴦渚）
等寫景抒情的小詞。

　　曹先生認爲這些詞寫得婉約清麗，富有詩情畫意，其風格極似秦
觀詞的清麗流暢、俊逸嫵秀。黃珮玉則以張元幹這類清麗之作，其中
還含有「秀」的特色在內。個人則以爲其它像〈如夢令〉（臥看西湖
煙渚）、〈漁家傲・奉陪富公季申探梅有作〉、〈菩薩蠻・戲呈周介卿〉
等全詞主要寫景而又出以遊賞遣興的作品；以及〈浣溪沙・王仲時席
上賦木犀〉、〈浣溪沙・詠木香〉、〈醉花陰・詠木犀〉等體物細緻，比
擬鮮活、靈動的詠物詞，也都具有相似的風格特質。而上述這些詞，
亦即本論文第三章第四節「閒雅雋永的寫景詠物」中主要探討的作品。

　　這一類詞的主題內涵與前述三種風格的作品不甚相同。在寫景

上，不描寫壯闊的山水，而攝取清雅秀麗的景致入詞，絕無灰暗慘淡的色調；並且多以賞玩的心情臨賞大自然，顯出極為閒雅的遊賞意趣，詞情清新明暢。詠物的作品，則在短小的篇製中，就題鋪寫，頗能盡物之態、體物之情，顯得形象鮮明而靈動活脫，時能體現詞人對事物敏銳的觀察和雋永的生活趣味。這些詞，在內容上雖無深意，而婉美靈秀之致，非用力者所能及。在此，以清麗雋秀概括這一些詞的風格特質。

五、婉約纏綿

詞體在晚唐五代以來所形成偏向軟媚婉麗一路的「花間」詞風，對後來發展的方向，起著相當規範性的作用。張元幹與絕大多數南渡詞人一樣，在北宋末年的創作，深受詞壇好尚和當日社會風氣的影響，更以他早年抱持「文章為末技小道」的創作態度，而多蹈襲傳統題材，表現類型化的雪月風花、脂粉才情和悲歡離合（詳第二章第一節）。如〈菩薩蠻‧政和壬辰東都作〉、〈昭君怨〉、〈春光好〉（吳綾窄）、（疏雨洗）等詞，無論就表現內涵，或表現手法，都明顯有模擬溫庭筠等「花間」詞風的痕跡；又〈滿江紅‧自豫章阻風吳城山作〉，寫羈旅相，是把飄泊的落拓感受，同懷戀意中人的纏綿結合在一起，筆觸細膩寫得情韻兼勝，婉約深情，頗有柳、周詞的風情格調。

事實上，以第三章第一節所作的探討，可以得知張元幹風格表現為「婉約纏綿」的作品，不在少數，其間主要描寫的是一般的男女情愛和個人的羈旅相思。其情思或濃烈明艷，或溫婉細膩，或淡雅含蓄，而以「婉約纏綿」概括這些詞的風格特質，應該能夠凸顯出與前述四種風格間，因主題內涵或表現手法所形成的不同特質。而歷來對張元幹詞所作的品評，經常被強調的現象是，他的詞既有懷念故國、感慨山河的悲壯語，另一方面卻也不乏委婉輕柔的低唱。這樣的意見首見於明‧毛晉的《宋六十名家詞‧蘆川詞跋》：

> 人稱其詞常於悲憤，及讀花庵、草堂所選，又極嫵秀之致，

眞堪與片玉、白石並垂不朽。

以《花庵詞選》所錄張元幹詞十闋，除了兩闋〈賀新郎〉和〈浣溪沙‧武林送李似表〉、〈青玉案‧燕趙端禮堂成〉之外，他如〈滿江紅‧自豫章阻風吳城山作〉、〈蘭陵王〉（卷珠箔）、（綺霞散）、〈念奴嬌〉（江天雨霽）、〈石州慢〉（寒水依痕）、〈臨江仙〉（荼蘼有感）等，都善於運用形象的語言，講求情景配置，筆力細膩而尤長於鋪敘，確實具有緣情綺靡、纏綿之至的特色。因此以《花庵》所選這些「嫵秀之致」的詞，稱賞其「眞堪與片玉、白石並垂不朽」，毛晉所言，洵非過譽。則他的詞具有這種風格，並且某些表現還頗為特出，則是必須承認的事實；唯整個論及他婉約纏綿的詞，韻味畢竟尚遜一籌，未足以與周、姜二人並垂不朽。而上面所舉的詞裡，又以〈蘭陵王〉（卷珠箔）和〈石州慢〉（寒水依痕）兩闋，穠麗纏綿、情韻淒美之作，是以託喻手法，宛轉表達懷念故國的深沉情思（詳第三章第一節）。二詞工緻錘鍊，情致深邃，與〈賀新郎〉等以雄健筆力直抒胸臆而顯得慷慨悲壯的格調相比，特別具有迷離隱約、曲折幽深的特色，形成了一種深婉的詞風，尤為「膾炙人口」（明‧楊慎《詞品》卷三；見《詞話叢編》（一）頁 481）。

除了這些長調的作品，張元幹小詞亦多寄閒情，如〈樓上曲〉（樓外夕陽明遠水）雅淡幽遠、蘊藉含蓄，清‧陳廷焯評為「意味深長，音調古雅，艷體中之陽春白雪也」（《白雨齋詞話》卷七；見《詞話叢編》（四）頁 3954），頗為推崇，也是這類詞的代表作。此外像「更與箇中尋尺素，兩情通」（〈春光好‧為楊聰父侍兒切鱠作〉）；「相見嫣然一笑，眼波先入郎懷」（〈清平樂〉）；「粉融香潤隨人勸，玉困花嬌越樣宜」（〈綵鸞歸令‧為張子安舞姬作〉）和「嬌波暗落相思淚，流破臉邊紅」（〈眼兒媚〉）等同樣體現了張元幹詞中的旖旎情懷。〔註24〕

〔註24〕清‧葉申薌《本事詞》卷下云：「張元幹仲宗，善詞翰。以送胡邦衡、贈李伯紀兩詞除名。其剛風勁節，人所共仰。然小詞每寄閒情，如為楊聰父侍兒切鱠賦〈春光好〉云……。為張子安舞姬製〈綵鸞歸令〉云……」（見《詞話叢編》（三）頁 2348）。也是以〈賀新郎〉等表現剛風勁節之作，與〈春光好〉、〈綵鸞歸令〉等寄閒情之作相比

　　以上就豪邁悲壯、沉鬱蒼涼、曠達疏朗、清麗雋秀、婉約纏綿等
五類論述張元幹詞風的呈現，足可瞭解其表現的風格是多方面的。如
果只以「豪放」、「婉約」這種截然二分的論詞方式，就不免有簡單化、
定型化的缺點，忽略這兩大基本類型中，還各自有多種風貌。尤其只
囿於幾闋所謂的愛國壯詞者，更將錯失《蘆川詞》中情致多樣、風格
多變的千姿百態。誠如楊海明於《唐宋詞的風格學》中所說的：「大
作家猶如大山，『造化鍾神秀，陰陽割昏曉』，它既有向陽的一面，又
有背陰的一面；既有拔地異峰，又有曲溪小澗；既有古松蒼柏，又有
幽谷弱蘭；……要之，都是得之於造化的鍾秀，無一不美，無一不可
資人觀賞遊覽」（見該書第十二章〈不同風格之間的並存和交融〉，頁
162）。在兩宋詞壇上，張元幹固然無法躋身大家之列，詞集中又不乏
一些庸俗應酬的作品；然而其各種不同風貌的作品確實是兼有並存，
並且在各類詞風中也自有其傑出而膾炙人口的佳構，乃是「無一不可
資人觀賞遊覽」的。

　　為了論述張元幹詞多種風格兼具並存的情形，曾以繆鉞所謂「婀
娜清剛相濟美」的意見證成己說。個人以為這段品評還可以用來說明
同一闋詞中轉化交融的現象。這種交融的手法，即如〈賀新郎・寄李
伯紀丞相〉，可說是張元幹「豪放」詞的代表作，其下片的前半為：

　　　　十年一夢揚州路。倚高寒，愁生故國，氣吞驕虜。要斬樓
　　　　蘭三尺劍，遺恨琵琶舊語。

深沉的歷史感慨鬱結著報國無門的現實憤懣，吞滅驕虜的氣概挾帶著
故國未復的悲慟。氣勢豪邁、情思悲壯；然而以沖天之劍氣與傳恨之
琴聲相結合，筆力頓挫，而有剛柔並用的效果。又如〈南歌子・中秋〉：

　　　　涼月今宵滿，晴空萬里寬。素娥應念老夫閒，特地中秋著
　　　　意，照人間。　香霧雲鬟濕，清輝玉臂寒。休教凝佇向更
　　　　闌。飄下桂華聞早，大家看。

前二句是多麼開闊的氣象；以大量篇幅所寫是詞人何等的意興。而在

照，凸顯張元幹不同的詞風。

中間插入「香霧雲鬢濕，清輝玉臂寒」，乃借用杜甫〈月夜〉的詩句，又是多麼溫柔的感情，使豪氣折入柔情，不能不謂是「剛柔交融」的妙用。〔註25〕

此外，張元幹在隱退後，有許多詞境複雜的作品，顯示出企圖超脫的曠達胸襟，而其中又交融著一種無以忘世的悲涼懷抱。這主要緣自他矛盾複雜的思想內容和情感色彩。如〈永遇樂·宿鷗盟軒〉：

> 月仄金盆，江縈羅帶，涼飆天際。摩詰丹青，營丘平遠，一望窮千里。白鷗盟在，黃粱夢破，投老此心如水。耿無眠、披衣顧影，乍聞遠堦絡緯。　　百年倦客，三生習氣，今古到頭誰是。夜色蒼茫，浮雲滅沒，舉世方熟寐。誰人著眼，放神八極，遙想塵寰外。獨憑闌、雞鳴日上，海山霧起。

這一闋詞所呈現的風貌，是超曠？是豪邁？還是沉痛悲涼？似乎都有一點，交融轉化，難於劃分。因此，王兆鵬所曾指出張元幹后期的作品，是「隱士的曠達胸襟與壯士的淒涼懷抱交融於詞」，這就並不止於他所謂不同風格並存的情形而已，有的則是很明顯地交融於同一闋詞裡。

上乘的詞作，本來多是剛健、婉約相兼相融的。豪健之作，要有柔婉之情出乎其間，亦即在豪爽中著一二精緻語，可避免流於粗豪叫囂的鄙俗真露。唯張元幹這種剛柔交融的風格發揮並不多見。而以特殊的時局、坎坷不平的身世遭際，以及矛盾的思想感情，像〈永遇樂〉一類詞境複雜的作品，倒是為數不少，成了《蘆川詞》中頗具特色的部份。

前述《蘆川詞》中各種風格的兼具並存，以及不同風格的轉化交融，可以見出張元幹詞風格的多樣性及複雜性，亦可以證明他兼收並蓄，靈活變化的表現特色。然而論及其主流作品，亦即是可據以評定其主要成就特色及承啓關鍵的作品，是以那些主體個性鮮明，具有強烈現實感與鮮明時代感者為代表，也就是豪邁悲壯與曠達疏朗的兩種

〔註25〕以上主要參酌楊海明《唐宋詞的風格學》論「剛柔交融」的部份（頁166）。他並以東坡的〈念奴嬌·赤壁懷古〉和稼軒的〈水龍吟〉（楚天千里清秋）詳為說明其中剛柔交融的風格特色。

詞作風格。因為張元幹詞中感發之生命本質原是由兩種互相衝擊的力量結合而成。一種力量是來自他本身內心所凝聚的,帶著家國之恨,想要規復中原的奮發衝力;另一種力量則是來自外在環境的,主和、主戰的態勢下,對他形成的一種讒擯壓抑。以這兩種力量的相互衝擊,遂在張元幹詞中表現出盤旋激盪的多變姿態。此二種力量往往因時地境遇之不同,彼此間有迭為消長的變化,故其詞之風格又發展為豪邁悲壯、曠達疏朗兩種不同的情調與面貌。

綜觀這些作品,實承東坡豪放、曠達的詞風而來。〔註 26〕一則因時代的遽變,一腔忠憤無處發洩,盡於詞中托之陶寫,其詞風又比東坡更加來得淋漓慷慨。一則其曠達灑脫中,也以特定的歷史條件和社會環境,而比之東坡,則有詞境益形複雜的趨勢。個人以為這兩者,最足以據為評定張元幹詞主要的成就、特色,以及承蘇啟辛的關鍵地位,是為《蘆川詞》中的主流作品、主體風格。

〔註 26〕方智範〈論蘇軾與南宋初詞風的轉變〉一文中論及東坡詞,以其具有「激昂排宕,不可一世之概」的豪放作品並不多見;其詞風的基本方面乃是曠達而非豪放。他並且指出張元幹被人們視為承蘇啟辛的橋樑,一般多從豪放著眼,其實張元幹詞更多是趨向於東坡的曠達。

第五章　結　論

　　本章主要撮述前面各章要義，歸納出對張元幹詞研究的心得，並依據前述的研究結果，綜合前賢對其詞的品評意見，進一步彰顯他在詞壇上的地位與影響。以下分點說明之。

　　一、就創作歷程的探討而言。以能夠考知是他在政、宣年間（南渡前）寫的詞，則張元幹賴以在詞壇上嶄露頭角的，還是以一些承襲花間詞風的作品為主。現存詞集中未見反映北宋末年政治、社會動亂現實的作品，他的詞風有重大轉變，並且取得傑出的表現，則有待靖康之難與北宋淪亡等時代巨變。五年的戰亂流離中，與抗敵經歷相結合的許國雄心和未酬壯志，是他平生一個重要的「情意結」，這相應加強了他愛國詞篇的情感深度、力度，而且化為其詞中千殊萬貌，而未曾衰歇的一貫志意，是張元幹詞之感發生命的本質。隱退後的創作大多表現他憎恨醜惡現實，厭倦官場傾軋而企求超然世外的思想情感。其中有的是以談禪論道寄托不滿和憤懣；有的則是於寄情山水、友朋唱和中，表現企圖超曠的懷抱，其間反映了不少人生的感觸和徹悟。然而引人注目的是，一些反映時局、憂心家國、義氣相許的愛國詞篇，在這個時期裡，因為他隱退閒居的身份，更顯得特出。最後在入獄削籍後，依然延續著前一期的創作題材，但是以遭受重大的打擊，其間乃常流瀉為更悲涼、淒切的情感，表現出一種身心交瘁的壓

抑感和疲憊感。

　　二、以現存《蘆川詞》中，寫作年代最早的〈菩薩蠻・政和壬辰東都作〉，到最晚的一闋〈念奴嬌・己卯中秋和陳丈少卿韻〉。其創作歷程由宋徽宗政和二年（1112）持續到高宗紹興二十九年（1159），長達四十八年。本論文將其大致劃分為「承平時期游學仕宦」、「戰亂時期流落江淮」、「偏安時期閒居閩地」和「入獄削籍漫遊吳越」等四個創作分期，在於以生平與創作的聯繫為一線索，凸顯其間呈現的階段性特色。可以發現各期中都有或多或少酬庸唱和的詞。明顯的轉變則是，南渡前多表現類型化的雪月風花、脂粉才情和悲歡離合，與絕大多數南渡詞人在北宋末的創作趨勢並無不同；南渡後，則具有強烈的現實感和鮮明的時代感，主體個性鮮明，風格和其人格有相當一致的趨向。則他於時代變動、身世推移中，不同層次的生命情調在在顯示：無論是就創作的反映時代，或是時代之影響學行、創作，張元幹在時代大環境中的行事經歷，確實與其作品的內容、風格，有密切的關係。

　　三、以張元幹現存一百八十二闋詞，誠為內容深廣、題材豐富，又表現特出者，也不僅僅是〈賀新郎〉等幾闋愛國壯詞。若將其呈現出的各種面貌，依據作品內容的主要旨趣，參酌詞題、詞序所言而定其分屬，可歸納為「婉約纏綿的離別相思」、「慷慨悲憤的愛國赤忱」、「閒適曠達的隱逸情致」、「閒雅雋永的寫景詠物」和「應景適情的酬贈唱和」五類。其中一、二類詞是歷來詞評家尤為矚目的創作風格。其實二、三類詞才是張元幹詞的主流作品，承東坡詩化之詞的創作趨勢，而挾時代風濤和政治風雲入詞，對南宋初期偏於豪壯和曠達的詞，有很大的影響在。至於第四類詞，主要反映出張元幹生活的閒雅情趣和對事物的雋永體察，其中不乏有氣質秀雅、文詞清麗的佳作。這與描寫離別相思一類的詞，表現上是比較偏向婉約一路的。而第五類詞，則良莠不齊，就創作意圖而言，是比較偏重為酬酢實用的性質，有不少是應酬無謂之作。然而以其所交游唱和者，如向子諲、李綱、

李彌遜、富直柔、葉夢得、張浚等人，都爲慷慨令節之士，南渡後也都曾先後遭到罷黜，或致仕隱退，身世遭遇有其相似處。因此，其間無論是祝壽、餞別送行、致贈，或是次（和）韻，就經常是以整頓乾坤相壽，體現其一貫的壯志豪情和時刻不忘恢復的耿耿赤忱；或流露彼此深摯的情誼，並非虛應故事、泛泛歌頌。這些較爲特出之處，則又自當分別看待，未可一概抹煞。

　　四、論及張元幹詞的藝術技巧，一般囿於他豪放的詞風，而往往忽略其優秀的藝術造詣。其實以其「使事用典」、「以前人詩句入詞」、「工於造句、對仗」和「多口語、佛道用語」來看，頗能見出他造語上的特色。其運用巧妙者，經常能視不同的內容意境而調度安排，這很能說明他並不是「惟務發抒其淋漓悲壯之情懷，不暇顧及文字之工拙」（龍沐勛〈兩宋詞風轉變論〉）；尤其是偏於婉約一路的詞，所謂膾炙人口的佳篇秀句，更顯示張元幹是精於鍛鍊、嚴於創作的。至於口語的運用，或不免傷及詞之韻致，而其創作尚不至於有濫用口語而流於粗率鄙俗的。反而是一些描寫情愛相思的詞，以挾添口語，而顯得坦率眞切，很有些敦煌曲子詞中描寫愛情的風致；一些描寫晚年心境，風味恬澹閒逸的詞，也以口語的使用而得自然流露，一洗過分晦澀、板滯的氣味。在泛用佛道用語方面，則主要和他多作壽詞，以及隱退後以佛道出世成仙思想尋求開解和慰藉有關。

　　五、張元幹詞的表現手法，或許未能臻於極致，卻亦有其勝處。主要以「意象運用」、「對比技巧」、「情景配置」、「託喻手法」等四項論析。譬如他運用了歷史中古典的意象，大自然特殊景物的意象，做間接的描寫，而避免了直接的敘寫。又如他運用對比的技巧，增強情感的矛盾張力，使主題更爲鮮明突出，其中尤以「今昔對比」和「仕隱對比」爲常見而特出。而情景的配置，則不僅包含字句鍛鍊的狹小格局，乃是昇進到關係全詞的佈局、結構的層次；其情語、景語的安排，能各自起著承轉變化的作用，又更有情、景交融者，其手法的展現，可謂靈活精到。至於託喻手法，更將他對家國興衰、身世飄零的

感慨，藉惜別嘆離、纏綿幽怨的愛情詞，或是詠物之作，含蓄委婉地表達出來。凡此藝術表現手法，在在使其詞也能夠具有一種含蘊深遠的特質，避免了直質淺率、一洩無餘的弊病。

六、對張元幹詞風的探討，主要基於內涵表現、藝術技巧，以及創作歷程中對其所處時代背景、詞壇風氣、行事遭際的研究結果而來。首先以「豪邁悲壯」、「沉鬱蒼涼」、「曠達疏朗」、「清麗雋秀」、「婉約纏綿」等五類說明其多種風格兼具並存的現象。發現如果只以「豪放」、「婉約」這種截然二分的論詞方式，就不免有簡單化、定型化的缺點，忽略了這兩大基本類型中，還各自包蘊有不同的風貌；而且各類詞風中又自有其傑出而膾炙人口的佳構，乃是「無一不可資人觀賞遊覽」的。此外，在同一闋詞中，不同風格的轉化交融，雖然「剛柔交融」的風格並不多見；而以特殊的時局、坎坷不平的身世遭際，以及矛盾的思想感情，則曠達、豪邁或悲涼等交融於一詞的現象，倒是為數不少，成了《蘆川詞》中頗具特色的部份。凡此，均可見出其詞作風格的多樣性及複雜性，證明他兼收並蓄、靈活變化的表現特色。

七、論及張元幹詞的主流作品，亦即足可據以評定其主要成就特色及承啓關鍵的作品，是以那些主體個性鮮明，具有強烈現實感與鮮明時代感的作品為代表。也就是眾多風格中，以豪邁悲壯與曠達疏朗為其主體風格。而這些作品，實承東坡豪放、曠達的詞風而來。然而，一則因時代的遽變，一腔忠憤無處發洩，盡於詞中托之陶寫，其詞風又比東坡更加來得淋漓悲壯；一則其曠達疏朗中，也以特定的歷史條件和社會環境，而比之東坡，則有詞境益形複雜的趨勢。張元幹與他交遊唱和的向子諲、李綱、李彌遜、葉夢得、陳與義等特出的南渡詞人，以及年輩稍晚的張孝祥，﹝註１﹞共同形成波濤壯闊的創作趨勢，

﹝註１﹞張孝祥（1132～1169），字安國，學者稱于湖先生，有《于湖詞》傳世。以張元幹《蘆川歸來集》中〈郭從范示及張安國諸公酬唱輒次原韻〉（卷二），〈跋張安國所藏山水小卷〉（卷九）來看，張元幹應該是晚年重到臨安時，與張孝祥交遊。在張孝祥《于湖居士文集》卷三十七「尺牘」部份則有〈張大監〉一文，是寫給張元幹的，其

同具有承蘇啓辛的橋樑作用，主要的成就以這兩種風格爲代表。而這些人當中，張元幹與張孝祥在這方面拓展的成績更爲人矚目，被推崇爲「南宋初期詞壇的雙璧」。[註2] 雖然與張孝祥相比較，整個創作表現，張孝祥的成就和評價高於張元幹；但是以詞史發展的角度而言，張元幹對這位傑出的詞人不無示範和影響。

　　總之，張元幹身處動盪的時代，卻始終堅持其一貫的情意本質，以其強烈的報國之志、分明的愛惡之心、高尚的品節膽識，以及現實社會的尖銳矛盾，形成了憤慨激昂的創作特色。他這些波瀾壯闊的長調，[註3] 慷慨激昂的詞風，對當時及後世確實起了很大的影響。當然其中影響最大的，還是那兩闋〈賀新郎〉，在南宋廣爲流傳了半個多世紀，如楊冠卿（1139～？）曾和作〈賀新郎〉，其題序云：

　　秋日乘風過垂虹時，與一羽士俱，因泛言弱水蓬萊之勝。
　　旁有溪童，具能歌張仲宗「目盡青天」等句，音韻洪暢，
　　聽之慨然。戲用仲宗韻呈張君量府判（見《客亭類稿》卷十四）

「目盡青天」爲張元幹送胡邦衡謫赴新州一詞中的句子，而當日溪童亦能慷慨高歌，可知此詞已深入民間；又楊冠卿是在吳江（今江蘇吳江縣）的垂虹橋上聽到這首詞，可見其流傳之廣。此外，稍後於楊冠卿的韓淲（1159～1224。韓元吉子）亦曾和張元幹〈賀新郎〉，其題

中有言：「伏念某二年中都，數獲款待，仰蒙篤宗盟之契，獎予非它人比，感激恩盡，銘鏤不忘」，則二人確有交遊（二人的交游詳見《王譜》考訂）。而以張元幹較早揚名詞壇，南渡後更與當日著名的詞人交游唱和，則其影響及於張孝祥，是十分有可能的。

〔註2〕自胡雲翼先生《宋詞選》說：「他（張孝祥）和張元幹可以說是南宋初期詞壇雙璧，是偉大詞人辛棄疾的先行者」，後人論二人詞，多從其說。有關張孝祥承蘇啓辛的關鍵地位，在《張孝祥詞研究》（陳宏銘撰，國立高雄師範大學國文研究所碩士論文，81年・5月）中有詳細的論述可供參酌。

〔註3〕張元幹主要以〈賀新郎〉、〈念奴嬌〉、〈石州慢〉、〈永遇樂〉、〈八聲甘州〉、〈水調歌頭〉、〈隴頭泉〉等長調抒寫其愛國志意與曠達思想。其中〈水調歌頭〉十二首（不含「過後柳故居」和「陪福帥諓集口占以授官奴」兩首）；〈念奴嬌〉五首（不含首句爲「江天雨霽」者）。

序曰：「坐上有舉昔人〈賀新郎〉一詞，極壯，酒半用其韻」（見《澗泉詩餘》）。以和作所用韻，所謂「昔人〈賀新郎〉詞」即張元幹寄李伯紀丞相一詞。由此可知，張元幹詞在他身後數十年間，依然廣爲流傳，而且尙以「極壯」的聲情感人。

　　張元幹詞在南宋的影響和受到推崇，還可以從黃昇的《花庵詞選》中看出。《花庵詞選》第二個部份──《中興以來絕妙詞選》，選南宋人詞十卷，其中選得最多的是辛棄疾和劉克莊，都是四十二首；張孝祥爲二十四首；陸游二十首，而張元幹則爲十二首，居第五位。上述諸人，主要都是以豪邁見稱的。《花庵詞選》中的黃昇自序和胡德方的序作於宋理宗淳祐九年（1249），時張元幹辭世約八十餘年。由北宋政、宣年間即已稱名詞壇（詳宋·周必大題跋），以至南渡、南宋，可見張元幹在詞壇上的地位與影響；唯這些地位的肯定與推崇，都比較偏重在所謂慷慨悲憤的愛國詞篇。而清末一些詞論家，推崇詞品，重視思想內容，如劉熙載（1813～1881）「論詞莫先於品」（《藝概·詞曲概》），他推崇張元幹及其詞，主要也是從其氣節人品上著眼。近代學者論其詞，仍著重這方面的創作表現，如薛礪若《宋詞通論》（第二章·第一節）所云：

> 蘆川頗豪爽，讀其詞，可以想見其爲人。……兩詞極悲壯，將當日河山之痛，贈別之懷，及牢騷抑鬱之情，均直貫紙背，已開辛詞先河。使稼軒爲之，亦不過如是。

胡雲翼先生《宋詞選》（頁166）亦曾論及：

> 他（指張元幹）的作品裡最傑出的仍然是以悲憤爲主的「夢中原，揮老淚，遍南州」（〈水調歌頭〉）一類的主題，這些作品給張孝祥、陸游、辛棄疾等愛國詞人開闢出一條康莊的創作道路。過去他在文學史上的地位被安排得偏低，我們認爲應當把他和南宋傑出的詞人相提並論。

綜合以上這些意見，頗能凸顯張元幹承蘇啓辛的關鍵地位。張元幹的影響是相當深遠的，他是張孝祥、陸游、辛棄疾等豪放愛國詞人的先行者。然而以上各家對張元幹創作成就的肯定卻不及於其他風格的作

品，況且，由前面的探討可知，張元幹對東坡詞風的繼承更在於曠達的一面。尤其一些曠達中實含悲憤抑鬱的作品，對張孝祥、陸游，以至辛棄疾等人也有很大的影響，這些都是必須予以如實評價的。而明人楊慎、毛晉，清人紀昀，以至近人繆鉞等能同時留意張元幹「長於悲憤」和「清麗婉轉」等不同風格的表現成就，並予以極高的評價，則是頗具卓識的。因此，今日全面探討張元幹的詞，正應綜輯各家之言，如實品評。既以詞史發展的角度，強調其承蘇啓辛的地位，而對於其他風格的作品，也必須予以全面的探討，不能有所偏頗，以免崇抑失實。

參考書目

壹、專　書（略分七類。各依出版年月先後順序排）

一、張元幹著作

1. 《蘆川歸來集十卷》，宋・張元幹，四庫全書珍本五集本，台北：商務印書館，1974 年影印初版。

2. 《蘆川歸來集十卷附錄一卷》，宋・張元幹撰，上海：上海古籍出版社，1978 年 9 月第一版。

3. 《蘆川歸來集十卷附錄一卷》，宋・張元幹，景印文淵閣四庫全書第一一三六冊，台北：商務印書館，1985 年 9 月。

4. 《蘆川詞二卷》，宋・張元幹，見景刊宋金元明本詞四十種第七冊，現藏中央研究院傅斯年圖書館。

5. 《蘆川詞一卷》，宋・張元幹，見明・毛晉編宋六十名家詞，台北：商務印書館，1956 年 4 月台初版。

6. 《蘆川詞二卷》，宋・張元幹，見唐圭璋編《全宋詞》（二），台北：中央輿地出版社，1970 年 7 月初版。

7. 《蘆川詞一卷》，宋・張元幹，見明・吳訥編唐宋元明百家詞，台北：廣文書局，1971 年 5 月影印初版。

8. 《蘆川詞二卷》，宋・張元幹著，曹濟平校注，上海：上海古籍出版社，1991 年 11 月第一版。

二、研究張元幹的著作

1. 《張元幹研究》，黃珮玉著，香港：三聯書店，1986 年 10 月第一版。

2. 《張元幹年譜》，王兆鵬著，南京：南京出版社，1989 年 8 月第一版。

三、詞叢刻　詞選集

1. 《宋六十名家詞》，明・毛晉編，台北：商務印書館，1956 年 4 月台初版。

2. 《詞綜》，清・朱彝尊編，王昶續補，台北：世界書局，1968 年 11 月第三版。

3. 《全宋詞》，唐圭璋編，台北：中央輿地出版社，1970 年 7 月初版。

4. 《陽春白雪》，宋・趙聞禮輯，藝文百部叢書集成之六十四，台北：藝文印書館，1971 年。

5. 《唐宋元明百家詞》，明・吳納編，台北：廣文書局，1971 年 5 月影印初版。

6. 《御選歷代詩餘》，清・沈辰垣、王奕清等奉敕編，台北：廣文書局，1972 年。

7. 《唐宋詞簡釋》，唐圭璋選釋，上海：上海古籍出版社，1981 年 7 月第一版。

8. 《宋詞選》，胡雲翼選註，上海：上海古籍出版社，1982 年 10 月新二版。

9. 《唐宋名家詞選》，龍沐勛選輯，台南：大孚書局，1984 年 1 月初版。

10. 《花庵詞選》，宋・黃昇編，景印文淵閣四庫全書第一四八九冊，台北：商務印書館，1986 年 3 月。

11. 《草堂詩餘》，不著撰人，景印文淵閣四庫全書第一四八九冊，台北：商務印書館，1986 年 3 月。

12. 《花草粹編》，明・陳耀文編，景印文淵閣四庫全書第一四九〇月冊，台北：商務印書館，1986 年 3 月。

13. 《宋詞三百首箋注》，上疆村民重編，唐圭璋箋注，香港：中華書局，1988 年 6 月重印。

14. 《唐宋詞名作析評》，陳弘治著，台北：文津出版社，1988 年 10 月五版。

15. 《詞選》，鄭騫編注，台北：中國文化大學出版部，1988 年 12 月新三版。

16. 《唐宋詞選注》，張夢機、張子良編著，台北：華正書局，1989 年 9 月修訂十版。

17. 《唐宋愛國詞選》，馬興榮編著，揚州：江蘇古籍出版社，1989 年 9 月第一版。

18. 《唐宋愛情詞選》，王錫九編著，揚州：江蘇古籍出版社，1989 年 9
　　月第一版。

19. 《唐宋詠物詞選》，周念先編著，揚州：江蘇古籍出版社，1989 年 9
　　月第一版。

20. 《唐宋詞新賞》，張淑瓊主編，台北：地球出版社，1990 年 8 月初版。

21. 《唐宋詞鑒賞辭典》，唐圭璋主編，台北：新地文學出版社，1991 年
　　4 月。

22. 《唐宋詞名作選》，黃瑞雲選注，河南：中州古籍出版社，1991 年 6
　　月第一版。

23. 《唐宋詠懷詞選》，施議對選註，揚州：江蘇古籍出版社，1991 年 8
　　月第一版。

四、相關的詩文集

1. 《歐陽文忠集》，宋‧歐陽脩撰，台北：中華書局，1966 年 3 月臺一
　　版。

2. 《簡齋集》，宋‧陳與義撰，台北：中華書局，1966 年 3 月臺一版。

3. 《梁谿先生全集》，宋‧李綱撰，台北：漢華出版社，1970 年 4 月初
　　版。

4. 《文忠集》，宋‧周必大，四庫全書珍本二集，台北：商務印書館，
　　1971 年。

5. 《定齋集》，宋‧蔡戡，台北：藝文印書館，1971 年景印初版。

6. 《杜詩鏡銓》，清‧楊倫輯，台北：漢京出版社，1973 年 9 月初版。

7. 《客亭類稿》，宋‧楊冠卿，四庫全書珍本別輯，台北：商務印書館，
　　1975 年。

8. 《澹庵文集》，宋‧胡銓，四庫全書珍本十一集，台北：商務印書館，
　　1979 年。

9. 《于湖居士文集》，宋‧張孝祥著，徐鵬點校，上海：上海古籍出版
　　社，1980 年 6 月第一版。

10. 《筠谿集》，宋‧李彌遜，景印文淵閣四庫全書第一一三〇冊，台北：
　　商務印書館，1985 年 9 月。

11. 《龜谿集》，宋‧沈與求，景印文淵閣四庫全書第一一三三冊，台北：
　　商務印書館，1985 年 9 月。

12. 《東萊詩集》，宋‧呂本中，景印文淵閣四庫全書第一一三六冊，台
　　北：商務印書館，1985 年 9 月。

13. 《攻媿集》，宋‧樓鑰，景印文淵閣四庫全書第一一五二～三冊，台

北：商務印書館，1985 年 9 月。

14. 《南澗甲乙稿》，宋・韓元吉，景印文淵閣四庫全書第一一六五冊，台北：商務印書館，1985 年 9 月。

15. 《澗泉集》，宋・韓淲，景印文淵閣四庫全書第一一八〇冊，台北：商務印書館，1985 年 9 月。

五、詞曲論著

1. 《宋詞通論》，薛礪若著，台北：中流出版社，1974 年 3 月版。

2. 《詩詞散論》，繆鉞著，台北：開明書局，1979 年 3 月臺六版。

3. 《稼軒詞研究》，陳滿銘著，台北：文津出版社，1980 年 9 月出版。

4. 《詞學研究論文集》，華東師大中文系編，上海：上海古籍出版社，1982 年 3 月第一版。

5. 《詞史》，劉子庚，台北：學生書局，1982 年 8 月三版。

6. 《宋南渡詞人》，黃文吉著，台北：學生書局，1985 年 5 月初版。

7. 《詞與音樂關係研究》，施議對著，北京：中國社會科學出版社，1985 年 7 月第一版。

8. 《東坡詞研究》，王保珍著，台北：長安出版社，1987 年 4 月再版。

9. 《稼軒詞縱橫談》，鄭臨川著，成都：巴蜀書社，1987 年 6 月第一版。

10. 《唐宋詞的風格學》，楊海明著，台北：木鐸出版社，1987 年 6 月初版。

11. 《古典詩詞藝術探幽》，艾治平著，台北：木鐸出版社，1987 年 7 月初版。

12. 《南宋詞研究》，王偉勇著，台北：文史哲出版社，1987 年 9 月初版。

13. 《詞曲史》，王易撰，台北：廣文書局，1988 年 8 月五版。

14. 《詞學論叢》，唐圭璋著，台北：宏業書局，1988 年 9 月再版。

15. 《蘇辛詞比較研究》，陳滿銘著，台北：文津出版社，1989 年 1 月再版。

16. 《辛棄疾及其作品》，喻朝剛著，長春：時代文藝出版社，1989 年 3 月第一版。

17. 《詞史》，黃拔荊著，福州：建福人民出版社，1989 年 4 月第一版。

18. 《宋詞研究》，胡雲翼著，成都：巴蜀書社，1989 年 5 月第一版。

19. 《詞學論薈》，趙爲民、程郁綴選輯，台北：五南圖書公司，1989 年 7 月臺初版。

20. 《中國詞學的現代觀》，葉嘉瑩著，台北：大安出版社，1989 年 9 月

校訂再版。

21. 《宋詞綜論》，馬興榮著，濟南：齊魯書社，1989 年 11 月第一版。

22. 《靈谿詞說》，繆鉞、葉嘉瑩合著，台北：國文天地雜誌社，1989 年 12 月初版。

23. 《詞話十論》，劉慶雲編著，長沙：岳麓書社，1990 年 1 月第一版。

24. 《唐宋詞名家論集》，葉嘉瑩，台北：正中書局，1990 年 1 月初版。

25. 《詞學雜俎》，羅忼烈，成都：巴蜀書社，1990 年 6 月第一版。

26. 《詩詞例話》，周振甫著，台北：長安出版社，1990 年 7 月三版。

27. 《歌鼓湘靈——楚詩詞藝術欣賞》，李元洛著，台北：東大圖書公司，1990 年 8 月初版。

28. 《唐宋詞十七講》，葉嘉瑩著，長沙：岳麓書社，1990 年 8 月第一版。

29. 《宋詞》，周篤文著，台北：國文天地雜誌社，1990 年 10 月初版。

30. 《中國詞史》，許宗元著，合肥：黃山書社，1990 年 12 月第一版。

31. 《東坡在詞風上的承繼與創新》，郭美美著，台北：文津出版社，1990 年 12 月初版。

32. 《唐宋詞史稿》，蕭世杰著，上海：華東師大出版社，1991 年 4 月第一版。

33. 《詞學今論》，陳弘治著，台北：文津出版社，1991 年 7 月增訂二版。

34. 《詞筌（增訂本）》，余毅恆著，台北：正中書局，1991 年 10 月初版。

35. 《宋南渡詞人群體研究》，王兆鵬著，台北：文津出版社，1992 年 3 月初版。

36. 《唐宋五十名家詞論》，陳如江著，上海：華東師大出版社，1992 年 7 月第一版。

37. 《宋詞概論》，謝桃坊著，成都：四川文藝出版社，1992 年 8 月第一版。

38. 《詞的藝術世界》，錢鴻瑛著，上海：上海文藝出版社，1992 年 10 月第一版。

39. 《詞學古今談》，繆鉞、葉嘉瑩著，台北：萬卷樓圖書公司，1992 年 10 月初版。

40. 《詞範》，徐柚子編著，上海：華東師大出版社，1993 年 4 月第一版。

41. 《詞牌彙釋》，聞汝賢撰，自印本，1963 年 5 月臺一版。

42. 《詞林正韻》，清·戈載撰，台北：世界書局，1968 年 11 月再版。

43. 《御製詞譜》，閻汝賢據殿印本縮印，1976 年元月再版。

44. 《詞律探源》，張夢機著，台北：文史哲出版社，1981 年 11 月初版。

45. 《詞林韻藻》，王熙元等合編，台北：學生書局，1985 年 9 月三版。

46. 《唐宋詞格律》，龍沐勛著，台北：里仁書局，1986 年 12 月。

47. 《詞律（索引本）》，清·萬樹撰，徐本立拾遺，杜文瀾補遺，台北：廣文書局，1988 年 9 月再版。

48. 《詞籍考》，饒宗頤撰，香港：香港大學出版社，1963 年 2 月初版。

49. 《詞林紀事》，清·張思巖輯，台北：中華書局，1970 年 6 月臺一版。

50. 《宋詞四考》，唐圭璋著，揚州：江蘇古籍出版社，1985 年 9 月第二版。

51. 《中國古代詩詞典詞典》，馬興榮主編，南昌：江西教育出版社，1987 年第一版。

52. 《詞話叢編》，唐圭璋編，台北：新文豐出版公司，1988 年 2 月臺一版。

53. 《宋詞研究之路》，劉揚忠編著，天津：天津教育出版社，1989 年 7 月第一版。

54. 《全宋詞典故考釋辭典》，金啓華主編，長春：吉林文史出版社，1991 年 1 月第一版。

55. 《唐宋詞集序跋匯編》，金啓華等合編，台北：商務印書館，1993 年 2 月初版。

56. 《詩詞曲語辭匯釋》，張相著，台北：洪葉文化公司，1993 年 4 月初版。

57. 《詞學研究書目》，黃文吉主編，台北：文津出版社，1993 年 4 月初版。

六、文學史及相關的文藝理論著作

1. 《中國韻文裡頭所表現的情感》，梁啓超撰，台北：中華書局，1966 年 5 月再版。

2. 《文心雕龍注釋》，梁·劉勰著，周振甫注釋，台北：里仁書局，1984 年 5 月初版。

3. 《中國文學發展史》，劉大杰撰，台北：華正書局，1984 年 8 月版。

4. 《中國文學史初稿》，王忠林等著，台北：福記圖書公司，1985 年修訂三版。

5. 《字句鍛鍊法》，黃永武撰，台北：洪範書局，1986 年 2 月增訂初版。

6. 《修辭學》，黃慶萱著，台北：三民書局，1986 年 12 月增訂初版。

7. 《中國古代文藝美學範疇》，曾祖蔭著，台北：文津出版社，1987 年 8 月出版。

8. 《中國文學批評史》，郭紹虞著，台北：藍燈文化公司，1988 年 10 月初版。

9. 《欣賞與批評》，姚一葦著，台北：聯經出版公司，1989 年 7 月初版。

10. 《抒情的境界》，蔡英俊主編，台北：聯經出版公司，1989 年 8 月第六次印刷。

11. 《意象的流變》，蔡英俊主編，台北：聯經出版公司，1989 年 8 月第六次印刷。

12. 《兩宋文學史》，程千帆、吳新雷著，上海：上海古籍出版社，1991 年 2 月第一版。

13. 《中國文學理論》，劉若愚著，杜國清譯，台北：聯經出版公司，1991 年 10 月第二次印刷。

14. 《中國文學批評史》，王運熙、顧易生主編，台北：五南圖書公司，1991 年 11 月初版。

15. 《中國文學與宗教》，鄭志明著，台北：學生書局，1992 年 9 月初版。

16. 《宋代的隱士與文學》，劉文剛著，成都：四川大學出版社，1992 年 10 月第一版。

七、史傳方志　筆記雜著

1. 《永樂大典》，明‧姚廣孝等監修，台北：世界書局影印本，1962 年 2 月初版。

2. 《宋史翼》，清‧陸心源輯，台北：文海出版社，1967 年 1 月臺初版。

3. 《福建通志》，清‧陳壽祺等纂，台北：華文書局，1968 年 10 月初版。

4. 《福建通紀》，福建通志局編，台北：大通書局，1968 年 11 月初版。

5. 《桯史》，宋‧岳柯，王雲五主編宋元明善本書十種明刊本歷代小史第六冊，台北：商務印書館，1969 年 3 月臺一版。

6. 《荊楚歲時記》，梁‧宗懍撰，藝文百部叢書集成之十八，台北：藝文印書館，1971 年。

7. 《東京夢華錄》，宋‧孟元老撰，藝文百部叢書集成之四十六，台北：藝文印書館，1971 年。

8. 《揮塵錄》，宋‧王明清撰，藝文百部叢書集成之四十六，台北：藝文印書館，1971 年。

9. 《建炎以來繫年要錄》，宋・李心傳撰，藝文百部叢書集成之八十六，台北：藝文印書館，1971 年。

10. 《說郛（附索隱）》，明・陶宗儀纂，台北：新興書局影印明抄本，1972 年 4 月。

11. 《宋史紀事本末》，明・陳邦瞻著，台北：三民書局，1973 年 4 月再版。

12. 《淳熙三山志》，宋・梁克家撰，四庫全書珍本六集，台北：商務印書館，1976 年。

13. 《歷代人物年里碑傳綜表》，姜亮夫編，台北：華世出版社，1976 年 12 月臺一版。

14. 《宋人生卒考示例》，鄭騫撰，台北：華世出版社，1977 年。

15. 《宋史》，元・脫脫等撰，台北：鼎文書局，1978 年 9 月初版。

16. 《三朝北盟會編》，宋・徐夢莘編，台北：大化書局，1979 年 1 月初版。

17. 《宋人軼事彙編》，丁傳靖輯，台北：商務印書館，1982 年 9 月臺二版。

18. 《大金國志》，宋・宇文懋昭撰，景印文淵閣四庫全書第三八三冊，台北：商務印書館，1984 年 3 月。

19. 《侯鯖錄》，宋・趙令畤，景印文淵閣四庫全書第一○三七冊，台北：商務印書館，1985 年 6 月。

20. 《中國歷史地圖集》，譚其驤主編，上海：地圖出版社，1985 年 10 月第一版。

21. 《四庫全書總目提要》，清・永瑢、紀昀等撰，台北：藝文印書館，1989 年 1 月六版。

22. 《歷代名人年譜》，清・吳榮光編，上海：上海書店，1989 年 11 月第一版。

貳、期刊論文（依發表時間先後排）

一、與張元幹有關的論文

1. 〈為「辛」派詞風鋪路的張元幹〉，白晞，《藝文誌》一五三期，1978 年 6 月。

2. 〈張元幹生平事跡考略〉，曹濟平，《南京師院學報》，1980 年第二期。

3. 〈關於張元幹的籍貫問題〉，曹濟平，《文學評論》，1980 年第二期。

4. 〈張元幹「晚蓋」質疑〉，殷熙仲，《文史》第十輯，1980 年 10 月。

5. 〈張元幹及其《蘆川詞》〉，曹濟平，《詞學》第一輯，1981 年 11 月。

6. 〈張元幹《蘆川歸來集》補遺〉，橐貴明，《文學遺產》，1982 年第二期。

7. 〈讀張元幹詞札記三則〉，王兆鵬，《武漢師範學院學報》，1982 年第三期。

8. 〈「讀張元幹詞札記」補正〉，曹濟平，《武漢師範學院學報》，1982 年第六期。

9. 〈張元幹的詞〉，黃文吉，《中華文化復興月刊》十七卷四期，1984 年 4 月。

10. 〈滿腔悲憤噴薄而出──讀張元幹的〈石州慢〉〉，曹濟平，《文史知識》，1984 年第八期。

11. 〈論張元幹詞〉，繆鉞，《四川大學學報》，1985 年第一期。

12. 〈論張元幹愛國詞在文學史上的地位〉，雲亮，《中山大學學報》，1985 年第三期。

13. 〈就張元幹兩篇佚文談其靖康年間宦跡〉，王兆鵬，《古籍整理與研究》，1987 年第一期。

14. 〈夢繞神州的詞人張元幹〉，曹濟平，《文史知識》，1987 年第二期。

15. 〈讀張元幹《蘆川詞》札記〉，曹濟平，《文學遺產》，1987 年第六期。

16. 〈張元幹生平及其思想淵源考辨〉，曾意丹，《中州學刊》，1987 年第六期。

17. 〈詞人張元幹世系〉，官桂銓，《文獻》第三八輯，1988 年 10 月。

二、其他參考論文

1. 〈兩宋詞風轉變論〉，龍沐勛，《詞學季刊》二卷一號，1934 年 10 月。

2. 〈今日學詞應取之途徑〉，龍沐勛，《詞學季刊》二卷二號，1935 年 1 月。

3. 〈論寄托〉，詹安泰，《詞學季刊》三卷三號，1936 年 9 月。

4. 〈南宋兩種不同的詞風──慷慨憤世和感喟哀時〉，宛敏灝，《語文教學》，1957 年十一號。

5. 〈辛稼軒與陶淵明〉，陳淑美，《中外文學》四卷六期，1975 年 11 月。

6. 〈論情景交融——再與歸人先生商榷〉，黃維樑，《幼獅文藝》四三卷五期，1976 年 5 月。

7. 〈論婉約與豪放詞風的形成〉，王熙元，《國文學報》第五期，1976 年 6 月。

8. 〈南宋詞家詠物論述〉，張敬，《東吳文史學報》第二號，1977 年 3 月。

9. 〈南宋詞人的愛國篇章〉，汪中，《幼獅文藝》四五卷四期，1977 年 4 月。

10. 〈南宋詞風及辛姜二派詞人〉，廖從雲，《中國國學》第五期，1977 年 4 月。

11. 〈古語古句在蘇辛詞裡的運用〉，陳滿銘，《國文學報》第六期，1977 年 6 月。

12. 〈詞的對比技巧初探〉，王熙元，《古典文學》第二集，1980 年 12 月。

13. 〈試論南宋愛國詞人張孝祥的主要成就〉，劉強，《安徽師大學報》，1981 年第三期。

14. 〈試論蘇軾詞的藝術風格〉，陳華昌，《文學遺產》，1982 年第二期。

15. 〈論以詩爲詞〉，楊海明，《文學評論》，1982 年第二期。

16. 〈豪放與協律〉，劉乃昌，《詞學》第二輯，1983 年 10 月。

17. 〈南宋豪放詞派形成的原因〉，周聖偉，《詞學》第二輯，1983 年 10 月。

18. 〈婉約、豪放與正變〉，高建中，《詞學》第二輯，1983 年 10 月。

19. 〈宋人詠物詞〉，黃清士，《詞學》第二輯，1983 年 10 月。

20. 〈論蘇軾對宋詞的開拓與創新〉，朱德才，《文史哲》，1983 年第四期。

21. 〈宋詞的剛柔與正變〉，劉乃昌，《文學評論》，1984 年第四期。

22. 〈宋詞新論〉，艾治平，《求索》，1984 年第五期。

23. 〈兩宋詠物詞研究〉，馬寶蓮，《臺灣師大國文研究所集刊》第廿八號，1984 年 6 月。

24. 〈論蘇軾與南宋詞風的轉變〉，方智範，《華東師大學報》，1984 年第七期。

25. 〈宋詞的抒情和比興〉，朱德才，《文史哲》，1985 年第三期。

26. 〈蘇軾在宋代文學革新中的領袖地位〉，姜書閣，《文學遺產》，1986 年第三期。

27. 〈辛棄疾詩詞的多樣化創作思維格局〉，喬力，《文史哲》，1987 年第

六期。

28. 〈宋詞的四大流派〉，張滌雲，《文史雜誌》，1988 年第二期。

29. 〈搴旗拓路手，繼往開來人──論李綱與豪放詞派〉，張高寬，《遼寧師大學報》，1988 年第五期。

30. 〈「內斂」的生命型態與「孤絕」的生命境界──從古典詩詞看傳統文士的內心世界〉，呂正惠，《聯合文學》四卷十期，1988 年 8 月。

31. 〈論稼軒婉約詞中的詠春詠物詞〉，李月華，《求是學刊》，1988 年第二期。

32. 〈王以寧其人及其詞〉，王兆鵬，《詞學》第七輯，1989 年 2 月。

33. 〈略談中國古代社會的隱士〉，馮輝，《求是學刊》，1989 年第三期。

34. 〈淺論蘇軾婉約詞的思想創新〉，張富華，《新疆大學學報》，1990 年第一期。

35. 〈淺論蘇軾婉約詞的藝術創新〉，張富華，《新疆大學學報》，1990 年第四期。

36. 〈試論禪宗對宋詞的影響〉，鄭瑩輝，《華中師大學報》，1990 年第二期。

37. 〈唐宋詞中「感士不遇」心情初探〉，繆鉞，《四川大學學報》，1990 年第四期。

38. 〈婉約詞派與豪放詞派之正變探析〉，鍾屏蘭，《屏東師院學報》第三期，1990 年 5 月。

39. 〈南宋詞人對朝政之反映──以高、孝、光、寧四朝爲例〉，王偉勇，《古典文學》第十一集，1990 年 6 月。

40. 〈辛棄疾婉約詞初探〉，張兵，《西北師大學報》，1991 年第五期。

41. 〈詞的表現說──兼論詞與詩的差別〉，孫立，《華中師大學報》，1991 年第六期。

42. 〈豪放詞成因新探〉，崔際銀，《河北師大學報》，1992 年第三期。

43. 〈稼軒壽詞析論〉，林玫儀，《中國文哲研究集刊》第二期，1992 年 3 月。

44. 〈中國古典詩歌中的自我放逐意識──由幾首「佳人」詩談起〉，廖美玉，《成功大學中文學報》第一期，1992 年 11 月。

45. 〈「漁父」在唐宋詞中的意義〉，黃文吉，《中央研究院中國文哲研究所籌辦之「第一屆《詞學》國際研討會」論文》，1993 年 4 月。

46. 〈從花間詞的女性特質看辛棄疾的豪放詞〉，葉嘉瑩，《中國文哲研究所通訊》三卷二期，1993 年 6 月。

參、學位論文

1. 《兩宋豪放詞述略》，陳德華，政治大學碩士論文，1974 年 6 月。

2. 《朱希真及其詞研究》，孫永忠，輔仁大學碩士論文，1987 年 7 月。

3. 《張孝祥詞研究（附年譜)》，陳宏銘，高雄師範大學碩士論文，1992 年 5 月。